Kazuo Ishiguro

KAZUO ISHIGURO

KAZUO
ISHIGURO

日の名残り

ノーベル賞記念版

カズオ・イシグロ

土屋政雄 訳

早川書房

THE REMAINS
OF THE DAY

NOBEL PRIZE EDITION

日の名残り　ノーベル賞記念版

THE REMAINS OF THE DAY
by
Kazuo Ishiguro

Translated by
Masao Tsuchiya
Published 2018 in Japan by
Hayakawa Publishing, Inc.
This book is published in Japan by
arrangement with
Rogers, Coleridge and White Ltd.
through The English Agency (Japan) Ltd.

装幀／早川書房デザイン室

ミセス・リノア・マーシャルの思い出に

目次

プロローグ

一九五六年七月
ダーリントン・ホールにて

ここ数日来、頭から離れなかった旅行の件が、どうやら、しだいに現実のものとなっていくようです。ファラデイ様のあの立派なフォードをお借りして、私が一人旅をする――もし実現すれば、私はイギリスで最もすばらしい田園風景の中を西へ向かい、ひょっとしたら五、六日も、ダーリントン・ホールを離れることになるかもしれません。

この旅行の話は、もともとファラデイ様のまことにご親切な提案から始まったことです。二週間ほど前、私が読書室で肖像画のほこりを払っていたときのことでした。脚立にのぼり、ちょうどウェザビー子爵の肖像画に向かっておりますと、ファラデイ様が棚にもどす書物を数冊、腕に抱えて入ってこられました。私を認め、ちょうどよかったという表情で、「やっと決めたよ。八月九月は、五週間ほどアメリカへ帰ってくることにした」と告げられたあと、書物をテーブルに置き、長椅子に腰をおろし、脚を伸ばして私を見上げながら、こう言われたのです。

「だけどね、スティーブンス、ぼくがいない間、ずっと留守番を頼むつもりはないよ。どうだい、二、三日、どこかへドライブでもしてきたら？　君だって、たまにはのんびりしなくちゃね」

青天の霹靂《へきれき》とでも申しましょうか。突然のことで、どうお答えしてよいものかわからず、ご配慮に感謝したのは覚えておりますが、おそらく、行くとも行かないとも煮えきらない態度だったのだと存じます。ファラディ様は、つぎにこう言われました。

「本気だよ、スティーブンス。ぜひ骨休めしてきたまえ。ガソリン代はぼくがもつよ。だいたいだね、年中こういう大きな家に閉じ籠《こも》って、ひとに仕えてばかりで、君らはせっかくのこの美しい国をいつ見て歩くんだい、自分の国なのにさ？」

ファラディ様がそのような疑問を口にされたのは、これが初めてではありません。常々、不思議に思っておられたことのようです。脚立の上で同じ質問を投げかけられたこのとき、じつは、私の心には一つの答えらしきものが浮かんでおりました。それは、私どものような職業のものは、たしかに国の名所旧跡を見て歩くという意味では見聞が広いとはいえませんが、真に「国のありさま」を目のあたりにするという意味では、大方より恵まれているのではないか、ということです。なにしろ、私どものいる場所こそ、イギリスで最も重きをなす紳士淑女のお集まりになる場所なのですから。もちろん、こうした見解をファラディ様にご説明するには、生意気ともとられかねない長広舌を振るわねばなりません。そこで、私はこう申し上げるにとどめました。

「失礼ながら、ご主人様、私はこのお屋敷でお仕えした長い歳月の間に、いながらにして最良のイギリスを見る機会に恵まれまして、ありがたいことだと存じております」

ファラディ様は、何のことかおわかりにならなかったご様子で、さらにこうつづけられました。

「冗談じゃなくてさ、スティーブンス。自分の国もろくに見られないなんて、そんな馬鹿な話はないよ。いいから、だまされたと思って、この家から何日か出てみるといい」

ご想像のとおり、あの日、私はファラディ様のお申し出を真剣には受け止めませんでした。なんと申しましてもアメリカの方ですから、イギリスで普通に行なわれていることと、そうでないことの区別を、まだよくご存じではありません。不慣れゆえのご発言であろうと、その程度に考えておりました。ところが、それから数日の間に、ファラディ様のお申し出に対する私の気持ちは一変し、頭の中では、西部地方への旅という考えがしだいに大きくふくらみはじめたのです。この急変の原因が――隠しても仕方ありますまい――ミス・ケントンからの手紙にあることは――クリスマス・カードを除けば、この七年間で初めての手紙にあることは――事実です。ただ、誤解なきように願いたいのは、私はミス・ケントンの手紙で職業意識を刺激された、ということなのです。手紙を読みながら、ダーリントン・ホールの管理についていろいろなことを考えました。そして、ファラディ様の親切なお申し出を新たに考えなおす気になったのも、この職業上の観点からなのです。ご説明いたしましょう。

じつは告白せねばなりませんが、私はこの数カ月間に、仕事の上で小さな過ちをいくつか重ねてしまいました。取るに足りない些細な過ちとはいえ、これまでおよそ過ちというものに無縁であった私には、過つこと自体が心穏やかならざることでございまして、その原因についてあれこれと悲観的な考えを抱きはじめたのも、無理からぬこととご理解いただけましょう。こうした場合にとかくありがちなように、私もまた、明白な事実に盲目になっておりました。つまり、ミス・ケントンの手紙に触れるまで、私の目には単純な真実が見えていなかったのです。その真実とは、一連の過ちの原因は職務計画の不備にあって、それ以外のなにものにもない――これでございました。

いやしくも執事たるもの、職務計画の作成には、慎重のうえにも慎重を期さねばなりません。いいかげんな計画のために、これまでどれだけ多くの争いが起こり、過てる非難が交わされ、不必要な解雇が行なわれ、惜しい人材が失われていったことでしょう。すぐれた職務計画の作成こそ一人前の執事の証明である――その意見に私も全面的に賛成いたします。私自身、これまで多くの計画を作成してまいりましたが、あとで変更を余儀なくされるようなものは、まず作った覚えがありません。これは、あながち私のひとりよがりではないと存じます。今回のことでも、計画の不備が私自身の責に帰することは言うまでもありませんが、同時に、それが異例の困難さのなかで作成されたことも指摘しておかねばなりますまい。私事ながら、それが公平というものでございましょう。

じつは、こういうことがあったのです。一連の交渉を経て、二世紀にわたるダーリントン家の所有が終わり、お屋敷がファラディ様の手に移りました。ファラディ様はただちに移り住まわれるご予定はなく、残務整理のため、あと四カ月はアメリカにとどまるとのことでしたが、先住者の雇人については大変よい評判を聞いているので、この人たちには是非ともダーリントン・ホールに残ってもらいたい、との強い要望を表明しておられました。ファラディ様の言われる「先住者の雇人」

とは、ダーリントン卿のご親族がお屋敷の管理のために残された、わずか六人の召使を指します。買い手が見つかって売買交渉が終了するまでの、ぎりぎりの人数でした。ところが、いよいよ売買が成立いたしますと、ファラディ様のご要望を体した私の説得にもかかわらず、他に職場を求めてやめていく者が相次ぎ、結局、残ったのはミセス・クレメンツと私だけになってしまったのです。

謝罪かたがた、この状況を新しいご主人様に報告いたしましたところ、アメリカからは、「イギリス旧家の名に恥じない」雇人を捜し、補充するように、とのお指図をいただきました。ご期待にそうべく、ただちに人捜しを開始いたしましたが、ご承知のように、満足できる水準の召使を求めるのは、昨今、並大抵のことではありません。ミセス・クレメンツの推薦でローズマリーとアグネスを雇えたのは僥倖とも言うべく、その後はまったく補充の見込みの立たないまま、昨年春、この国に下見に訪れたファラディ様に初お目見得の仕儀となったのです。

ファラディ様と私は、ダーリントン・ホールの当時奇妙に殺風景だった書斎で、初めて握手を交わしましたが、初対面という感じはまったくありませんでした。例の雇人の件は別にいたしましても、それまでに幾度かご相談を受けておりまして、口幅ったいようですが、乏しいながら私が幸運にも授かっておりますいくつかの能力を、ファラディ様は信頼するに足るとお考えくださったようです。うちとけた口調で、ただちに事務的なお話に入られたのは、そのためかと存じます。そして話合いのあと、やがてここに引っ越してくるまでのさまざまな準備にと、少なからぬ金額を私に託して帰られました。

それはともかく、私はこの話合いの途中でも、よい召使を見つけることの難しさを訴えたのですが、そのとき、ファラディ様はしばらく考えたのち、私に一つの要求をなさいました。それは、現在の四人で――つまり、ミセス・クレメンツと二人の女中、それに私を加えた四人で――なんとかやりくりしてみてくれないか、ということでした。なんらかの「輪番制」でできないだろうか？　おそらく、屋敷の一部を閉鎖するのはやむをえないだろうが、君の経験と技術を総動員して、そうした損失が最小限にとどまるよう工夫してみてくれないか……？

かつて、私のもとで十七人の雇人が働いていたことがあります。そう遠くない昔には、ここダーリントン・ホールに、二十八人もの召使が雇われていたと聞いております。その同じ家を四人で切り回す！　とすれば、そのための職務計画はどのようなものになるのか。私は考えただけで気力の萎える思いがいたしました。必死に抑えたつもりでも、内心の動揺と懐疑が表情に現われたに違いありません。ファラディ様は私をなだめるように、すぐにこう付け加えられました。もちろん、どうしても必要なものなら、新しく誰かを雇い入れるのはかまわない。だが、どんな様子か、とにかく四人でやってみてくれると大変ありがたいのだが……。

おそらく、どなたでもそうであろうと存じますが、私も従来のやり方を急に変えてしまうことにはためらいを覚えます。しかし、一部に見られるような、伝統のための伝統にしがみつくやり方にも反対です。電気と新しい暖房のこの時代に、ほんの一世代前にせよ、過去と同じ人数をそろえておく必要がどこにありましょう。むしろ、伝統の名のもとに漫然と多人数を雇いつづけることが、召使に不健全な暇を与え、この職業に急激な堕落をもたらしたのではありますまいか。それに、ファラディ様がお住まいになるダーリントン・ホールは、過去のダーリントン・ホールとは違います。

今後、華やかな社交的行事がほとんど見られなくなるのは、ファラディ様ご自身の口からも明らかなのですから。

このように考えて、私はファラディ様から与えられた課題に、真剣に取り組んでみることにいたしました。職務計画の作成そのものに多くの時間をかけたことはもちろんですが、それと少なくとも同程度の時間を、ほかの仕事をしながら、あるいはベッドに入ってから眠りにつくまで、計画についてあれこれと考えることに費やしました。これはと思う案がひらめいたときは、何か見落としがないか、ほんとうに実現できるのかと、あらゆる角度から検討もいたしました。このようにして――もちろん、ファラディ様のご意向にそいかねた点もあるとは存じますが――人間の力ではこれが限度という、私といたしましては最善と思われる計画を練り上げたのです。

お屋敷の魅力はほとんど損われておりません。召使部屋の並ぶ一角――ここには裏廊下と、二つの食料品貯蔵室、それに古い洗濯場が含まれます――と、三階の客室廊下は防塵シートで閉鎖されますが、一階のおもだった部屋はすべて残りますし、客室も十分な数を確保してあります。

もちろん、外部から多少の応援を頼まなければ、とても四人でこなしきれる仕事量ではありません。私の計画では、普通は週に一度、夏には週に二度、園丁に来てもらうことにしておりますし、通いの掃除婦も二人、それぞれ週に二度ずつ頼んでおります。しかし、この応援を得ましても、私ども住込みの四人に、通常の守備範囲から相当に逸脱した任務が要求されることになったのは、やむをえぬ仕儀でした。二人の若い女たちは、さほど問題なく慣れてくれるものと思いましたが、ミセス・クレメンツについては、できるだけ戸惑わずにすむよう、最大限の配慮をいたしました。あるいは配慮のしすぎであったかもしれません。結果的に、「執事がそんなことまで！」と大方が驚かれるような仕事まで、私が抱え込むことになったのですから。

いまでも、悪い計画だったとは思っておりません。たった四人でこれほどの仕事をこなせる職務計画など、そうはありますまい。ただ、非の打ちどころがなかったかどうか……？

誰でも、病気になったり、いろいろな理由で調子が出なかったりすることがあります。当然、職務計画はそれを見越した、余裕をもったものでなければなりません。今回はやや変則的な計画ではありましたが、それでも、私は「余裕」の部分をないがしろにせず、可能なかぎり見込んだつもりでおります。とくにミセス・クレメンツと二人の女たちについては、伝統的な役割分担をある程度無視しているという事情がありますから、そのうえに仕事量まで大幅にふえたという感じをもたれますと、強い反発を招きかねません。ですから、計画の作成では、三人への任務割当てに大いに苦慮いたしました。「専門外」の仕事であっても、食わず嫌いさえ克服してくれれば、重荷どころかむしろ新鮮に感じられるように、割当てには工夫をこらしました。

ただ、ミセス・クレメンツと女たちの機嫌を損ねまいとするあまり、どうも、私自身の限界の見極めが甘くなったような気がいたします。もちろん、私には長年の経験と、こうした問題ではすでに習慣になった注意深さがありますから、実際にできる以上のことを引き受けたりはいたしませんが、ただ「余裕」の見込み方が少し足りなかったのでは、と疑うのです。何カ月という時間がたつうちに、この余裕のなさがちょっとしたところに——しかし見誤りようなく——顔をのぞかせるのは、当然だったのかもしれません。結局、問題は単純なことでした。私は仕事を抱え込みすぎていたのです。

これほど明らかな職務計画の欠陥に、なぜもっと早く気づかなかったのか。不審に思われる方もあろうかと存じます。しかし、長い間真剣に考え抜いた事柄には、えてしてこうしたことが起こるものではありますまいか。なんらかの偶発的事件に接し、初めて「目からうろこが落ちる」ということが……。この場合が、まさにそうでした。ミス・ケントンの手紙を読み、その長い、抑えた調子の文章の合間に、間違いなくダーリントン・ホールへの郷愁がにじみ、もどりたいという願望――だと私は確信しております――が込められているのを感じなかったら、私は計画を見直さなかったかもしれません。もちろん、あと一人召使がいればどれほど重要な役割を果たせるかにも気づかず、最近のすべての問題がその一人の不在から発生している、という発見もなかったことでしょう。考えれば考えるほど、明らかであるように思えてまいりました。このお屋敷に大きな愛情をもち、今日では捜そうにも捜せない模範的な職業意識をもつミス・ケントンこそ、ダーリントン・ホールの職務計画を完璧にしてくれる人物ではありますまいか。

状況をこのように把握してしまえば、先日のファラデイ様のご親切な提案を思い返すまでに、さほど時間はかかりませんでした。なにしろ、その自動車旅行がお屋敷のために大いに役立つ可能性が出てきたのですから。西部地方へ旅行して、途中、ミス・ケントンのもとに立ち寄れば、ダーリントン・ホールにもどりたいという願いがどの程度のものか、私から直接確かめることができます。もっとも、手紙を何度読み返してみても、私には、ミス・ケントンの願いが私の空想の産物だとはとても思えないのですが……。

さて、実際にファラディ様に旅行の許可をお願いするまでには、それからさらに数日を要しました。ためらいもありましたが、まえもって考えておかねばならないことがいくつかあったからです。たとえば、旅の費用です。「ガソリン代はぼくがもつよ」というファラディ様の気前よさにおすがりするとしても、宿泊費、食事代、路上でのおやつ代などで、旅行全体の費用は思いがけない額にのぼるかもしれません。

さらに服装の問題があります。どのような服装で旅行するべきか、わざわざ服を新調するだけのことがあるだろうかと、ここは思案のしどころでした。もちろん、スーツは何着ももっております。過去にダーリントン卿からいただいたものや、お屋敷に滞在し、幸いにして私どものおもてなしに満足してくださったお客様からの戴き物など、すばらしいスーツばかりです。なかには、フォーマルすぎて今回のような目的の旅行には向かなかったり、やや流行遅れの感が否めなかったりするものもありますが、一九三一年でしたか三二年でしたか、エドワード・ブレア様から新品同様でいただいたスーツなどは、まるであつらえたように私にぴったりで、道中どのような宿に泊まろうとも、夜、ロビーや食堂で胸を張って着られるものだと存じます。ただ、私には適当な旅行用の服が――つまり、車を運転するとき着ておかしくない服が――ありません。使えそうなものとしては、戦時中、まだお若かったチャーマーズ卿からいただいたスーツがありますが、これは色調は理想的ながら、いかんせん、私にはすこし小さすぎます。

貯金をにらみながらあれこれ考えたすえ、結局、予想されるすべての費用を支払っても、新しい服の一着くらいなんとか捻出できそうだ、との結論に達しました。これほど服装にこだわる私を、鼻持ちならない気障《きざ》とみなす方もございましょうが、そうではありません。旅行中には、身分を明かさねばならない事態がいつ生じるかわかりません。そのようなとき、私がダーリントン・ホールの体面を汚さない服装をしていることは、きわめて重要なことだと存じます。

こうしたことを考える一方で、私は道路地図を調べたり、ジェーン・サイモンズ夫人の『イギリスの驚異』シリーズから、該当するいくつかの巻に目を通したりもいたしました。全七巻のこのシリーズは、各巻でイギリス諸島を一地域ずつ取り上げております。これが書かれた一九三〇年代には、国中の家庭で話題になったと聞いております。戦前のものとはいえ、ドイツの爆弾がイギリスの風景をさほど大きく変貌させたとは思われませんので、今日でも十分通用する内容でございましょう。ご存じない方には、是非一読をお勧めいたします。サイモンズ夫人は、戦前、よくこのお屋敷にもお見えになりました。雇人へのねぎらいの言葉を決して忘れず、そのため召使たちにはたいそう人気の高い方でした。当時、私が暇な時間を見つけては、読書室で夫人の著書をひもとくようになりましたのも、夫人への敬愛の念に駆られてのことだったと申せましょう。

それに、さよう、一九三六年にミス・ケントンがコーンウォールに去ったあと、その地方のことをまったく知らなかった私は、よくサイモンズ夫人の第三巻を手に取って、じっと眺め入ったものでした。デボンとコーンウォールの魅力が写真入りで記述され、さまざまな画家の、雰囲気に満ちた風景スケッチなども添えてあって、ミス・ケントンはこういう場所で結婚生活を送っているのかと、多少の感慨に浸ったことも覚えております。が、こうしたことはすべて三〇年代のことでございまして、最近の思いがけない成り行きから、『デボン・コーンウォール』の巻を書棚に捜してみるまで、もう二十年近くもこのシリーズのことは忘れておりました。しかし、ふたたび手に取ってみますと、そのすばらしい記述と挿絵にはあらためて目を見張る思いがいたします。近々、私自身がこの地を訪れることになるかもしれない——そう考えただけで、なにやら興奮が胸のうちに湧き上がってくるのを抑えきれません。

あとは、もう、ファラディ様に再度お伺いするしかないように思われました。もちろん、二週間前のご発言がその場の思いつきにすぎず、いまでは考えが変わっておられる可能性もあるわけですが、過去何カ月かの私の観察によれば、召使泣かせの最たるもの、あの「気まぐれ」という悪癖は、ファラディ様にはありません。前回同様、私の自動車旅行に大賛成し、もしかしたら「ガソリン代はぼくがもつよ」と繰り返してくださるかもしれません。少なくとも、そうでないと信じる理由は何もありません。

私はこの問題をいつファラディ様の前に持ち出すべきか、慎重に考えました。先にも申し上げましたとおり、私は、ファラディ様が気まぐれだとは一瞬たりとも思ったことがありません。しかし、何かに没頭したり気が散ったりしておられるときにこのような話題を持ち出すのは、やはり適当ではありますまい。そのような状況で、万一、拒否の姿勢を示されたとしても、それは、ファラディ様のほんとうのお気持ちではないかもしれません。が、いったん姿勢が明らかにされた以上、私としては、容易にはこの問題を蒸し返しかねます。ですから、タイミングの選択はひじょうに重要でした。

結局、居間で午後のお茶を差し上げるときが、一日のうち最も適当な時間であろうと考えました。

その時間なら、ファラディ様はダウンズの短い散歩からお帰りになったばかりで、まだ読書や書き物に没頭してはおられません。私がお茶をお持ちしますと、たまたま本や雑誌を手にしておられても、それを閉じ、窓の前に立ち上がって、背伸びをされます。私との会話を待ち望んでおられるようにも見受けられます。

タイミングについての私の判断は、まことに正しかったと存じます。結果的に思いがけない展開になりましたのは、ひとえに別の事情によるものでした。じつは、一日のこの時刻には、ファラディ様はとかく気楽でユーモラスなたぐいの会話を好まれるのですが、いま思えば、その点への配慮が足りませんでした。昨日、午後のお茶をお持ちしたときも、軽口の一つも叩きたいムードでおられるのは十分に想像できましたし、そのようなときのファラディ様が、よく私をからかわれることも承知していたのですから、ミス・ケントンの名前を出さないことくらい、心得ていて当然でした。

しかし、私の気持ちもご理解ください。私がしようとしていたのは、結局、ファラディ様への虫のいいお願いなのです。とすれば、その願いごとの背後に、ちゃんとした職業上の理由があるとほのめかしたくなるのは、自然の衝動というものではありますまいか。自動車旅行の目的地になぜ西部地方を選んだのか。理由には、サイモンズ夫人のご本から魅力的な情景描写の一つも拝借しておけばよかったものを、私はうっかり、かつてダーリントン・ホールで女中頭をしていた者がここに住んでいる、と申し上げてしまったのです。

私のつもりでは、要するに、お屋敷が現在小さな問題を抱えていること、その理想的な解決策が昔の女中頭に見出せるかもしれないこと、私はその可能性を探りにいきたいこと……、そんなことを申し上げたかったのだと存じます。しかし、ミス・ケントンの名前を出したとたん、私はこの話を先に進めることがいかに不穏当であるかに気づきました。なぜと申しますに、ミス・ケントンがほんとうにお屋敷にもどりたがっているのかどうか、私は確実なことを何も知りません。それだけではありません。一年と少し前の初お目見得以来、ファラディ様とは雇人補充の件を一度も話し合ったことがありません。とすれば、ダーリントン・ホールの将来について私が自分勝手な考えをまくしたてることになるわけで、これはどう考えても僭越至極ではありますまいか。

おそらく、何かを言いかけて突然口をつぐみ、そのまま、ばつが悪そうに立ちつくしたのだと思います。ファラディ様がこの好機を見逃されるはずがありません。にやりと笑うと、わざと重々しい口調でこう言われました。

「おいおい、スティーブンス。ガールフレンドに会いにいきたい？　その年でかい？」

決まり悪いことこの上ない瞬間でした。ダーリントン卿でしたら、絶対に雇人をこのような目にはお遭わせにならなかったでしょう。いえ、ファラディ様のことを悪く言いたいのではありません。ファラディ様はアメリカの方で、なさり方がいろいろと違います。意地悪のつもりなど毛頭なかったことは、私がよく存じております。が、それにしても、私にとってどれほど居心地の悪い一瞬だったか、ご想像いただけるでしょうか。

「君がそんな女たらしとは、ついぞ気がつかなかったよ」と、ファラディ様はつづけられました。「気を若く保つ秘訣かな？　しかし、どんなものかな、そんないかがわしい逢瀬をぼくが取り持つというのは……」

ファラディ様がほのめかしておられるような動機を、私はどれほど否定したかったことでしょう。即座に、きっぱりと……。しかし、危うく思いとどまりました。下手に否定すれば、ファラディ様の思うつぼにはまり、いっそう困ったことになるだけだと気づいたからです。私はひたすらそこに立ちつづけ、自動車旅行の許可がおりるのを待ちました。

消え入りたいようなひとときでしたが、私にはファラディ様を非難するつもりは少しもありません。決して不親切な方ではなく、ただ、アメリカ的ジョークを楽しんでおられたのだと存じます。アメリカでは、その種のジョークが良好な主従関係のしるしで、親愛の情の表現だとも聞いております。事実、そういう目で過去数カ月を振り返ってみますと、私どもの関係は、ファラディ様が軽口を叩かれ、私が返答に窮するというのがもっぱらでした。ファラディ様にお仕えするようになって間もなくの頃、一、二度、たいへん驚かされたことがあります。たとえば、お屋敷に来られる予定だったある方について、奥様が同行なさるのかどうかをお尋ねしたときのことです。

「来たら困っちゃうな」と、ファラディ様はお答えになりました。「あの女を遠ざけておく方法はないかな、スティーブンス？　そうだ、君がモーガンさんの厩に連れてって、あの藁の中でたっぷりもてなしてやるってのはどうだい？　君の好みのタイプかもしれないぜ」

一瞬、何のことか私にはわかりませんでした。やがて、これは冗談だと気づき、自然な笑いを浮かべようと努力いたしましたが、ショックといいますか……私の感じた困惑の幾分かは、表情に残っていたに違いありません。

その後は、ファラディ様のそうしたご発言にもさほど驚かずにすむようになり、お声に冗談口調を感じたときは、適当な作り笑いも浮かべられるようになりました。しかし、そのような場面で私に期待されていることはいったい何なのか、いまもって確信がもてません。ただ愉快そうに笑えばいいのか、私のほうからも冗談をお返しするべきなのか……。後者かもしれないとは、ここ数カ月間、私が懸念しつづけてきたことですが、いまひとつ判断がつきかねます。ただ、雇人がジョークで主人を楽しませるのも、アメリカでは立派に仕事のうちらしいとは聞いております。

いつでしたか、農民の紋章亭のミスター・シンプソンが、こんなことを言っておりました。もし、自分がアメリカのバーテンだったら、こんな丁寧な口調で愛想よく客に応対してはいないだろう、というのです。客の欠点をあげつらい、泣き所をつつき、「酔っ払い！」とか、ありとあらゆる悪口雑言を浴びせかけ、客を徹底的に痛めつけるだろう。それが、客から期待されているバーテンの役割なのだ、というのです。また、数年前には、レジナルド・モービス様の従者としてアメリカに旅行したミスター・レインから、ニューヨークのタクシー運転手の話を聞きました。客にひどい口のきき方をするのだそうです。ロンドンで同じことをやったら、絶対にひと騒動もちあがる、いや、高手小手に縛り上げられて、警察に突き出されるかもしれない、と言っておりました。

そんなことを考え合わせますと、ファラデイ様が冗談には冗談で応じてもらいたいと望み、それをしない私を職務怠慢と考えておられるというのは、ありえないことではありません。それを私は懸念しているのですが、といって、はたして私にできることかどうか……。冗談の言い合いなど、とても私が熱意をもって遂行できる任務とは思えません。変化の激しいこの時代ですから、伝統的な職務内容にない新しい任務を受け入れていくのは、十分に理由のあることです。しかし、冗談を言う言わないは、まったく次元の異なる問題ではありますまいか。それに、いまこそ冗談が期待されているのだと、瞬間瞬間にどうやったら判断できるのでしょう。うっかり冗談を口にし、つぎの瞬間、その場の雰囲気にまったくそぐわないとわかったときの悲惨さというものは、想像しただけで身の毛がよだちます。

じつは私も一度だけ、それも比較的最近、勇を鼓して冗談を言ってみたことがあるのです。朝食室で朝のコーヒーを差し上げていたときのことでした。ファラディ様が私にこう言われたのです。

「今朝がた、カラスみたいな大声を出していたのは、あれは君じゃなかろうね、スティーブンス？」

その朝、ジプシーが二人、いつもの屑鉄回収にきておりましたから、ファラディ様がその二人のことを言っておられるのはすぐにわかりました。

たまたまこの朝、私は冗談のことで悩んでおりました。軽口には軽口で答えることが求められているのではないか。せっかくきっかけを作ってくださるのに、毎回それをとらえそこなっているのでは、ファラディ様は気を悪くなさらないだろうかと、私は本気で心配しておりました。そんなこともあって、そのときふと思ったのです。ここで何か気のきいた受け答えができないものだろうか、と。もし状況判断を誤っていてもあまりひどいことにならない、ちょっとした洒落でも……？しばらく考えて、私はこう申し上げました。

「カラスというより、ツバメではございますまいか。それ、渡りの習性がございますから」

そして、これが洒落であることを強調するために、最後に適度にほほえんでおきました。ファラディ様が判断に迷われ、私の気分を害することを恐れて、せっかくの笑いを我慢されるようなことがあってはならないと思ったのです。しかし、ファラディ様は私を見上げ、「なんだって、スティーブンス？」と言われただけでした。

そのときになって、私はやっと気がつきました。ファラディ様は、その朝通りかかったのがジプシーであることをご存じなかったのです。これでは、私の洒落が通じるわけがありません。宙ぶらりんになった冗談をどう収めたものか困りましたが、とにかく打ち切るにしくはないと思い、急用を思い出した振りをして早々に退散いたしました。ファラディ様は怪訝な面持ちで見ておられました。

私に与えられた――のかどうか、いまだに判然とはいたしませんが――新しい任務は、こうして先が思いやられるスタートを切りました。一度でこりごりというのが正直なところで、あれ以来、二度目を試みようという気になりません。それにあの一度は例外で、不断の私には、洒落を素早く思いつくなどという芸当はとてもできません。一方、私の受け答えにファラディ様が満足しておられないという思いもぬぐいきれず、このごろ少ししつこくなられたように感じるのは、もしかしたらファラディ様なりの催促の方法なのか、と思ったりもいたします。

最近、こうした問題に思い悩むことが多くなったのは、一つには、かつてのように同業の者と話し合い、考えを深めていくことができなくなったからだと存じます。少し前までは、仕事上のことで疑問の点が生じても、遠からず誰か尊敬する同業者がお客様のお供をしてここに現われ、ゆっくり相談にのってくれる、という安心感がありました。ダーリントン卿の時代には、大勢の紳士淑女がお屋敷に来られ、何日も逗留されましたから、お供の方々とも親交を深める機会がふんだんにあったのです。さよう、あの忙しかった時代には、お屋敷の召使部屋にイギリス最高の執事が何人も集まり、暖かい火を囲んで夜遅くまで語り合ったものでした。

そんな夜、もし召使部屋に足を踏み入れ、そこで何が話し合われているかを耳にしたら、きっとどなたも目を丸くされたことでしょう。ゴシップなどではありません。上の階でご主人様方が頭を悩ましておられる国の重要事や、新聞をにぎわしている大問題について、召使部屋でも熱心な討論が行なわれている様をご覧になれたでしょう。もちろん、全国各地から同業の者が集まったのですから、仕事の話も大いにはずみました。ときには意見の対立もありましたが、だいたいは、相互の尊敬を基調にした和やかな雰囲気でした。当時、頻繁にお屋敷を訪れた方々のなかに、ジェームズ・チェンバース様の従者兼執事だったミスター・グレアムや、シドニー・ディキンソン様の従者だったミスター・ドナルズがいたと申し上げれば、そうした集まりの様子をご想像いただけるでしょうか。

それに、この二人ほど世に知られていなくても、忘れがたい個性の持ち主がたくさんいました。たとえば、ジョン・キャンベル様の従者兼執事だったミスター・ウィルキンソン。この方は著名人の物真似がたいへん得意で、驚くほどのレパートリーをもっていました。そして、論争では相手を震え上がらせる激しさを見せるものの、通常は親切のかたまりのような人だった、イースタリー・ハウスのミスター・デイビッドソン。それに、ジョン・ヘンリー・ピータース様の従者だったミスター・ハーマンも忘れられません。その過激な見解は決して聞き過ごしにはできないものでしたが、一度でもあの特徴ある大笑いとヨークシャー人特有の魅力に接してしまうと、好きにならずにはいられない人でした。

こうした名前は、いくらでもあげることができます。当時、私ども同業の者には真の仲間意識がありました。仕事への姿勢に多少の違いはあっても、本質的には、いわば「同じ布から裁断された」人々ばかりでしたから。今日は違います。今日では、供を連れたお客様というのがまずもってまれですし、たまにお供がついてきても、それは十中八九、サッカーのことしか頭にない新米従者です。夜も召使部屋で火を囲むより、農民の紋章亭で――いや、最近の傾向ではスター・インでしょうか――一杯やったほうが楽しいという手合いです。

ジェームズ・チェンバース様にお仕えしていたミスター・グレアムのことは、先ほど少しご紹介いたしました。じつは、二カ月ほど前、そのジェームズ様がダーリントン・ホールにお見えになったのです。ご来訪の予定を聞き、私はその日を心待ちにしておりました。ファラディ様とダーリントン卿ではご交遊の範囲がまったく違い、昔のお客様は最近めったにお見えになりませんから、懐かしかったこともありますが、同時に、ジェームズ様には昔のようにミスター・グレアムがお供してくるだろう、とも思ったのです。私がいま悩んでいる「アメリカ的ジョーク」の問題について、是非、意見を聞いてみたいものだと、楽しみにしておりました。ですから、ご来訪の前日になって、ジェームズ様がお一人で来られると知ったときは、驚くと同時に大変がっかりいたしました。

どうやら、ミスター・グレアムはもうジェームズ様のもとにはいないようです。というより、ジェームズ様はいまフルタイムの召使を一人も雇っておられないご様子でした。ミスター・グレアムは、いま、どこでどうしているのでしょうか。個人的に深く付き合うという間柄ではありませんでしたが、顔を合わせたときには馬が合いました。近況を知りたくても、ジェームズ様のご滞在中にそれをうかがう適当な機会はなく、そのままになっております。ジョークの問題を話し合いたかったのに、まことに残念なことでした。

つい、話がそれました。昨日の午後、居間でファラディ様にからかわれながら、私は居心地の悪い数分間を過ごしたのですが、その間、ファラディ様のからかいに対しては、いつもどおり笑みだけをお返しいたしました。ご気分のよさを私も分かち合っていると察していただける程度の、わずかな笑いです。そして、いったい旅行の許可はいただけるのかどうかと、気をもみつづけました。ファラディ様がやがて冗談を切り上げ、正式な許可をくださったのは、まことにありがたいことでした。ガソリン代の件も覚えておられ、あらためて約束してくださいました。

こうして、西部地方への自動車旅行には、なんの障害もなくなりました。もちろん、こまごましたことはあります。ミス・ケントンには、近くを通るかもしれないことを手紙で知らせておかねばなりませんし、着るものの準備もしなければなりません。それに、私の留守中、お屋敷の管理をどうするかという問題もあります。しかし、私が旅行を取り止めねばならないような問題は何一つ見当たりません。

一日目――夜

ソールズベリーにて

夜になりました。私はいまソールズベリーの宿に落ち着いております。旅の初日が終わり、まずは満足と言わねばなりますまい。今朝の出立は、予定より一時間近くも遅れてしまいました。荷造りとフォードへの積込みは、もう八時前にすっかり終わっておりましたが、ミセス・クレメンツと女たちがすでに一週間の休暇でお屋敷におらず、これで私が出発すれば、ダーリントン・ホールは今世紀に入っておそらく初めて――いや、もしかしたら築造以来初めて――無人の館になるという思いが強かったのだと存じます。それはなかなか複雑な思いでございまして、私はあと一度だけと決めながら、結局、何度も何度もお屋敷の内部を点検して歩き、すっかり出発を長引かせてしまいました。

ようやくお屋敷を離れてからも、私の気持ちは名状しがたいものでした。走りはじめて最初の二十分ほどは、なんの興奮も期待も湧いてこないのです。おそらく、お屋敷からどんどん遠ざかっているのに、周囲には相変わらず、多少なりとも見覚えのある風景がつづいていたからなのでしょう。いつもお屋敷内部の仕事に拘束され、外へなど出たこともないように感じておりましたが、やはり長い間には、あれこれの用事でけっこう外出し、自分で思う以上にお屋敷周辺の地理をよく知っていたものとみえます。日の光の中をバークシャーとの州境へ向かいながら、私はいつまでも見慣れた風景が展開することに驚いておりました。

しかし、やがて辺りの様子が変わり、これまでの生活の場から完全に抜け出たことを知りました。船旅をした人は、陸地が見えなくなる瞬間のことをよく口にします。不安と高揚が入り交じった経験だと聞いておりますが、周囲がしだいに見知らぬ風景に変わっていったとき、私がフォードの中で感じたのも、それにたいそう近いものだったろうと想像いたします。それまで走ってきた道路をそれ、山沿いにカーブしていく道に出た直後のことでした。左側は急な下り斜面になっているようでしたが、道端に立ち並ぶ木々と濃く茂った葉にさえぎられ、目には見えません。そのとき突然のように、ダーリントン・ホールをほんとうにあとにしてきたのだ、という思いがあふれ出てきたのです。あげく、道を間違えているのではないかとか、どこか未開の地に向かって突っ走っているのではないかという不安までが重なり、正直なところ、一瞬、恐怖を覚えたほどでした。私は思わずスピードを落とし、この道でいいのだと自分に言い聞かせながらも、どうしても一度止まって、辺りの様子をうかがわずにはいられませんでした。

ついでに車から降り、しばらく膝を伸ばすことにいたしました。外に出てみると、ここはやはり山の中腹であろうという印象を強く受けました。右側には藪や灌木の茂った斜面が立ち上がり、反対側には、木の葉の隙間に遠く畑が見え隠れしておりました。

もっとよく見える場所はないかと、しばらく、葉の間を透かしながら道路沿いに歩いたと思います。と、背後に声が聞こえました。そのときまで、辺りには私一人だと思い込んでおりましたから、おや、と振り返りますと、道路を少し行ったところに脇に入っていく小道があり、急坂となって茂みの中に消えているのが見えました。そして、その場所の目印になっているとおぼしき大きな岩の上に、痩せた白髪の男がすわり、パイプをふかしておりました。いかにも労働者風の布の帽子をかぶったその男は、もう一度私に呼びかけましたが、言葉はよく聞き取れませんでしたが、身振りから察するに、こちらに来いというのでしょう。一瞬、浮浪者かと危ぶみましたが、よく見ると、付近の住人が戸外の空気と夏の日を楽しんでいるふうでもあり、近寄っても害はなかろうと判断いたしました。

「どうかなと思いましてね。その……旦那の脚は達者ですかい？」私が近づくと、その男はこんなふうに話しかけてきました。

「なんのことですかな？」

男は脇道を指し示しました。「登るんなら、丈夫な脚と肺が二つずついりますんでね。わしにはもうどっちもないんで、ここどまりですが、もうちっとましな体だったら、あのてっぺんにすわってるところでさ。そりゃあ、いい場所でさ。ベンチなんかもあってね。あれほどの景色のおがめるところは、イギリス中捜しても、まずありませんや」

「そういうことなら、私もここどまりにしたほうがよろしいようですな。たったいま自動車旅行を始めたばかりでしてな、これからすばらしい景色を数多く見られると期待しております。旅が始まったかどうかもわからないうちに最上のものを見てしまっては、竜頭蛇尾ということになりかねません」

男は私の言うことがわからなかったようです。「イギリス中捜したって、これほどの景色のおめるところはありませんや。ま、丈夫な脚と肺が二つずつあれば、ですがね」と、同じことを繰り返し、そしてこう付け加えました。「けど旦那なら、年の割に丈夫そうだし、登れるでしょうよ。大丈夫でさ。わしだって、調子のいい日にゃなんとかなるんですから」

私は小道を見上げました。たしかに急で、そのうえ悪路のように見受けられました。

「登っておかないと後悔しますぜ、旦那。絶対でさ。それに、人間、何が起こるかわかりませんや。二年もしてみたら、もう遅すぎた、なんてね」男はそう言って、なんとも下品な笑い声をたてました。「行けるうちに行っとくのが、利口ってもんでさ」

いま思えば、あの男はユーモアを込めたつもりだったのかもしれません。つまり、ジョークだったのかもしれません。が、今朝、この言葉を聞いたときは、正直に申し上げてむっといたしました。すぐにその脇道を登りはじめたのは、男の皮肉がいかに的外れであるかを見せつけてやりたい、との思いに駆られたためだったと存じます。

いずれにせよ、登ってほんとうによかったと思っております。たしかに、なかなか骨の折れる道ではありましたが、丘を百ヤードほどジグザグに登るだけのことで、私にはとくに無理という道ではありません。登りおわったところに、ちょっとした空間があります。そこが男の言っていた場所であることは、容易に察しがつきました。ベンチがありましたし、何よりも、その丘を何マイル四方にもわたって取り巻いている、それはそれはすばらしい田園風景が目に飛び込んでまいりましたから。

私が見たものは、なだらかに起伏しながら、どこまでもつづいている草地と畑でした。大地はゆるく上っては下り、畑は生け垣や立ち木で縁どられておりました。遠くの草地に点々と見えたものは、あれは羊だったのだと存じます。右手のはるかかなた、ほとんど地平線のあたりには、教会の四角い塔が立っていたような気がいたします。

夏のざわめきに包まれた丘の上で、顔にそよ風を受けながら立ちつくすのは、なんと気分のよいことでしたろう。あの場所で、あの景色をながめながら、私はようやく旅にふさわしい心構えができたように思います。胸のうちには、その日初めて健康な期待感が湧き起こってまいりました。これからの数日間、どれほど興味深い体験が私を待ち受けていることだろうか……と。さらには、ミス・ケントンと要員補充の問題についても、この旅でなんとか解決のめどをつけよう、臆せず取り組んでみようという、新しい意欲が湧いてまいりました。

それが今朝のことでした。すでに夜になり、私はソールズベリー市の中心からさほど遠くない、この居心地のよい宿に落ち着いております。どちらかといえば質素といえる建物でしょうが、清潔で、私が一泊するにはなんの不都合もありません。宿の主人は見たところ四十前後の女で、なにやら私をたいそうな客とみなしているふうですが、これはファラディ様のフォードと、私の上等のスーツに影響されてのことに違いありますまい。ソールズベリーに着いたのは、午後三時半頃でした。宿帳の住所欄に「ダーリントン・ホール」と記しますと、女主人が少しあわてた顔つきでこちらを見ましたが、あれは、私をリッツやドーチェスターに泊まり慣れた紳士だと、勝手に思い込んだための狼狽《ろうばい》でしょう。へたな部屋に案内したら、憤然、宿から飛び出していくのではないか……。そんなことを心配したのかもしれません。通りに面したダブルルームが空いているので、シングルルームの料金でかまわないから、そこを使ってほしい……。女主人はそう言いました。

そして、連れてこられたのがこの部屋です。午後のその時刻には日の光が射し込み、壁紙の花模様を気持ちよく照らしていました。部屋にはベッドが二つ並び、道路を見下ろす位置に大きな窓が二つあります。浴室の場所を尋ねますと、女主人はおずおずとした声で、私の部屋の真向かいのドアがそうだが、夕食後までお湯は使えない、と言いました。私はお茶を持ってきてくれるように頼み、女主人が出ていったあと、部屋をゆっくりと見て回りました。ベッドはとても清潔で、きちんと整えられています。部屋の隅に置かれた洗面器も、きれいに磨いてありました。窓から外をのぞくと、通りの向かい側にパン屋があり、菓子やらケーキやらを陳列してあるのが見えます。さらに薬屋、理髪店と並び、通りをずっと先のほうまでたどっていくと、反り橋を渡って、しだいに田園地帯へとつづいていています。私は洗面器を使い、冷たい水で顔と手を洗ってさっぱりしたのち、窓の脇に置いてあった背の堅い椅子にすわって、お茶が運ばれてくるのを待ちました。

宿からソールズベリーの町中に出てみたのは、四時を少し回ってからだと思います。どの通りも広々として風がよく通り、町全体にすばらしくゆったりした感じを与えていました。そのため、暑めの日差しではありましたが、私は何時間散歩しても少しも苦になりませんでした。それに、この町には見所も多いのです。あちこちで見かけた古い木造の家並は、ながめるだけで十分楽しいものでしたし、町を流れるいくつもの川には小さな石橋がかかっていて、これを渡るのも楽しい経験でした。もちろん、サイモンズ夫人がご本の中で絶賛しておられた、あの大聖堂を訪れることも忘れませんでした。この荘厳な建物は、ソールズベリーのどこからでも見える尖塔のおかげで、捜し当てるのが少しも難しくありません。夕方、宿へ帰る道々、何度も肩越しに振り返ってみましたが、どこで振り返っても、そびえ立つ大尖塔の背後に夕日が沈んでいくさまが見えました。

しかし、旅行の第一日が終わろうとしているいま、この静かな部屋で私の心によみがえってくるのは、その大聖堂でも、ソールズベリーの名所の数々でもなく、やはり、今朝丘の上で見たあのすばらしい光景、うねりながらどこまでもつづくイギリスの田園風景のことです。もちろん、見た目にもっと華やかな景観を誇る国々があることは、私も認めるにやぶさかではありません。私自身、百科事典や《ナショナル・ジオグラフィック・マガジン》で、壮大な渓谷や大瀑布、峨々たる山脈など、地球の隅々から送られてきた、息をのむような写真を見たことがあります。そうした景観に直接触れたこともないのに、こんなことを申し上げるのはおこがましいかもしれませんが、私はあえて、多少の自信をもって申し上げたいと存じます。今朝のように、イギリスの風景がその最良の装いで立ち現われてくるとき、そこには、外国の風景が——たとえ表面的にどれほどドラマチックであろうとも——決してもちえない品格がある。そしてその品格が、見る者にひじょうに深い満足感を与えるのだ、と。

この品格は、おそらく「偉大さ」という言葉で表現するのが最も適切でしょう。今朝、あの丘に立ち、眼下にあの大地を見たとき、私ははっきりと偉大さの中にいることを感じました。じつにまれながら、まがいようのない感覚でした。この国土はグレートブリテン、「偉大なるブリテン」と呼ばれております。少し厚かましい呼び名ではないかという疑義があるやにも聞いておりますが、風景一つを取り上げてみましても、この堂々たる形容詞の使用はまったく正当であると申せましょう。

では、「偉大さ」とは、厳密に何を指すのでしょうか。それはどこに、何の中に見出されるものなのでしょう。この疑問に答えるには、私などよりずっと賢い頭が必要であるのは承知しております。しかし、あえて当て推量をお許しいただくなら、私は、表面的なドラマやアクションのなさが、わが国の美しさを一味も二味も違うものにしているのだと思います。問題は、美しさのもつ落着きであり、慎ましさではありますまいか。イギリスの国土は、自分の美しさと偉大さをよく知っていて、大声で叫ぶ必要を認めません。これに比べ、アフリカやアメリカで見られる景観というものは、疑いもなく心を躍らせはいたしますが、その騒がしいほど声高な主張のため、見る者には、いささか劣るという感じを抱かせるのだと存じます。

いま申し上げたようなことは、じつは、私どもの間で昔から論議されてきた一つの問題に、たいへん深い関わりがあります。それは、偉大な執事とは何か、ということです。一日の仕事が終わったあと、召使部屋の火を囲みながら、この問題を飽きずに何時間でも論じ合ったことを思い出します。お気づきでしょうが、私はいま、偉大な執事とは「誰か」ではなく、「何か」と申し上げました。じつは、私どもの世代では、執事のあるべき姿を定めたのが誰であるかについては、ほとんど異論がありません。もちろん、それはチャールビル・ハウスのミスター・マーシャルであり、ブライドウッドのミスター・レーンであったわけです。この二人には品格がありました。実際にこの二人に会われた方々には、私が「品格」という言葉で何を言わんとしているかがおわかりでしょう。が、同時に、その品格の中身を定義することが決して容易ではないことも、すぐにおわかりいただけると存じます。

ところで、よく考えてみますと、誰が偉大な執事であるかについて異論がないと申し上げたのは、じつは必ずしも正しくありません。正確には、この種の問題に高い見識をもつ一流の同業者の間では異論がない、と申し上げるべきでした。ダーリントン・ホールにかぎりませんが、お屋敷の召使部屋というところは、知性も眼力もさまざまなレベルの者が出入りいたします。どなたかのお供できた雇人が――いえ、ときにはダーリントン・ホールの召使までもが――あのミスター・ネイバーズのような執事を夢中になって誉めそやすのを聞き、苦虫をかみつぶさねばならなかったことも一度や二度ではありません。

個人的に、ミスター・ネイバーズに含むところは何もありません。聞けば先の戦争で亡くなられたそうで、まことにお気の毒に存じます。いま名前を出しましたのは、あの方の場合が典型的だったからにほかなりません。三〇年代中頃の二、三年間、ミスター・ネイバーズの名前は国中の召使部屋を席巻した感がありました。ダーリントン・ホールも例外ではなく、他家の雇人がミスター・

ネイバーズの最新情報を仕入れてきては、あのエピソード、このエピソードと、うんざりするほど聞かせてくれるものですから、ミスター・グレアムや私などはほとほと閉口したのを覚えております。聞いていてとくに腹立たしかったのは、通常はわきまえのある雇人が、そのようなエピソードを語りおえるたびにいかにも感に堪えないといった様子でかぶりを振り、「あのミスター・ネイバーズってのは……あの人は最高だね」というたぐいの感想を付け加えることでした。

ミスター・ネイバーズが組織面ですぐれた手腕をもっていたことは、私も疑いません。いくつかの大行事を指揮し、堂々と成功させたと聞いております。が、ミスター・ネイバーズが、偉大な執事の地位に一度でも近づいたことがあるかと尋ねられれば、私は否と答えます。その名声が絶頂にあったときにも同じことを答えたでしょうし、ついでに、もてはやされるのはほんの数年で、いずれ凋落の運命が待っているとも予言してみせたでしょう。当代最高の執事として誰からも誉めそやされていた人物が、数年もたたないうちに馬脚をあらわすというケースを、私は何度見聞きしてきたことでしょうか。

そんなとき、昨日までその執事に賛辞を贈っていた召使たちがどうするかといえば、今日はもう誰か別の人物を誉めたたえるのに忙しくて、自分の判断力を疑ってみる暇さえありません。この手合いがもてはやすのは、まず例外なく、どこかの旧家に迎えられ、そのことで急に注目されるようになった執事です。おそらく、大きな行事の二つ三つも成功させているでしょう。こうなると、国中の召使部屋を噂が飛び交います。有名人の誰それが引き抜こうとしたそうだ……。いやいや、名門中の名門、A家とB家が目の玉の飛び出る高給を提示して、競い合っているそうだ……。それが

二、三年たつうちにどうでしょう。完全無欠のはずのその執事が、何かに失敗して責任をとらされます。あるいは、なぜか雇主の不興を買って解雇されます。そして、そのまま消息不明になってしまうのです。もちろん、ゴシップ屋には少しも困ったことではありません。新しいスターを見つけてきて、また夢中になればいいのですから。

私の見るところ、この点では、お客様のお供についてくる従者が最悪のようです。この人たちは早く執事の地位につきたいものと願い、少し焦り気味なのでしょうか。考えることといえば、誰の真似をすればいいか、の一点張りです。そして目標を定めると、そのヒーローの執事論を鵜呑みにし、それを無批判に繰り返すのです。

もちろん、その種の愚行から超越した従者も数多くいることは、急いで付け加えておかねばなりません。この人々は最高の見識をもつプロ中のプロで、たとえば、いまは残念ながら消息がとだえてしまったミスター・グレアムも、その一人でした。この人々が二、三人もダーリントン・ホールの召使部屋に集まった夜は、お互いの仕事のあらゆる側面にわたり、知的で刺激的な議論を繰り広げたものでした。あのような夜は、あの時代の最も懐かしい思い出として、いまでも私の脳裡に残っております。

しかし、本題にもどりましょう。私どもが毎晩でも論じ合って――もちろん、基本的理解に欠ける輩《やから》の、つまらないおしゃべりで邪魔されなければ、の話ですが――飽きなかった問題、すなわち「偉大な執事とは何か」です。

この問題については、長年、さまざまな方面でさまざまなことが言われてきましたが、私の知るかぎり、業界内部から公式見解を打ち出そうとする試みはほとんどありませんでした。ただ一度、ヘイズ協会が入会資格を発表したことくらいでしょうか。ヘイズ協会といっても、最近では話題にする人もなく、ご存じない方が多いでしょうが、二〇年代全般と三〇年代初めには、ロンドンとその周辺諸州で相当な影響力をもっていた団体でした。事実、その力が大きくなりすぎたと感じ、一九三二、三年だったと思いますが、協会が閉鎖に追い込まれたときには、むしろよかったと感じた人も多かったはずです。

ヘイズ協会は、「超一流」の執事しか入会させないことを謳い文句にしておりました。類似の団体がいくつも生まれては消えていくなかで、ヘイズ協会だけがかなりの影響力と権威をもつにいたったのには、会員の数をきわめて少なく保ち、「超一流」のラベルを世間に信用させたことが大きかったと存じます。会員数が三十人を超えたことは一度もなく、たいていは九人から十人どまりだったといいます。さらに、秘密主義の傾向があって、これがかえって協会に神秘性をもたせ、ときに職業上の問題で何か発言したりすると、それが御託宣か何かのようにありがたがられたこともありました。

このヘイズ協会への入会資格も、しばらくの間は秘密にされておりました。しかし、その開陳を求める圧力がしだいに強まり、資格の詳細を知りたいという趣旨の手紙が《季刊執事》に何通も投稿されたりして、協会もとうとう折れざるをえなくなったのでしょう。「もちろん、ほかにも条件はいろいろあるが」という前置きつきで、会員になるための第一の条件は「入会申請者が名家に雇われていること」である、と公表したのです。さらに「名家」の定義にもふれ、実業家や成金の家は名家とは認められない、とも声明しました。私などは、これはじつに古臭い考え方だと思います。ヘイズ協会は、もしかしたら業界標準の裁定機関のような役割を果たしえたかもしれないのに、その可能性をつぶしたのは、このかびのはえたようなみずからの旧時代性だったと言えるでしょう。

その後、《季刊執事》には抗議の手紙がどっと寄せられ、実業家の家にも傑出した執事がいるではないか、という指摘がなされました。立場の正当化を迫られた協会は、投稿者の指摘を受け入れたうえで、しかし「そのようにすぐれた執事を、真の紳士淑女の家がいつまでも放っておくはずがない。それが大前提である」と反論しました。われわれは「真の紳士淑女」の判断によって導かれるべきであって、そのことを否定してしまったら、「ボルシェビキ・ロシアの無礼無作法と変わりなくなる」というのです。この発言がさらに論議を呼び、入会資格の全容を明らかにするよう協会に求める手紙が、しだいにふえていきました。そして、とうとう、ヘイズ協会からの短い返事が《季刊執事》に掲載されたのです。そこには、協会の見解として——ここの部分は、記憶からできるだけ正確に引用してみましょう——「最も決定的な条件は、入会申請者がみずからの地位にふさわしい品格の持ち主であることである。この点に不足のある申請者は、その他の能力・業績がいかなる水準にあろうとも、当協会の入会資格を満たしているとはみなされない」とありました。

私は、ヘイズ協会にはどちらかといえば反感をもっておりましたが、この最後の声明だけは、重要な真実を含んでいると確信しております。偉大な執事だと誰もが認める人々、たとえばミスター・マーシャルやミスター・レーンを見るにつけ、この二人と単なる有能な執事との違いは、私には

「品格」という言葉で最もよく表現されるように思われるのです。もちろん、これはさらなる疑問を呼ぶことにしかなりますまい。では、「品格」とは何なのか。

じつは、ミスター・グレアムらと私が、夢中で論じ合った問題の一つがこれでした。ミスター・グレアムはいつも、品格とはご婦人の美しさのようなもので、分析は無意味だと言っておりました。しかし、私は反対でした。そのようなたとえは、ミスター・マーシャルらの品格を軽んずることになると思いましたし、それに、その考え方を突き詰めていくと、品格の有無は自然の気まぐれで決まってしまうことになります。醜いご婦人がいくら努力しても美しくはなれないように、初めから品格を持っていない人は、いくらそれを身につけようと努力しても、結局は無駄ということになってしまいます。

たしかに、執事の大半は、いろいろやってみても、結局、自分は駄目だったと悟らざるをえないのかもしれません。が、それはそれとして、生涯かけて品格を追求することは、決して無意味だとは思われません。すでにそれを持っている偉大な執事、たとえばミスター・マーシャルにしても、長年にわたる自己啓発と経験の注意深い積み重ねで、それを身につけていったに違いないのです。ミスター・グレアムのような態度をとることは、職業的観点からしてあまりに敗北主義ではありますまいか。

私どもはこの「品格」の中身を見極めたいと思い、何度となく考えをぶつけ合いました。ミスター・グレアムが基本的に悲観論者だったこともあって、意見の一致を見ることはありませんでしたが、この話合いを通じて私なりの考えがしだいに固まってゆき、それが今日の私の信念を形成しております。品格とはいったい何か。私の考えを以下にご説明いたしましょう。

最近の偉大な執事として、チャールビル・ハウスのミスター・マーシャルとブライドウッドのミスター・レーンをあげることには、どなたもご異存ありますまい。さらに、ブランベリー・カースルのミスター・ヘンダーソンも、このクラスに属するまれな一人に数えてよいかもしれません。賛成なさる方も多いと存じます。しかし、私の父となるとどうでしょうか。父がいろいろな面でこの三人に匹敵していた、あるいは「品格」の定義を考えるとき私はいつも父のことを考えていた、と申し上げたら、それは親子ゆえの思い込みだとみなされるのではありますまいか。しかし、執事として円熟期にあったラフバラ・ハウス時代の父は、まさに「品格」の体現者でした。私はそれを深く信じて疑いません。

客観的に見れば、偉大な執事に通常期待されるさまざまな要素が、父には欠けていたことを認めねばなりません。が、そうした要素は、私の考えではどれも表面的・装飾的な性格のものです。たとえば、正しい発音、さわやかな弁舌、鷹狩りからイモリの交尾にいたるまでの博識など、どれも父にはないものでしたが、それはケーキに振りかける粉砂糖のようなもので、あれば結構でしょうが、本質とは無関係のことです。それに、父が一世代前の執事だったことも忘れてはなりません。父の執事人生が始まった頃、そうした要素は必要条件どころか、執事には無用のものとみなされておりました。誰も彼もが能弁と博識に目の色を変えるようになったのは、私どもの世代になってから、おそらくミスター・マーシャルが現われてからのことだと存じます。その偉大さを真似しようとした人々が、うわべを本質と取り違えてしまったのです。私どもの世代は「飾り」を追い求めすぎました。本来なら、執事としての基本の習得にすべての時間とエネルギーを振り向けるべきなのに、やれ訛《なまり》の矯正だ、弁舌だ、百科事典だ、雑学事典の勉強だと、どれほど時間を無駄遣いしてきたことでしょうか。

もちろん、最終的には私ども自身の責に帰することです。それを否定することは厳に慎まねばなりませんが、同時に、そうした傾向をあおる雇主がいたことも指摘しておくべきかと存じます。まことに言いにくいことながら、最近、お家どうしが——それも最高の家柄を誇るお家どうしが——つまらないことで競い合うケースがあるやに聞いております。たとえばハウス・パーティなどで、まるで猿回しの猿のように執事の「芸」をみせびらかすといったたぐいのことです。私自身、あるお屋敷でまことに遺憾なケースを目にいたしました。お客様がわざわざベルを鳴らして執事を呼びつけ、これこれの年のダービー優勝馬はなんだったかなど、手当たりしだいに質問を投げつけては答えさせておりました。そのお屋敷では、どうやら、それが余興の一つとしてまかり通っているように見えましたが、そのようなことは、見世物小屋で記憶男がやることではありますまいか。

私の父は、幸いにして、そのような職業的価値の混乱を免れた世代の執事でした。能弁でも博識でもありませんでしたが、お屋敷の運営については何一つ知らないことはなく、執事としての円熟期には、ヘイズ協会のいう「みずからの地位にふさわしい品格」をそなえるにいたったと存じます。私はなぜ、父がすぐれていたと思うのか。それを申し上げることは、間接的に、「品格」についての私の考えを申し上げることになりましょう。

父にはお気に入りの話が一つございました。折にふれ、ひとに語り聞かせていたようで、私がまだ幼かった頃、来客に話しているのを聞いた覚えがありますし、父の監督下で見習いを始めたときにも一度聞きました。さらに、私が初めての執事職を得て（オックスフォードシャー、オールショットにお住まいだったマガリッジご夫妻の、比較的こぢんまりしたお屋敷でした）、そのあと父に会いに帰ってきたときにも、同じ話を聞かされました。明らかに、父には大きな意味をもつ話だったのだと存じます。私どもと違い、議論や分析といったことに慣れていない世代の人でしたから、父はこのエピソードを繰り返し語ることで自分の職業観を語り、それに批判的考察を加えていたのかもしれません。とすれば、そこには父の考えに迫る重要な手がかりが含まれていることになります。

父は実話だと言っておりました。雇主に従ってインドへ行き、その地の召使だけを使いながら、本国時代と変わらぬ水準を維持しつづけたという執事の話です。ある日の午後、晩餐の準備に手落ちがないことを確かめに食堂に行ったところ、なんと、食卓の下に虎が一頭寝そべっていたそうです。それを見つけた執事はそっと食堂から出て、注意深くドアを閉め、平然とした足取りで、主人が数人の客をもてなしている居間に向かいました。そして軽い咳払いで主人の注意を引き、こう耳打ちしたというのです。

「お騒がせしてまことに申し訳ございませんが、ご主人様、食堂に虎が一頭迷いこんだようでございます。十二番径の使用をご許可願えましょうか」

父の話によれば、数分後、主人と客の耳に三発の銃声が聞こえてきました。やがてお茶を注ぎ足しに現われた執事に、主人は「不都合はないか」と尋ねたそうです。

「はい、ご主人様、なんの支障もございません」と、執事は答えました。「夕食はいつもの時刻でございます。そのときまでには、最近の出来事の痕跡もあらかた消えていると存じますので、どうぞ、ご心配なきように願います」

執事の最後の言葉、「そのときまでには、最近の出来事の痕跡もあらかた消えていると存じますので……」にくると、父は感嘆の面持ちでかぶりを振り、嬉しそうに笑いました。自分でその執事を知っているとも、知っている人を知っているとも言わず、ただ、話自体はほんとうのことだよと念を押すだけでしたが、実話かどうかはこの際どうでもよいことです。重要なのは、そこに父の理想が語られていたということです。いま振り返ってみますと、父はなんとか自分も話の中のその執事になりたいものと願い、生涯、努力をつづけたに違いありません。そして、執事として円熟期に入った頃、その望みはかなえられたと思います。もちろん、父には食卓の下の虎に出会う機会はなかったでしょうが、私自身が知っていることや、父についてほかの方々からうかがったことを総合すると、私には、父とその尊敬してやまなかったインドの執事とが重なり合って見えます。父もまた、同様のエピソードをいくつももった人でした。

たとえば、ダーリントン卿の時代によくお見えになった、チャールズ・アンド・レディング社のデイビッド・チャールズ様からうかがった話も、その一つです。たまたま私がチャールズ様の従者を務めていた夜、「何年か前、ラフバラ・ハウスで君のお父上に会ったよ」と聞かされました。ラフバラ・ハウスというのは、企業経営者ジョン・シルバーズ様のお屋敷で、父が執事として充実の十五年間を勤めたところです。チャールズ様が言われるには、ラフバラ・ハウス滞在中に起こったある事件のために、父のことは忘れようにも忘れられなくなったとのことでした。

「いま思い出しても恥ずかしく、悔まれることだが……」と、チャールズ様は言われました。ある日の午後、同じくお屋敷に招かれていた二人の客に誘われるまま、つい酔っ払うほどにお飲みになられたそうです。この二人の客は、ある方面ではまだ名前を知られている方々ですので、ここでは仮にスミス様とジョーンズ様とお呼びすることにいたしましょう。一時間ほどお飲みになったあと、自動車がまだ珍しかった時代のことでもあり、このお二人は近くの村々をドライブして回ろうと言い出されました。そして、チャールズ様を強引に誘い、その日たまたま運転手が休暇をとっておりましたため、父に運転を命じられたそうです。

さて、出発いたしますと、中年の分別盛りであるはずのスミス様とジョーンズ様が、お二人して卑猥な歌を歌ったり、窓から見える風物に野卑な感想を述べたり、まるで高校生のような振舞いを始められました。さらには、近くにモーフィ、ソルタッシュ、ブリグーンという三つの村があることを地図で知り、急にそこへ行きたいとも言い出されました。いま申し上げたのが正確な村名なのかどうかは存じません。が、要するに、それらしい三つの名前から、最近見たばかりの――ご存じの方もおられるでしょう――『マーフィとソルトマンと猫のブリジッド』という芝居を連想されたらしく、この奇妙な符合を祝い、さらには俳優たちに敬意を表わすために、是非、その村々を回ってみたいという気になられたようです。

チャールズ様が言われるには、まず一つ目の村に立ち寄ったのち、もうすぐ二つ目の村に入ろうというときでした。お二人のうちどちらかが、その村がブリグーンであることに気づかれたのです。

つまり、芝居の題名に従えば、二番目でなく三番目の村だというわけです。お二人は怒り出し、すぐ車をもどして「正しい順序で」回れ、と命じられました。そのためには、いま来た道をかなり引き返さねばならなかったようですが、父は至極当然のこととしてその要求を受け入れ、申し分のない丁重な態度で終始したそうです。

しかし、スミス様とジョーンズ様は、いまや、父に格好の標的を見出されました。外の風景に飽きたこともあって、父の「過ち」に露骨な嫌みを浴びせかけ、それで憂さ晴らしをされたようです。が、父は不快や怒りをかけらも見せず、自己の尊厳とお客様への服従を完全に両立させながら運転をつづけたといいます。チャールズ様は、つくづく感心したと言っておられました。

しかし、父の冷静沈着は長続きを許されませんでした。父の背中に侮辱を投げつけることにも飽きたお二人は、今度はお屋敷の主人であり、父の雇主である、ジョン・シルバーズ様に矛先を向けられたのです。話の内容はしだいに低劣な中傷に堕していきました。チャールズ様も——少なくともご自分でおっしゃるには——さすがに見かねて、そんな言い方は礼儀にもとると注意なさったそうですが、その注意は猛烈な反発をくい、チャールズ様はご自分がつぎの標的にされるのではないかと恐れるとともに、実際に殴りかかられそうな危険まで感じたと言われます。さて、シルバーズ様についての最悪のあてこすりがなされたとき、突然、車が止まりました。そして、つぎに起こったことが、チャールズ様に忘れがたい印象を残したのです。

車の後部ドアがあきました。父は車から数歩下がって立ち、じっと内部を見つめていたそうです。父の圧倒的な存在感に、三人の乗客は一様に気圧《けお》された、とチャールズ様は言っておられました。

それはそうでしたろう。肉体的には六フィート三インチの大男でしたし、いつもは頼もしさしか感じさせない顔つきにも、状況によってはひじょうに厳しいものを浮かべることのある人でしたから。チャールズ様が言われるには、父はとくに怒りをあらわにしていたというのではありません。要するに、ただドアをあけただけだったのです。が、車に覆いかぶさるように立ちつくす父の姿には、相手を告発してやまない何かがあり、同時に近寄りがたい雰囲気が立ち籠《こ》めていて、チャールズ様の酔っ払った同乗者は、二人ながら、思わず身をすくめてしまわれました。まるで、リンゴ泥棒の現場を押さえられた子供のようだったといいます。

　父はあけたドアを手で押さえたまま、何も言わず、そこに立ちつづけました。やがて、お二人のどちらかが、「先へ行くのかな、行かないのかな」と、ぽつりとつぶやかれたそうですが、父は何も答えず、黙って立ちつづけました。降りてくれとも言いませんし、かといって、ほかに何をしてほしいと思っているのか、態度からは何も読み取れません。そのときの父の様子が、私には容易に想像できるようです。車のドアがあいています。その向こうには、穏やかなハートフォードシャーの風景があったでしょう。しかし、黒く厳しく立ちつづける父の姿にさえぎられ、せっかくの風景も台無しだったに違いありません。奇妙に怖いひとときだった、とチャールズ様は——ご自身は傍若無人な振舞いに加担しておられなかったにもかかわらず——言っておられました。沈黙が永遠につづくかと思われたとき、ようやく、スミス様かジョーンズ様かが勇気を奮い起こし、「さっきは、ちょっと分別を失ったようだな。もうしないよ」と、反省の言葉をつぶやかれました。

　父はこの言葉をしばらく噛み締めているふうでしたが、やがてドアをそっとしめ、運転席にもどって車をスタートさせました。村巡りは、そのあと、ほとんど完全な沈黙の中で行なわれたそうです。

このエピソードをお話ししているうちに、父の執事人生のほぼ同時期に起こったもう一つの事件を思い出しました。これもまた、父の執事としてのあり方を強烈に印象づける出来事でした。それをお話しするには、まず、私に兄がいたことを申し上げておかねばなりません。レナードといい、私がまだ少年だった頃、南アフリカ戦争で戦死しました。兄の死が、父にとってたいへんな打撃だったことは言うまでもありません。しかも、王と国のために名誉の戦死を遂げたとでもいうなら、いささかの慰めにもなったでしょうに、父にはその慰めも与えられませんでした。と申しますのは、兄はある悪名高い作戦で死んだからです。ボーア人の開拓村を襲撃して民間人を殺傷するという、きわめて非イギリス的な、後味の悪い作戦でした。そのうえ、その作戦を指揮した将校の行動が、軍事上の基本を無視した無責任きわまりないものだったことが、のちに多くの証拠によって明らかにされたのです。この作戦で死んだ兵隊は、私の兄を含め、全員が犬死にでした。

私がこれからお話しすることの性質上、作戦の名前をはっきり申し上げることはできません。しかし、当時、ごうごうたる非難にさらされ、南アフリカ戦争そのものについての論争を激化させた作戦と言えば、ああ、あれか、とうなずかれる方も多いのではありますまいか。問題の指揮官を交代させろとか、軍法会議にかけろという声さえありましたが、陸軍がこの指揮官を弁護し、結局、戦争終了までその任にとどめたようです。しかし、戦争の終了とともに、その指揮官が秘密裡に退役させられ、実業界に転じて、南アフリカ貿易を手がけるようになったことは、あまり知られておりません。

さて、南アフリカ戦争から十年ほどたち、兄に先立たれた心の傷が表面的にはようやく癒えたかに見えた頃、父はジョン・シルバーズ様の書斎に呼ばれ、例の作戦の指揮をとった将校――ここでは「指揮官」と呼ぶことにいたしましょう――が、ラフバラ・ハウスにやってくることを告げられました。ハウス・パーティへの招待客として、数日滞在するとのことでした。シルバーズ様は、将来有望と思われる事業の基礎固めのため、指揮官と取引したいご意向だったのですが、その訪問を父がどう受け止めるかを懸念し、父が望めば、指揮官の滞在中は休暇を与えるおつもりだったようです。

指揮官に対する父の感情は、もちろん、最大級の憎しみでした。しかし、雇主の事業上の発展がパーティの円滑な運営にかかっていることも、父にはよくわかっておりました。十八人ものお客様を招くパーティというものは、生半可なことではこなせません。父はシルバーズ様のご配慮に感謝したのち、しかしサービスは通常の水準で提供されますから、ご心配なさらぬように、と返事をしたそうです。

父にとっては予想以上に厳しい試練になりました。じつは、父には多少の期待もあったようなのです。生身の指揮官に会い、その人格に触れれば、尊敬なり同情なりの念が湧き、自分の感情も多少は癒されるのではないか……と。しかし、生身の指揮官は起居振舞いの下卑た、太って醜い男でした。何について話すときでも、軍隊のたとえを持ち出さずには気のすまない男でした。

なお悪いことに、いつものお供が急病になり、指揮官は従者なしでやってきていました。従者のいないお客様はほかにも一人おられましたから、どちらの従者に執事がつき、どちらに下僕がつくかという、微妙な問題が生じました。雇主の立場を理解していた父が、ただちに指揮官の従者を買って出たことは言うまでもありません。そして、まるまる四日間、憎悪してやまない男と顔を突き合わせて過ごすはめになったのです。指揮官は父の感情など知るよしもなく、軍人が自室のプライバシーの中で従者相手によくやるように、自分の「華々しい」戦歴を父にとうとうと語り聞かせました。しかし、父は真情を隠しつづけ、義務の遂行になんの手抜かりもありませんでしたから、指揮官はお屋敷を立ち去るにあたって、シルバーズ様に執事の優秀さを誉め、常になく高額のチップを置いていったそうです。父はその場で、チップの全額を慈善事業に寄付してくれるようシルバーズ様に申し出ました。

いま、父の執事生涯からご紹介いたしました二つのエピソードは、裏付けとなる証言もあり、私は事実であったと確信しております。父は、ヘイズ協会のいう「みずからの地位にふさわしい品格」を示しただけでなく、まさに品格そのもののような人だったことがおわかりいただけましょう。こうした状況における父と、たとえば自分の手腕に得意満面でいるミスター・ネイバーズとを比較してみると、偉大な執事と単なる有能な執事との違いが、おのずから明らかになるように思われます。食卓の下に虎を見つけてもパニックを起こさなかった執事がなぜ父のお気に入りだったのか、この二つのエピソードを聞いたあとでは、いっそうよく理解できるのではありますまいか。父はその話のどこかに真の「品格」への鍵が隠されていることを、本能的に読み取っていたのだと存じます。

品格の有無を決定するものは、みずからの職業的あり方を貫き、それに堪える能力だと言えるのではありますまいか。並の執事は、ほんの少し挑発されただけで職業的あり方を投げ捨て、個人的なあり方に逃げ込みます。そのような人にとって、執事であることはパントマイムを演じているのと変わりません。ちょっと動揺する。ちょっとつまずく。すると、たちまちうわべがはがれ落ち、中の演技者がむき出しになるのです。偉大な執事が偉大であるゆえんは、みずからの職業的あり方に常住し、最後の最後までそこに踏みとどまれることでしょう。外部の出来事には――それがどれほど意外でも、恐ろしくても、腹立たしくても――動じません。偉大な執事は、紳士がスーツを着るように執事職を身にまといます。公衆の面前でそれを脱ぎ捨てるような真似は、たとえごろつき相手でも、どんな苦境に陥ったときでも、絶対にいたしません。それを脱ぐのは、みずから脱ごうと思ったとき以外にはなく、それは自分が完全に一人だけのときにかぎられます。まさに「品格」の問題なのです。

執事はイギリスにしかおらず、ほかの国にいるのは、名称はどうであれ単なる召使だ、とはよく言われることです。私もそのとおりだと思います。大陸の人々が執事になれないのは、人種的に、イギリス民族ほど感情の抑制がきかないからです。大陸の諸民族――そして、ご賛成いただけると存じますが、ケルト人――は、一般に、感情が激した瞬間に自己の制御ができず、そのため、至極平穏な状況のもとでしか職業的あり方を維持できません。先ほどのたとえにもどりますと、まことに下品な表現で恐縮なのですが、少し挑発されただけで上着もシャツも脱ぎ捨て、大声で叫びながら走り回る人のようなものです。そのような人には、「品格」は望むべくもありません。この点で、イギリス人は絶対的優位に立っています。偉大な執事のイメージを思い浮かべようとするとき、その執事がどうしてもイギリス人になってしまうのは、至極当然のことだと申せましょう。

待て、と言われる方があるかもしれません。昔、召使部屋で火を囲んでいるときも、私がいまのような考えを述べるたびに、ミスター・グレアムから待ったがかかりました。その反論はこうでした。ここに一人の執事がいるとする。もし君の言うとおりだとしたら、その執事を厳しくテストし、そこでどのような行動をとるか見なければ、はたして偉大な執事かどうかはわからないことになる。だが、現実には、ミスター・マーシャルなりミスター・レーンのことは、誰もが偉大な執事だと認めている。苦境に立たされたときの二人の行動など、誰も見たことがないにもかかわらず……。

ミスター・グレアムの反論に一理あることは、私も認めざるをえません。ただ、申し上げられることは、私ほどこの職業に長く携わっておりますと、相手の職業意識の深浅は直感で測れるということです。たまたま偉大な執事に巡り合う幸運に恵まれたときなどは、テストしたいという思いすら浮かばないでしょう。これほど確固たる職業的あり方を、いったいぐらつかせる状況などありうるのだろうかと、ただただ感嘆するばかりです。あの日曜日の午後も同じだったと思います。父の車に乗った二人の酔っ払いを恥辱の沈黙に追いやったものは、アルコールで濁った意識をも貫く大きな感嘆だったのではありますまいか。偉大な執事は、今朝私が見た偉大なイギリスの風景と同じです。行き会いさえすれば、偉大な存在に出会ったことがわかるのです。

私のように偉大さを分析しようとするのは、まったく無駄なことだと考える方がおられるのは承知しております。「持っている人は持っているし、持っていない人は持っていない」と、ミスター

・グレアムはいつも言っておりました。「それ以上のことは、言ってもあまり意味がない」と。しかし私は、この問題でそのような敗北主義に陥るべきではないと考えます。一人一人が深く考え、「品格」を身につけるべくいっそう努力することは、私ども全員の職業的責務ではありますまいか。

二日目——朝

ソールズベリーにて

慣れないベッドでは、よく眠れたためしがありません。昨夜もわずかな時間、それも浅く眠っただけで、一時間ほど前に目が覚めてしまいました。もちろん辺りは暗かったうえ、今日もまた運転席での一日が待っておりますので、私はもう一度眠りにもどろうとしました。が、どうしても眠れず、仕方なく起き上がったときは、まだ電燈をつけねば髭もそれないほどの暗さでした。それでも、隅の洗面器で髭をあたってから電燈を消してみますと、カーテンのへりに早朝の明るさが漂いはじめているのが見えました。

いま、カーテンを左右に開いてみたところです。外はまだほの暗く、もやがかかっているのか、向かいのパン屋と薬屋がなにやらかすんで見えるような気がいたします。通りを目で追い、小さな反り橋にさしかかる辺りを眺めますと、はたして川から立ちのぼる濃いもやに、橋脚の一つがほぼ覆い隠されているのがわかりました。通りには人一人見当たりません。どこか遠くから何かを打つような音がこだましてくるのと、宿の裏側の部屋からときどき誰かの咳が聞こえてくるだけで、あとはなんの物音もしません。もちろん、女主人が起き出している気配はなく、このぶんでは、昨夜言われた七時半までは朝食も期待できないようです。

こうやって、静寂の中で世界が目覚めるのを待っておりますと、いつの間にか、ミス・ケントンの手紙のあちこちを反芻している自分に気づきます。ところで、「ミス・ケントン」という呼び方については、もっと前にご説明しておくべきでした。正しくは「ミセス・ベン」といいます。もう二十年も前からそうなのですが、私が身近に接していたのは結婚前のミス・ケントンですし、ミセス・ベンになるためにコーンウォールに去ってからは、一度も会ったことがありません。この二十年間、心の中ではずっとミス・ケントンと呼びつづけてまいりましたので、不適当かもしれませんが、ここでもそのように呼ぶことをお許し願いたいと存じます。それに、先日の手紙によりますと、「ミス・ケントン」と呼ぶことが必ずしも不適当ではないかもしれません。と申しますのは、悲しいことに、その結婚生活がいま破綻しかかっていると察せられるのです。もちろん、詳しい事情は何も書いてありませんし、また、ひとに聞かせるようなことでもありますまい。ただ、ヘルストンにあるベン家を出て、いまは近くのリトル・コンプトンという村で、知人のもとに身を寄せている、と書いてありました。

結婚がこんな破局に至るというのは、もちろん悲劇的なことです。中年も相当な年になったいま、なぜこんな孤独でわびしい思いをしなければならないのか……と、その原因となった遠い過去の選択を、この瞬間も、ミス・ケントンは後悔とともに思い返しているのではありますまいか。そのような心境にあるミス・ケントンにとって、ダーリントン・ホールにもどれたらという思いが、大きな支えになっているのは、容易に想像できることです。たしかに、手紙のどこにも「もどりたい」の五文字は書いてありません。が、ダーリントン・ホールの日々への深い郷愁は文章の随所で感じられ、全体のニュアンスから伝わってくるメッセージは間違いようがありません。

もちろん、いまもどっても、失われた歳月はもどりません。いずれミス・ケントンに会ったときは、この点を強く言い聞かせることが、私の重要な任務になりましょう。大勢の召使を意のままに動かせた当時とは、いま、どれほど違ってしまったかを教えてやらねばなりません。あのような時代がもどってくることは、私どもの一生の間にはもうありますまい。しかし、頭のいいミス・ケントンのことですから、それくらいのことは、とうにわかっているかもしれません。いずれにせよ、ダーリントン・ホールにもどり、残された年月をそこで働きながら過ごすという道が示されただけでも、いま喪失感だけがつのっているはずのミス・ケントンには、ほんとうに大きな慰めになるでしょう。

それに、私自身の職業的立場からすれば、長年の中断があったとはいえ、ミス・ケントンはミス・ケントンです。ダーリントン・ホールの抱えている問題に、完璧な解決策をもたらしてくれることは疑いありません。いま、「問題」と言いましたが、私がつまらない過ちを連発しただけのことを問題とは、少し大袈裟だったかもしれません。私がいまやろうとしているのは、実際に問題が起こる前に、それを予防しようということなのですから。些細な過ちの連続がしばらく私を神経質にしたことは事実ですが、単純な人手不足の一症状だと的確な診断がついてしまえば、もう、あまり気にもなりません。ミス・ケントンが復帰すれば、そんなことは二度と起こらなくなるのです。

しかし、手紙にもどりましょう。ところどころに、現在の境遇に絶望しかかっているような調子が見えて、気になります。たとえば、ある箇所に「残りの人生をどう有意義に埋めていけるのか、私には想像もつきませんが……」とあったり、また、別の箇所には「これからの人生が、私の眼前に虚無となって広がっています」とあったりします。しかし、全体のトーンは、先ほど申し上げましたように、郷愁といってさしつかえありますまい。たとえば、こんなことを書いています。

「今度のことで、アリス・ホワイトを思い出しました。アリスのことは覚えていらっしゃいますか。忘れられるはずがありませんわね。私も同じです。あの母音の発音や、アリスにしか考えつかない破格の物言いには、いまでも思い出して顔をしかめてしまいます。あの娘がいまどうしているか、ご存じですか」

残念ながら、いまどうしているかは存じませんが、アリスのことは思い出すと顔がほころんできます。腹の立つことこのうえない娘でしたが、最も献身的な女中の一人でもありました。別の場所で、ミス・ケントンはこんなことも書いています。

「三階の客室から見える景色が私のお気に入りでした。真下には芝生、遠くにはダウンズが見えて……。いまでもあのままでしょうか。晴れた日の夕方にあそこから見える景色には、人を魔法にかける力があったと思います。いまだから告白しますけれど、あの窓際で魅入られたように立ちつくし、忙しい時間を何分間も無駄にしたことがありました」

さらに、こうつづきます。

「あなたには悲しい思い出かもしれません。そうだったら、お許しください。でも、二人であなたのお父様を見たときのことは、いつまでも忘れられません。お父様は、まるで落とした宝石でも捜しているかのように、ずっと目を地面に向けたまま、あずまやの前を行ったり来たりしておられました」

三十年以上も前のことです。私はともかく、ミス・ケントンが覚えていようとは思いがけないことでした。たしかに、ある晴れた日の夕方だったと存じます。三階まで階段を上ると、目の前に暗い廊下が並び、どの客室のドアも少しずつ開いていました。その廊下の陰鬱を破るように、夕焼けの光の束がオレンジ色に何本も射し込んでいたのを覚えています。廊下を歩いていくと、一つの客室の戸口から、窓に影法師のように張りついているミス・ケントンが見えました。その影法師が振り向き、「ミスター・スティーブンス、ちょっといらして」と、そっと私を呼び、私がその寝室に入ると、また窓の外に向き直りました。下の芝生にはポプラの影が長く伸びていました。芝生は右手で緩やかな上りになって、あずまやに至ります。そこに、なにやら思いつめた雰囲気で――ミス・ケントンが巧みに表現しているとおり、「まるで落とした宝石でも捜しているかのように」――ゆっくり歩いている父の姿が見えました。

私があの光景をいつまでも覚えているのには、これからお話しいたしますが、それなりの訳があります。それに、当時、ダーリントン・ホールに来たばかりだった父とミス・ケントンの特別な関係を考えますと、あの光景がミス・ケントンにも強い印象を残したのは、とくに意外ではないのかもしれません。

ミス・ケントンと父は、どちらも一九二二年の春、ほぼ同時期にダーリントン・ホールにやってきました。同時期といいますのは、お屋敷がそれまでの女中頭と副執事を一度に失い——つまり、二人が結婚して退職したため——急いで二人を補充する必要に迫られたからです。雇人どうしの結びつきは、お屋敷の秩序にとって一大脅威ともいえるもので、あれからも、私は同様の理由で何人もの雇人を失っております。もちろん、若い女中や下僕の間ではありがちなことですから、一人前の執事なら、それを計画に織り込んでおかねばなりません。しかし、指導的な立場にある雇人の間でそのようなことが起こると、お屋敷の運営に甚大な影響を及ぼしかねません。もちろん、二人の雇人が互いに恋に落ちて、結婚しようというのですから、どちらがどれだけ悪いなどということは考えても仕方のないことですが、私がとくに眉をひそめたくなるのは、なかに、純粋に仕事に打ち込んでおらず、いわばロマンスを求めて職場から職場へと渡り歩く人々がいることです。この点では女中頭がとくに悪質で、この手合いは私どもの職業を汚すものと言えましょう。

急いで付け加えておきますが、私はミス・ケントンのことを言っているのではありません。たしかに、最後はミス・ケントンも結婚のためお屋敷をやめていきましたが、私の下で女中頭として働いている間は、まさに雇人の鑑でした。私事を仕事に優先させたことなど一度もなかったことは、私が保証いたします。

本題からそれました。私は、いま、お屋敷が女中頭と副執事を一度に失ったことを申し上げていたのでした。女中頭には、ミス・ケントンが見つかりました。異例なほどのよい紹介状を持参したと記憶しております。さて、父は、ジョン・シルバーズ様が亡くなられたため、ラフバラ・ハウスの名執事としての役割を終え、当時は、職と住まいを捜しているところでした。依然、最高水準の執事ではありましたが、いまや七十代に入り、関節炎やその他の持病で健康がやや損われていたこともあって、高度の専門知識をもつ若い執事たちと競争してどこかのお屋敷に地位を獲得することは、なかなか厳しい状況でした。ですから、父の能力と長年の経験をダーリントン・ホールのために役立ててもらうことは、私には一挙両得の名案に思われました。

あれは、ミス・ケントンと父がお屋敷に来て間もない、ある朝のことでした。食器室で書類整理をしておりますと、ドアにノックがありました。そして、返事も待たずにミス・ケントンが入ってきましたので、あっけにとられたのを覚えております。ミス・ケントンは、花を生けた大きな花瓶を抱え、にっこり笑ってこう言いました。

「ミスター・スティーブンス、これでお部屋が少しは明るくなりますわ」

「なんのことですか、ミス・ケントン？」

「外はお日さまがまぶしいほどですのに、この部屋は暗くて、冷たくて、お気の毒ですわ。お花でもあれば、少しはにぎやかになるかと思いまして」

「それはどうもご親切に」

「ここは、お日さまが少しも入りませんのね？　壁もじめじめしているみたいで」

「いや、ただの水蒸気の凝縮です」そう言って、私はまた帳簿に向かいました。

ミス・ケントンは、テーブルの私の前あたりに花瓶を置き、もう一度食器室をぐるりと見回しました。「お望みなら、もっと切り花をお持ちしますけれど」

「ご親切はありがたいが、ここは娯楽室ではないのですよ、ミス・ケントン。気を散らすようなものは、できるだけ少ないほうがよろしい」

「でも、これほど殺風景にしておかなくてもよくはありませんこと？　色というものがまったくありませんもの」

「ご配慮はありがたいが、これまでは、いまのままで十分でした。ところで、ミス・ケントン、ちょうど来ていただいたので、少し気になっていたことを申し上げてよろしいですかな？」

「あら、なんでしょうか」

「ちょっとしたことです。昨日のことですが、たまたま台所の前を通りかかりますと、あなたが誰かウィリアムという名前の者を呼んでいるところでした」

「あら、そうでしたかしら」

「さよう。『ウィリアム！』と、何回か呼ぶのが聞こえました。その名前で誰を呼んでいたのか、うかがってよろしいですかな？」

「あら、もちろん、あなたのお父様ですわ、ミスター・スティーブンス。このお屋敷には、ほかにウィリアムはおりませんもの」

「じつに陥りやすい過ちです」と、私は笑みを浮かべながら言いました。「これからは、父に向かっては『ミスター・スティーブンス』と呼んでいただけますかな？　そして、第三者に向かって父のことを言うときは、私と区別するために『ミスター・スティーブンス・シニア』と呼んでください。そのことをお願いします、ミス・ケントン」

そう言って、私はまた書類に視線をもどしました。しかし、驚いたことに、ミス・ケントンは部屋から出ていかず、しばらくして「ちょっとよろしいですか、ミスター・スティーブンス？」と声をかけてきました。

「なんですか、ミス・ケントン？」

「いまおっしゃられたことが、よく飲み込めません。これまでは、下の者をクリスチャン・ネームで呼んできて、それでよいと考えていましたのに、このお屋敷ではいけないと言われる理由がわかりません」

「なるほど、無理もない過ちです、ミス・ケントン。しかし、しばらく考えていただければ、あなたのような人が私の父のような人を呼び捨てにすることの不適切さが、すぐわかるはずです」

「いいえ、何のことを言っておられるのかわかりませんわ。私のような人と言われますけれど、私はこのお屋敷の女中頭です。そうですわね、ミスター・スティーブンス？　ところが、あなたのお父様は副執事ですもの」

「もちろん、あなたが言われるとおり、父の肩書は副執事です。しかし、実際はそれ以上です。それをはるかに超えた人です。あなたほどの観察力の持ち主が、そのことに気づいておられないというのは、驚きですな」

「きっと、ぼんやりでどうしようもないんですわ。私に観察できたのは、あなたのお父様が有能な副執事だ、ということだけですもの。ですから、それなりの呼び方をしてまいりました。でも、お父様にとって、私のような者からそんな呼び方をされるのは、とても腹立たしいことだったのですわね」

「ミス・ケントン。その口調からして、あなたが父のことをよく見ていなかったのは明らかです。もし見ていれば、あなたのような年齢と立場の者が、父を『ウィリアム』と呼び捨てることの不適切さが当然わかっていたはずです」

「ミスター・スティーブンス。私は女中頭になってまだ日が浅いかもしれません。でも、その短い間に、いくつか身に余るお誉めの言葉をちょうだいしています」

「あなたの有能さは、一瞬たりとも疑ったことはありません、ミス・ケントン。しかし、父が並はずれた能力の持ち主で、あなたにその気があれば多くのことを学べる人だということは、凡百のことから推察できたはずです」

「ご忠告、感謝いたしますわ、ミスター・スティーブンス。ついでに教えていただけませんかしら。お父様を観察していれば、どんなすばらしいことが学べるのか……？」

「少しでものを見る目があれば、明らかだと思いますよ、ミス・ケントン」

「でも、私にそれが決定的に欠けているのは、先ほどからの話合いで十分に了解ずみのことでございましょう？」

「ミス・ケントン。その若さでもう自分が完成されたように感じているとすれば、あなたの成長は止まってしまいますよ。あなたには、これからまだまだ伸びる素質があるはずだ。たとえば一つだけ指摘すれば、どれが何で、何がどこにしまわれるのか、あなたはまだ不確かなことが多いのではありませんか？」

これには、ミス・ケントンもしゅんとなったようでした。一瞬、狼狽の表情を浮かべ、つぎにこう言いました。

「こちらへ来た当初は少しまごつきましたけれど、でも、それは当たり前ではありませんかしら」

「それを言っているのです、ミス・ケントン。父がここに来たのは、あなたより一週間あとでした。しかし、父をよく観察していれば、お屋敷内の知識は完璧であることがわかったはずです。ダーリントン・ホールに足を踏み入れた瞬間から、それは完全なものでした」

ミス・ケントンは私の言葉をしばらく嚙み締めているようでしたが、やがて少しすねた口調でこう言いました。

「ミスター・スティーブンス・シニアは、きっと、たいへん仕事のできる人なのでしょう。けれど、ミスター・スティーブンス、仕事でしたら私もできるということを申し上げておきますわ。これからお父様に呼びかけるときは、おっしゃるように心掛けます。では、ほかにご用がなければ、これで失礼いたします」

このあと、ミス・ケントンは私の食器室へ花を持ち込むようなことはせず、目を見張る速さでお屋敷の仕事に慣れていきました。私は満足でした。ひじょうに仕事熱心な女中頭であることは明らかで、その若さにもかかわらず、難なく女中たちの尊敬をかちえたようでした。父への呼びかけも、ちゃんと「ミスター・スティーブンス」に変えておりました。

さて、食器室での話合いから二週間ほどした、ある午後のことです。読書室で何かをしていると
き、ミス・ケントンが入ってきて、こう言いました。

「失礼します、ミスター・スティーブンス。ちり取りをお捜しなら、廊下に出ておりますわ」

「なんですか、ミス・ケントン？」

「ちり取りです、ミスター・スティーブンス。廊下に置かれたでしょう？　ここへお持ちしましょうか？」

「私はちり取りなんぞ使っていませんが……」

「あら、申し訳ありません。てっきり、あなたがお使いになって、廊下に出されたのだろうと思ったものですから。お邪魔してすみませんでした」

こう言って立ち去りかけましたが、戸口で振り向いて、こう付け足しました。

「あの、ミスター・スティーブンス。私が片付けておけばいいのですけれど、いまは、ちょっと上に行くところですので、代わりにやっていただけませんかしら？」

「いいですとも、ミス・ケントン。知らせてくださってありがとう」

「とんでもありませんわ、ミスター・スティーブンス」

ミス・ケントンの足音が廊下を遠ざかり、大階段を上りはじめるのを待って、私は戸口に出てみました。読書室のドアからお屋敷の玄関までは、何も視線をさえぎるものがなく、廊下を全部見渡せます。たしかに、ほかには何もないぴかぴかに磨きたてた床の真中に、ミス・ケントンの言っていたちり取りが、これ見よがしに放り出してありました。

些細な、しかし眉をしかめたくなる過ちでした。あの位置ですと、廊下に向かって開く一階の五つのドアからはもちろんのこと、階段からも、二階のバルコニーからも、丸見えだったでしょう。私は廊下を歩いていって、その不快な物体を拾い上げました。そして初めて、その過ちの意味するところに気づいたのです。三十分ほど前、たしか、父が玄関を掃除していました。父がそのような過ちをおかしたとは、とても信じがたいことでしたが、私はすぐに思い直しました。ときどきちょっとした失敗をすることは、誰にでもあることではありませんか。私の不快感は、つまらないことを大騒ぎの種にしようとしたミス・ケントンに向けられました。

さらに、それから一週間もたたないうちのことです。私が台所から出て、裏廊下を歩いておりますと、ミス・ケントンが部屋から顔をのぞかせ、練習していたとしか思えない口調でこんなことを話しかけてきました。男衆の過ちのことでとやかく言うのはたいへん気が引けるのだが、執事と女中頭は協力し合っていかねばならないし、女たちの過ちに気づいたときは、そちらからも遠慮なく指摘してもらってかまわないから、と前置きして、食堂に並べられた銀器のなかに、磨き粉がついたままのものがいくつかある、と言うのです。一本のフォークなどは、端がほとんど真黒でしたわ……とも。私はお礼を言い、ミス・ケントンは部屋に引っ込みました。もちろん、銀器磨きが父の重要な任務の一つで、父の自慢でもあることは、ミス・ケントンは口にしませんでしたし、する必要もないことでした。

こうしたたぐいのことが――私にはもう思い出せませんが――あるいはほかにもいくつかあった

のかもしれません。いずれにせよ、霧雨の降るある灰色の午後、事態はちょっとしたクライマックスを迎えました。私がビリヤード室でダーリントン卿のスポーツ・トロフィーを磨いておりますと、ミス・ケントンが姿を見せ、戸口からこう呼びかけました。

「ミスター・スティーブンス、この部屋の外で不思議なことに気づきましたの」

「なんですか、ミス・ケントン？」

「シナ人の置き物を取り替えるのは、ダーリントン卿のご希望でしたの？　上の踊り場のシナ人とこの部屋の外のシナ人が入れ替わっていますけれど」

「シナ人の置物がですか、ミス・ケントン？」

「ええ。いつもは踊り場に置いてあるシナ人が、いまは、この部屋の外に置いてありますけれど」

「あなたの見間違いではありませんか？」

「いいえ、見間違いではありませんわ。お屋敷内のどこに何があるかを知っておくのは、女中頭の仕事ですもの。きっと、どなたかが磨いて、そのあと置き間違えたのではありませんかしら。お疑いなら、ちょっとこちらへいらして、ご覧になってみてください」

「私はいま仕事中です、ミス・ケントン」

「でも、私の言っていることを信じていただけないようですもの。ですから、お願いしますわ、ミスター・スティーブンス。ちょっとこのドアの外へ出て、ご覧になってください」

「私はいま忙しいのです、ミス・ケントン。ここが終わってから見ましょう。いますぐどうのこうのという問題でもないようですから」

「では、私が間違ってはいないことを認めていただけますのね？」

「いや、そうではありません。まず、私自身が見てみないことには、なんとも言いかねます。ただ、いまは手が放せません」

私はやりかけの仕事にもどりましたが、ミス・ケントンは私を見つめたまま、戸口から動こうとしません。やがて、こう言いました。

「もうすぐ終わりそうですわね、ミスター・スティーブンス。外でお待ちしますわ。おいでになったときに、はっきりさせていただきます」

「ミス・ケントン、あなたはそんなつまらないことで、なぜそんな大騒ぎを……」

しかし、ミス・ケントンはもう部屋を出ていました。そして、待っているという言葉のとおり、ときおり足音やらその他の物音を立てて、まだドアの外に頑張っていることを仕事中の私に知らせてよこしました。私はトロフィー磨きのほかに何かやることを見つけ、ビリヤード室からしばらく出ていかないことにしました。そのうちには、ミス・ケントンもことの馬鹿さ加減に気づき、立ち去るのではないかと期待したからです。が、私がそのとき持っていた道具では、できる仕事といっても限りがあります。やがて、することがなくなってしまいました。ミス・ケントンはまだ外にいます。私は子供の意地の張り合いのようなことで、これ以上時間を無駄にするわけにもまいりません。私はフランス窓から抜け出すことも考えましたが、あいにくの雨で、窓の外に大きな水たまりやぬかるみがいくつもできているのが見えました。それに、フランス窓から出たのでは、いずれまたビリヤード室にもどって、中から窓の錠をかけ直すという余分な仕事ができてしまいます。

結局、ミス・ケントンの不意をつき、勢いよく部屋から飛び出すのが、最良の作戦であろうと判断いたしました。突撃に最も都合のよさそうな場所を見定め、そこまでそっと移動すると、道具類をしっかり手に持ち、戸口から猛烈な勢いで飛び出しました。あっけにとられているミス・ケントンを尻目に、廊下を大股で歩み去ろうとしましたが、ミス・ケントンもさるものです。たちまち私の意図を見破って、つぎの瞬間には私を追い越し、行く手をさえぎるように前に立っておりました。

「ミスター・スティーブンス、あれがそのシナ人ですわ。間違っていると認めていただけますか？」

「私は忙しいのです、ミス・ケントン。一日中廊下に立って、ほかに何もすることがないとは、驚いたお人だ」

「ミスター・スティーブンス、正しいシナ人ですの、そうではありませんの？」

「そんな大声を出さないで。お願いです、ミス・ケントン」

「私もお願いしますわ、ミスター・スティーブンス。どうぞ振り向いて、あのシナ人をご覧になってください」

「もっと小さな声で、ミス・ケントン。シナ人が正しいの正しくないのと、二人でこんな大声を張り上げ合っていたら、階下の雇人たちがなんと思いますか」

「ここしばらく、お屋敷中のシナ人がどれもほこりをかぶったままでした。ご存じでしたか、ミスター・スティーブンス？　そして、今度は置き場所が間違っています」

「まだそんな馬鹿なことを……。さ、そこをどいて、私を通しなさい」

「ミスター・スティーブンス、どうぞ後ろを向いて、あのシナ人をご覧になってください」

「よろしい、ミス・ケントン。あなたにとってそれほど大事なことなら、後ろのシナ人が間違っているかもしれないことを認めましょう。しかし、そんな些細な過ちをなぜこれほど気にするのです？　私にはそこがわかりません」

「過ち自体は些細かもしれません、ミスター・スティーブンス。でも、その意味するところの重大さを、あなたももうお気づきにならなければいけませんわ」

「何のことかわかりませんな、ミス・ケントン。さ、そこをどいて」

「では、私から申し上げます、ミスター・スティーブンス。お父様は仕事を抱えすぎておいでです。あの年齢の人には無理なほどの仕事を」

「また、何を言い出すかと思えば……」

「お父様が昔どんな方だったかは存じません。でも、いまはずいぶん弱っていらっしゃいます。それが、あなたの言われる〝些細な過ち〟の背後にある事情なのですわ、ミスター・スティーブンス。いまのうちに何とかしてさしあげないと、遠からず、お父様は重大な過ちをおかすことになります」

「ミス・ケントン。あなたの言うことは、ますますもって馬鹿げてきました」

「申し訳ありません、ミスター・スティーブンス。でも、やはり言っておかなければなりません。お父様にはもう無理な仕事がいくつもあるのですわ。たとえば、お料理をのせた重いお盆を運ぶようなことは、もうさせてはいけません。お盆をテーブルに運ぶときのお父様の手の震えようは、見ているだけではらはらします。いまから目に見えるようですわ、いずれあのお盆がどなたかの膝に落ちていく様子が。それに……私もこんなことは申し上げたくないのです、ミスター・スティーブンス。でも、見てしまったあとでは、お父様の鼻のことも気になります」

「見てしまったとは、ミス・ケントン？」

「ええ、おとといの晩ですわ。お父様はお盆をもって、食堂のほうへゆっくりと歩いていくところでした。そのとき、お父様の鼻の先からスープ・ボウルの上へ、大きな水玉がぶら下がっているのをはっきり見てしまいました。お客様の食欲をそそる光景には、とても見えませんでしたわ」

しかし、よく考えてみますと、あの日、ミス・ケントンがあれほど大胆な口のきき方をしたかどうかは定かではありません。もちろん、長い年月いっしょに働いておりましたから、ときにはたいへん率直な意見の交換もいたしました。しかし、いまお話ししているあの午後は、私どもの関係のごく初期のことですから、いくらミス・ケントンでも、あれほどずけずけと物を言ったとは思われません。たとえば、「過ち自体は些細かもしれないが、その意味するところの重大さに気づかねばならない」というようなくだりは、ほんとうにミス・ケントンが言ったことでしたろうか。考えれば考えるほど、ダーリントン卿ご自身の言葉だったような気がいたします。ビリヤード室の外でミス・ケントンとやり合ってから数カ月ほどあと、私はご主人様の書斎に呼ばれておりますので、あるいはそのとき言われた言葉だったのかもしれません。その数カ月の間に父の転倒があり、父に関する状況は大きく変化しておりました。

大階段を降りてくると、ちょうど真正面に見えるのが書斎のドアです。書斎の外の廊下には、現在、ファラディ様のさまざまな装飾品を収めたガラスのキャビネットが置いてありますが、ダーリントン卿の時代には、『ブリタニカ』全巻をはじめ、多くの百科事典をそろえた本棚がありました。私にご用のあるとき、ダーリントン卿はよくこの本棚の前に立ち、百科事典の背をながめながら、私が階段を降りてくるのを待っておられました。ときには、ことさら偶然の出会いを装うため、中から本を一冊抜き取り、私が階段を降りきるまで熱心に読みふける振りをされることもありました。私が通り過ぎようとすると、「ああ、スティーブンス、ちょうどよかった。ちょっと話したいことがあったんだ」と声をかけられます。そのまま何気ない足取りで書斎にもどられるのですが、そのときもまだ手に本を広げたまま、そこにすべての意識を集中しているかのように振舞われました。こういうときのダーリントン卿は、決まって、何か言いにくいことを言おうとされているのです。二人で書斎に入り、ドアを閉めてからも、よく窓際に立って、百科事典に目を向けたまま話をされることがありました。

ところで、いま申し上げましたことからも、ダーリントン卿が本来遠慮深く謙虚な性格の方だったことが、おわかりいただけると存じます。それを証拠立てるエピソードなら、ほかにいくつでもお話しすることができます。近年、ダーリントン卿ご本人について、また卿が国際政治に果たされた役割について、とんでもないでたらめが大量に言われたり書かれたりしているようです。卿の行動の原点を自惚《うぬぼ》れや傲慢に求めるという、無知蒙昧をさらけだして恥じない報告が行なわれたりもしておりますが、これほど真実から遠く隔たった言説を私は知りません。ダーリントン卿が公の場で示された姿勢は、卿の生得の性格とはまったく反対のものでございまして、私は、卿が深い道徳的義務感からご自分の内気を克服されたのだと信じております。今日、卿についてどのようなことが言われましょうとも——その大半は、先ほど申し上げましたように、まったくのでたらめなのですが——私は卿が心底善い方であった、骨の髄まで紳士であった、と公言してはばかりません。私の働き盛りの歳月をダーリントン卿へのご奉仕に費やせたことは、私の最も誇りとするところです。

さて、これからお話しする午後のことですが、当時、ダーリントン卿はまだ五十代半ばだったと存じます。しかし、私の記憶では、すでに髪はすっかり白くなられ、背の高いきゃしゃなお体には、晩年いっそう顕著になる猫背のしるしが現われておりました。卿は、手にした事典からほとんど目も上げずに、こうお尋ねになりました。

「お父上は少しはよくなられたかな、スティーブンス？」

「もう完全に回復いたしまして、私もほっとしております」

「それはよかった。たいへんによかった」

「ありがとうございます」

「それでだな、スティーブンス、あれはなかったのかな、その……徴候は？　つまり、お父上の負担をだな、少し軽くしてやったほうがよいと告げるような徴候は？　今度の転倒は別にしてだが……」

「申し上げましたとおり、父はいま完全に回復しておりまして、十分、ご信頼にお応えできるものと存じます。たしかに、最近、任務の遂行で一、二の過ちがあったようでございますが、いずれも些細な性格のものでございました」

「しかし、ああいうことがふたたび起こるのは誰も望まない。そうだな、スティーブンス？　つまり、お父上がまた倒れるとか、そういうことは……」

「もちろんでございます」

「それに、もちろん、芝生の上で起こることは、どこでも起こりうるし、いつでも起こりうる」

「さようでございます」

「たとえば、食事中、お父上が給仕をしているときにも起こりうる」

「たしかに」

「なあ、スティーブンス。代表団のうち最初の何人かは、もう二週間としないうちにここに到着する」

「準備は万端でございます」

「それ以後、この屋敷内で起こることは、相当な影響を及ぼすかもしれない」

「さようでございます」

「うむ、相当な影響があるだろう。ヨーロッパが今後どのような道を歩んでいくか、にだ。ここにやってくる顔触れからして、これは誇張ではあるまい？」

「とんでもございません」

「避けられる危険を、わざわざ招くような余裕はない」

「さようでございます」

「そこでだ、スティーブンス。お父上のことだが……屋敷を去ってもらえというのではない。そんなことは考えたこともないが、ただ、任務をだな……少し見直してはどうかと思う」

そして、このときだったと存じます。ダーリントン卿がまた視線を本にもどし、なかの項目をぎこちなく指で押さえながら、こう言われたのは……。

「過ち自体は些細なものかもしれないがな、スティーブンス、その意味するところの重大さにはもう気づかねばなるまい。お父上に全幅の信頼を置ける日は、もう過ぎ去りつつあるのだ。会議は成功させねばならん。ちょっとした失敗が命取りになるような任務には、お父上はもうつかせてはならんのではないか?」

「たしかに、そのとおりでございます。よくわかりました」

「そうか。では任せるから、少し考えてみてくれ、スティーブンス」

申し添えておかねばなりませんが、ダーリントン卿は、一週間ほど前の父の転倒現場を目撃しておられたのです。その日、若いご夫婦のお客様があり、卿はあずまやでお二人をもてなしておられました。そしてそのあずまやへ、皆様お待ちかねの茶菓をお盆に山盛りにして運んでいったのが父でした。あずまやの前で、芝生は数ヤードの上り坂になっております。現在でもそうですが、当時も、ここの坂には四個の板石が埋め込まれ、それが石段代わりに使われておりました。父はこの石段を上りおわったところで倒れ、お盆にのせていたサンドイッチやケーキが、ティーポット、カップ、皿といっしょに石段近くの芝生に飛び散りました。

知らせを聞いて私が駆けつけたときは、ダーリントン卿とお客様が父を横向きに寝かせ、あずまやにあったクッションを枕にあてがい、敷物を毛布代わりに掛けてくださってありました。意識のない父の顔は、奇異なほど灰色でした。メレディス先生を呼びにいかせてはありましたが、先生の到着まで父を外気にさらしておくのはよくないというダーリントン卿のご意見で、皆で車椅子を持ち出し、かなり苦労をしましたが、なんとか父をお屋敷内に運び込むことができました。メレディス先生が到着された頃には、父もかなり回復しておりまして、先生はなにやら「過労」であろうという意味のことをつぶやいて、すぐにお帰りになられました。

この転倒の件で、父の自尊心が大きく傷ついたことは疑いありません。私がダーリントン卿の書斎に呼ばれたとき、父はすでに仕事に復帰し、以前にも増して忙しく立ち働いておりましたから、その父に任務削減の宣告を下すというのは酷にも思われ、なかなか難しいことでした。それに、当時の私にはもう一つハンディがありました。それは父と私が、数年来、なぜか——理由はいまもってわかりません——口をきき合うことがしだいに少なくなっていたということです。父がダーリントン・ホールにやってきてからも、仕事上の必要事項を伝達するという簡単な会話さえ、お互い、奇妙に気まずい雰囲気の中でしなければならないほどでした。

こうした事情から、やはり父の部屋で話すのが最もよかろうと判断いたしました。伝えねばならないことを伝えて私が立ち去ったあと、自室なら、父は自分が置かれた新しい状況について、一人で心ゆくまで考えることができるでしょう。父が部屋にいるのは、朝早くと夜遅くしかありません。私は前者を選びました。ある早朝、召使部屋が置かれている翼の屋根裏に父を訪ね、そっとドアをノックしました。

これ以前に、父の部屋をのぞく機会などほとんどありませんでしたが、こうして入ってみて、それがいかに小さく殺風景であるかに、あらためて胸をつかれる思いがいたしました。刑務所の独房に足を踏み入れるような錯覚さえ起こしましたが、これには、部屋のサイズとむき出しの壁もさることながら、早朝の薄暗さが影響していたのかもしれません。父はすでに髭をあたり、制服もきちんと着込み、ベッドの端にすわっておりました。カーテンが開けてあったのは、空が明るんでいくのを眺めていたものでしょうか。その小さな窓からほかに見えるものといえば、屋根の瓦と樋くらいのものですから、たしかに夜明けの空を見ていたに違いありますまい。ベッド脇の石油ランプは消してありました。私も手にランプを――暗い、きしむ階段を上ってくるのに使ったランプを――もっておりましたが、父の不快げな眼差しがそれに向けられるのを見て、急いで燈心を短くしました。すると、部屋に忍び込んでくる光が青白さを増し、深くしわを刻んだ父の顔の、いかつく、いかめしい輪郭を浮き出させました。

「おや」と、私は短く笑いました。「父さんがもう起きていて、仕事にかかる準備がすっかりできていることくらい、わかっていて当然でしたね」

「わしはもう三時間も前から起きている」と、父は冷たく私を見据えながら言いました。

「関節の痛みで眠れなかったのでなければいいのですが」

「必要なだけの睡眠はとっているさ」

部屋には、小さな木の椅子が一つあるだけでした。父はその椅子に腕を伸ばし、それの背に両手を置いて、体を引き上げるようにして立ち上がりました。目の前に立つ父の丸まった背中が、体が弱ったための猫背なのか、急傾斜の天井に頭を打ちつけないための姿勢が癖になったものか、私にはどちらともわかりませんでした。

「父さんに話があってきました」

「簡単に、簡潔に話せ。朝中、お前のおしゃべりを聞いているわけにはいかん」

「では、要点だけお話しします、父さん」

「そうだ。要点だけ話せ。そしてさっさと終わりにしよう。ここには仕事のある者もいるんだ」

「そうですか。父さん。簡潔にということであれば、できるだけご希望にそうようにしましょう。こういうことです、父さん。父さんは最近とみに弱ってきました。いままでは副執事の任務さえ、満足にこなせなくなってしまいました。ダーリントン卿のお考えでは――私も同意見ですが――父さんがこのお屋敷で仕事をつづけるのはかまいません。しかし、お屋敷の円滑な運営にとって、とりわけ来週の重要な国際会議にとって、父さんがいわば危険人物になったことを認めねばなりません」

薄明りの中に見える父の顔には、何の感情も浮かんではいませんでした。

「そこで、父さんは今後、食卓で給仕することを禁止されます。お客様がおられても、おられなくても、です」

「わしは五十四年間、毎日、食卓で給仕してきた」父はゆっくりと言いました。

「さらに、父さんは、物をのせたお盆を運ぶことを禁止されます。のせた物が何であっても、運ぶ距離がどれほど短くても、です。これらの制約を考慮して、ここに、父さんの気に入るような簡潔なリストを作ってきました。今後は、このリストにある任務だけをお願いすることになります」

その紙切れを父に手渡すことはなんとなくためらわれ、私はそれをベッドの端に置きました。父はそれをちらりと見ただけで、視線をまた私にもどしましたが、その表情にはまだ感情のかけらもなく、椅子の背に置いた両手にも緊張は見えませんでした。背中が多少丸くなったとはいえ、父とこうして向かい合うと、やはり大きな威圧感に――車の中にいる二人の酔っ払いを正気に返らせたあの威圧感に――うたれないわけにはまいりません。ややあって、父はこう言いました。

「あのとき転んだのは、あの石段のせいだ。傾斜しているんだ。誰かが同じ目に遭わんうちに、早くシェイマスに言って直させねばならん」

「なるほど。いずれにせよ、父さん、そのリストをよく研究してくださると考えてよろしいですね？」

「シェイマスに言って、あの石段を直させねばならん。遅くとも、ヨーロッパからのお客様が到着しはじめるまでにはな」

「そうですね。では、父さん、私は行きます」

ミス・ケントンが手紙の中で言っているあの晴れた日の夕方というのは、この早朝の会見からすぐのことでした。いえ、同じ日の夕方だったかもしれません。客室が並ぶお屋敷の最上階に私が何の用事があって行ったのか、もう思い出せません。しかし、先ほども申し上げましたように、開いた各寝室の戸口から、夕焼けの最後の光がオレンジ色の束になって廊下へ流れ出しているさまは、いまでも鮮やかに思い出すことができます。そして、無人の客室の前を通っていく私を、窓に映った影法師のようなミス・ケントンが呼んだのでした。

ダーリントン・ホールに来たばかりのミス・ケントンが、いつも父のことを気にし、父のことで何度も私に文句を言いにきたことを考えれば、あの夕方の記憶が、この三十数年間ずっとミス・ケントンの脳裡にとどまっていたのは、不思議ではないのかもしれません。二人で客室の窓から地上の父を見下ろしていたとき、ミス・ケントンには、たしかに多少の罪悪感があったに違いありますまい。

芝生はもう大部分ポプラの影で覆われていましたが、あずまやに向かう上り坂になった片隅だけは、まだ日に照らされていました。父は石段の前に立ち、風で髪を少し乱しながら、何事かじっと考え込んでいました。そして、ミス・ケントンと私が見ている前で、その石段をゆっくりと上り、上りおわると向きを変えて、今度は少し速く降りてきました。また振り向き、何秒間か身動きもせずに目の前の石段を見つめていましたが、やがてもう一度、一歩一歩たしかめるようにそれを上りました。上りおわってても歩きつづけ、あずまやのほぼ真前まで行くと、回れ右をしてゆっくりもどってきました。その間、一度として目を地面から離しませんでした。あのときの父の振舞いについては、ミス・ケントンの手紙以上の表現はできません。ほんとうに、「まるで落とした宝石でも捜しているかのように」父は地面を見据えたまま歩いていました。

どうやら、昔の思い出ばかりを語ってしまいましたが、こういうことであってはなりますまい。今回の旅行は、とにかく、イギリスの田舎のすばらしさを存分に味わえる、私にとってはきわめてまれな機会なのですから、こんなふうにほかのことに気をとられていたら、あとになって大いに後悔するはめになりましょう。ここソールズベリーまでの昨日の旅にしましても、ごく最初のところで丘の中腹に止まったことを申し上げただけで、ほかのことは何もお話ししておりません。私が昨日のドライブをどれだけ楽しんだかを考えますと、これは重大な怠慢と言わねばなりません。

ソールズベリーまでの道順は、ずいぶん注意して計画したつもりです。主要な道路をほぼ完全に避けておりますので、不必要に回り道をしているように見えるかもしれませんが、ジェーン・サイモンズ夫人のご本で推薦されていた名所は、かなりの数を取り入れております。実際にドライブしてみて、やはりこの道順でよかったのだと満足いたしました。ほとんどは田園地帯の中、牧草地の快い香りを満喫しながらのドライブでした。途中、流れや谷にさしかかり、その辺りの景色をよく眺めるため、知らず知らずフォードの速度を落としていたことは何度もありましたが、車を止めた記憶はありません。二度目に車から降りたのは、ソールズベリーのごく近くに来てからでした。

両側に牧草地が広がる、長い、まっすぐな道路を走っているときでした。どうやら、その辺りから土地が平坦になったようで、どの方向にも相当の距離を見渡すことができました。前方の地平線には、ソールズベリー大聖堂の尖塔も見えてきました。私はじつに落ち着いた気分になっていました。そのためでしょう、ふたたび車のスピードを緩め、せいぜい毎時十五マイルほどで走っていたと存じます。結果的にはそれがよかったのです。前方に、のんびり道路を横切ろうとしているニワトリを認め、急いでフォードのブレーキを踏みましたが、車が止まったのは、ニワトリからようやく一、二フィート手前という危うさでした。ところが、ニワトリも車の真前で立ち止まってしまい、しばらく待ちましたが動こうとしません。ホーンを鳴らしてもみましたが、ニワトリにはなんの効果もなく、かえって地面から何かをついばみはじめましたから、私はいよいよ待ちきれなくなって、車から降りてみることにしました。完全には降りきらず、片足がまだ車のステップにかかっていたと存じます。後ろから、「どうも申し訳ございません、旦那様」という女の声が聞こえてきました。

見回しますと、私がいま通り過ぎてきた道路脇の農家から、エプロン姿の若い女が駆けてくるところでした。先ほどのホーンで車に気がついたのでしょう。女は私を追い越し、ニワトリを腕にすくい上げると、胸にしっかり抱きかかえながら、もう一度謝りました。たいしたことではないと答える私に、女はさらにこう言いました。

「止まっていただいて、ほんとうにありがとうございました。ネリーがひかれてしまったらどうしましょう。いい娘なんですよ、見たこともないほど大きな卵を産んでくれましてね。ほんとうによく止まってくださいました。お急ぎだったんでしょうに」

「いやいや、急ぎの旅ではありません」と、私は笑みを浮かべながら答えました。「久し振りに時間がとれましてな、のんびりしたものです。たまには、こういうのもいいですな、ドライブを楽しむというのも」

「それはお楽しみでございましょう。ソールズベリーへ行かれるのですか？」

「さよう。あそこに見えるあれは、大聖堂ではありませんかな？　すばらしい建物だと聞いておりますが」

「そうですよ、旦那様。すてきな建物です。いえ、ほんとうはソールズベリーにはあまり出かけませんもので、近くでどんなかはわかりませんが、でも、ここからは毎日あの尖塔が見えます。もやが濃かったりして、まるで消えたみたいになる日もありますけれど、ご覧くださいまし、こういう天気のいい日には、すてきな景色でございましょう？」

「じつにすばらしい」

「ネリーをひかずにいてくださって、ほんとうにありがとうございました。三年前には、うちで飼っていたカメがああいうふうにひき殺されましてね、ちょうど同じ場所ですわ。家中で、それはそれは悲しみました」

「それはお気の毒に」と、私は眉をひそめながら言いました。

「ええ、とてもかわいそうで……。田舎に暮らしていれば、動物が怪我したり死んだりするのは平気だろうなんて、そんなことを言う人もいますけれど、それは嘘ですわ。うちのちび息子なんか、何日も泣きどおしでしたもの。ですから、ネリーのために車を止めてくださって、ほんとうにありがとうございました。ところで、どうせ車からお降りになったんですから、ついでに家で一休みなさいませんか？　ソールズベリーに行くまえに、腹ごしらえにお茶でも差し上げましょう」

「それはご親切に。しかし、やはりすぐに出発しましょう。ソールズベリーには早めに着いて、あちこち見て歩きたいですからな」

「そうですか。では、気をつけてお行きなさいませ。ありがとうございました」

私はまた車をスタートさせ、なんとはなしに——このぶんでは、また動物が道路に迷い出てきかねないと感じたのかもしれません——これまで同様のゆっくりしたスピードで走りつづけました。

先ほどの農婦との出会いで、私はたいへんよい気分になっておりました。こちらが示したちょっとした親切を感謝され、向こうからも、お返しにちょっとした親切を示してもらいました。明日からの旅がなんだかバラ色に見えてくるほど、私の気分は高揚していたと存じます。そういう上機嫌で、私はここソールズベリーに到着したのでした。

ところでもう一度、少しの間だけ、父のことにもどるのをお許しください。先ほど、衰えた父に対する私の態度を見て、少し無神経だという印象を持たれた方があるかもしれません。しかし、あする以外、ほかに方法がなかったことは、当時、お屋敷が置かれていた状況を知る方々には、きっとご理解いただけると存じます。重要な国際会議を目前に控えたダーリントン・ホールで、私ども雇人に甘えは許されませんでした。「婉曲な物言い」に時間を費やす余裕はなかったのです。さらに、あの一九二三年三月の会議は、ダーリントン・ホールでの初めての国際会議だったことも忘れてはなりません。それからの十五年間に、重要性で勝るとも劣らないいくつもの国際会議を経験することになるダーリントン・ホールですが、最初の会議を迎えたときの私どもは、比較的経験も浅く、偶然的要素をできるだけ排除したいと願ったとしても、それは無理からぬこととご理解いただけましょう。

私はあの会議を振り返るとき、あれこそ、いろいろな意味で私の執事人生の転機だったと思います。何よりも、私は執事としてあの会議で真に「成人した」と思うのです。もちろん、必ずしも「偉大な」執事になれたというつもりはありませんし、いずれにせよ、そのような判断は自分で下せるものではありますまい。しかし、仮にどなたかが私の執事人生を一瞥し、私が執事として歩むなかで、あの「品格」という決定的に重要な特質を――たとえわずかでも――身につけるに至ったとお考えになるとしたら、その方は、おそらく一九二三年三月の国際会議を、私が初めてその特質の萌芽を見せた瞬間として特筆されるのではありますまいか。ある人の発達の決定的段階に何事かが起こり、その人の能力の限界に挑み、それを拡張させます。その何事かを克服した人は、それ以後、新しい基準で自分を判断することになります。私にとりましては、あの国際会議がその「何事か」でした。もちろん、ほかのさまざまな理由によっても、あの会議は忘れがたいものになりましたが、以下でそれをお話しいたしましょう。

一九二三年の会議は、ダーリントン卿の長期にわたる計画が結実したものでした。見方によっては、卿は三年以上も前から、あの会議に向けて動きはじめておられたと言えるかもしれません。大戦の終わりに平和条約が調印されたとき、私の記憶では、卿がその条約にとくに大きな関心を示されたということはありませんでした。卿の関心を呼び覚ましたものは、条約そのものの分析より、カール＝ハインツ・ブレマン様との友情だったと言ってさしつかえありますまい。

ブレマン様がダーリントン・ホールに最初にお見えになったのは、戦争直後のことです。そのときはまだドイツ軍将校の軍服を着ておられました。ダーリントン卿のたいへんな親友らしいとは誰の目にも明らかでしたが、礼儀をわきまえられた立派な紳士でしたから、お二人の親交に少しも奇異な感じはありませんでした。やがて、ブレマン様はドイツ軍を離れ、それから二年の間にかなり定期的にお屋敷にお見えになりました。が、そのたびにご様子が悪くなっていくことは、驚くばかりでした。お召し物はしだいに貧しくなり、お体は痩せ細り、目には追い詰められた表情が見えるようになりました。そして、最後の数度の来訪では、かたわらにダーリントン卿がおられることも忘れ、ときには話しかけられていることにさえ気づかずに、長い間じっと宙をにらみつづけておられることがありました。ダーリントン卿にいろいろとうかがっていなければ、私などは、ブレマン様はきっと重いご病気に違いないと思い込んだことでしょう。

ダーリントン卿ご自身も何度かベルリンを訪問されました。最初は、たしか一九二〇年の暮れ近くだったと存じます。そのベルリン行きは、卿にとってじつに衝撃的なものだったようです。お屋敷にもどって数日間は、なにか、ひどく深刻に考え込んでおられました。楽しいご旅行だったかという私の問いかけに、「ショックだよ、スティーブンス。たいへんなショックだ。敗れた敵をあんなふうに扱うのは、わが国にとって不名誉このうえない。わが国の伝統とは、まったく相容れないやり方だ」と、お答えになったのを覚えております。

この問題につきまして、私にはもう一つ鮮やかな記憶がございます。現在、お屋敷の宴会場にはテーブルも置いてありません。格調ある高い天井をもつあの広々とした部屋は、いま、ファラディ様の美術品の展示室になっておりますが、ダーリントン卿の時代には、中央に三十人以上のお客様がすわれる長テーブルが置かれ、盛大な晩餐会の会場として頻繁に使用されておりました。テーブルをいくつか付け足せば、五十人近いお客様でも大丈夫でしたから、その広さをご想像ください。もちろん、普通の日の食事には、今日ファラディ様がなさっているように、食堂を使いました。食堂は、ややこぢんまりとした雰囲気があって、十人程度のお客様が食事をされる場所としては理想的です。

さて、いま私が思い出しておりますのは、ある冬の夜のことです。この日は何かの都合で食堂が使用できず、ダーリントン卿は外務省時代のお仲間だったリチャード・フォックス様と、あの広い宴会場にお二人だけで食事をとっておられました。じつは、二人という人数ほど給仕しにくいものはありません。それは誰もが言うことで、私自身、お二人に給仕することに比べれば、たとえまったく見知らぬお方であっても、ただお一人に給仕するほうがどれほど気が楽か知れません。給仕は、どなたのご用でもすぐ承れる態勢を保ちながら、同時に、自分がそこにいないかのように振舞わねばなりません。遍在と不在の間に適切なバランスを保つことこそ、よい給仕の本質と言えましょうが、食卓の人数が二人であるときには、バランスの維持はきわめて難しくなります。一方がご主人様であっても同じことです。自分がいるためにお二人の会話がはずまないのではないかという懸念が、どうしてもぬぐいきれません。

宴会場のテーブルは、向かい合うには幅が広すぎましたから、お二人はあの夜、テーブルの中央付近に横に並んで食事をしておられました。光といえば、テーブルの上のろうそくと、向かい側でぱちぱち燃える暖炉の火があるだけで、部屋の大部分は暗闇のままでした。私はいつもよりテーブルから離れ、陰の中に立つことで、できるだけ自分の存在を消すことにいたしました。もちろん、この作戦には大きな弱点があります。それは歩く距離が長くなることでした。お二人のお世話をしようと光の中に進み出るたびに、私の足音が長く大きく響き、誰かが近づいてくることをお二人に意識させずにはおかないのです。しかし、じっと立っているぶんには、私の体は薄ぼんやりとしか見えず、これは何にも替えがたい利点でした。

ダーリントン卿がブレマン様のことを話しはじめられたのは、私がそのようにして遠く離れた陰の中に立ち、無人の椅子が並ぶなか、お二人が食事しておられるのを見つめているときでした。卿のお声はいつものように穏やかでしたが、常になく強く壁にこだまするようにも感じられました。

「ヘル・ブレマンは私の敵だった」と、ダーリントン卿は言われました。「だが、いつも紳士だった。二人は互いに鉄砲玉を浴びせ合いながら、尊敬もし合ったのだ。紳士としてやるべきことをやっている相手に、私は悪意はもたない。戦場で一度彼に言ったことがある。『おい、いまは敵どうしだ。ありったけの力で叩き伏せてやる。だが、この戦争が終わったら、もう敵ではない。いつか、いっしょに飲もう』とな。なのに、なんたることだ。この条約は私を嘘つきにした。戦いが終わったら、もう敵ではない――私はそう言ったのだ。どうやら違ったようだ、などと、いまさらどの面《つら》下げて彼に言える？」

その同じ夜、しばらくあとで、ダーリントン卿は重々しくかぶりを振りながら、こうも言われました。「私はこの世に正義を保つために、あの戦争を戦ったのだ。ドイツ民族への復讐に手を貸しているつもりはなかった」

今日、ダーリントン卿についていろいろなことが言われております。卿の行動の動機について、愚にもつかない臆測がしきりに――あまりにもしきりに――飛び交っております。そうしたたわごとを聞くたびに、私はあの夜のがらんとした宴会場と、そこで卿が語られた琴線に触れるお言葉を思い出します。後年、卿の歩まれた道がどのように曲がりくねったものであったにせよ、卿のあらゆる行動の根幹に「この世に正義を」見たいという真摯な願いがあったことを、私は一度も疑ったことはありません。

ハンブルクからベルリンへ向かう列車の中でブレマン様がピストル自殺されたのは、その夜から間もない頃でした。その知らせを聞いたダーリントン卿はたいへん嘆き悲しまれ、ただちにブレマン夫人にお悔みの言葉とお金を送る手配をされました。私もできるだけのお手伝いをし、何日か努力してみましたが、どうしてもブレマン様のご家族の居所を突き止めることはできませんでした。どうやら、ご家族は離散し、ブレマン様はしばらく放浪生活をされていたようです。

この悲劇的なニュースが届かなくても、ダーリントン卿はやはり同じ道を歩まれたに違いありません。不正義と苦しみを終わらせたいというお気持ちは、卿の生まれながらのご性格に由来するものでしたから、ほかの道の選びようはなかったと存じます。そこへブレマン様の自殺が加わり、その後のダーリントン卿は、ドイツの危機という問題にますます多くの時間を費やされるようになりました。有力者・知名人の方々が、お屋敷へ頻繁にお見えになりました。たとえば、ダニエルズ卿、ジョン・メイナード・ケインズ教授、作家のH・G・ウェルズ様などのほか、お忍びで来られたため、お名前を明らかにできない方々も多くいらっしゃいます。卿は、これらの方々と何時間でも熱のこもった話合いをつづけておられました。

お忍びにもさまざまな程度がございます。なかには、召使たちにさえお名前を知られないよう、場合によってはお姿をちらりとでも見られないよう、配慮せねばならない方々もおられました。しかし、どのような場合でも——これは誇りと卿への感謝を込めて申し上げるのですが——どのような場合でも、ダーリントン卿は私にだけは何事も隠そうとなさいませんでした。さまざまな場面が心に浮かびます。どなたかが、しゃべりかけていた言葉をはっと飲み込み、疑惑の眼差しを私に向けられます。すると、いつもダーリントン卿が言ってくださるのです。「いや、心配はいらない。スティーブンスの前では何を話してもかまわないよ。保証する」と……。

こうして、ブレマン様の死後二年ほどの間に、ダーリントン卿は、この時期の最大のお味方であったデイビッド・カーディナル様の協力を得て、考えを同じくする人々や、ドイツの状況は放置できないという信念を分かち合う人々の輪を、着実に広げていかれたのです。イギリス人やドイツ人だけではありません。ベルギー、フランス、イタリア、スイスの方々も含まれていました。外交官や政府高官はもちろんのこと、著名な聖職者、退役軍人、作家、思想家などもいらっしゃいました。卿ご自身と同じく、ベルサイユではフェアプレーが行なわれなかったと感じ、戦争が終わってからも敗戦国を罰しつづけるのは道徳にもとる、というご意見の方もおられましたし、そうではなく、ドイツの国や国民のことを心配するというより、ドイツの経済的混乱を静めねば、それがあっという間に世界中に広がりかねないという危惧を表面に出された方もおられました。

じつは、すでに一九二二年の初め頃には、ダーリントン卿は一つの明確な目標をもっておられました。それは、賛同者のうちとくに影響力の大きな方々をお招きして、ここダーリントン・ホールで「非公式な」国際会議を開き、ベルサイユ条約に定めるいくつかの過酷な条項をどう改定していけばよいか話し合おう、ということでした。非公式とはいえ、もしそれが十分な重みをもつ会議になれば、「公式の」国際会議に相当な影響を及ぼしうるでしょう。逆に、それだけの会議にしなければ、開く意味がないとも言えます。

条約の見直しについては、それまでにもいくつかの国際会議が開かれておりましたが、混乱と敵意を生み出す以外、なんの成果もあげられずにおりました。一九二二年の春にも、当時のイギリス首相ロイド・ジョージ様の提唱で、イタリアで同様の会議が開かれることになっておりまして、ダーリントン卿は最初、その国際会議に向けての世論形成を目的に、ダーリントン・ホール会議を開くおつもりだったようです。しかし、卿とデイビッド様のご努力にもかかわらず、期日があまりにも切迫しておりましたため、結局、非公式会議は間に合いませんでした。イタリアの国際会議が、例によって明確な方向を打ち出せないままに終わったことを受け、ダーリントン卿は新たに、その翌年に予定されたスイス会議に目標を定められたのです。

ちょうど、この頃のことでした。朝、朝食室にコーヒーをお持ちしますと、ダーリントン卿は読んでいた《タイムズ》を折りたたみながら、胸の中の思いを吐き出すように、こう私に言われました。

「フランス人だよ、スティーブンス。フランス人だ」

「はい、ご主人様」

「世界はだな、スティーブンス、われわれがフランスと手に手を取り合っていると見ている。穴があったら入りたいとはこのことだ」

「さようでございます」

「最後にベルリンに行ったときだ。父の古い友人だったオフェラート男爵に会った。男爵は私のところへきて何と言ったと思う、スティーブンス？『君らはなんでこんなことをするんだ。これで、われわれにどうやって生きていけと言うんだ』と、こう責めるんだ。よほど言ってやろうかと思ったよ。あのどうしようもないフランス人のせいだ、これはイギリス人のやり方じゃない、とな。だが、そんなことはできまいな、スティーブンス？　親愛なるわが友邦の悪口なんぞ、言ってはいかん」

たしかに、ベルサイユ条約の過酷な条項からドイツを解放することにつきましては、フランスが最も非妥協的な態度をとっておりましたから、ダーリントン・ホールでの集まりには、是非ともフランス人に——それも、自国の外交政策に明確な影響力をもつフランス人に——少なくとも一人は参加してもらうことが必要でした。「フランスからの参加が得られなければ、ドイツ問題などいくら討論してもお遊びにすぎん」とは、ダーリントン卿が常々言っておられたことです。こうして、卿とデイビッド様は準備の最後の詰めに入られたのですが、何度も挫折を繰り返しながら、それでも不退転の決意で初志を貫こうとされるお二人の姿には、拝見していてほんとうに頭が下がりました。無数の書簡と電報がやり取りされ、ダーリントン卿ご自身が二カ月の間に三度もパリに行かれました。そして、ようやくのことで、あるまことに高名なフランス人——ここでは「デュポン様」とお呼びしましょう——から、秘密厳守を条件に出席してもよいという同意が得られ、会議の日取りが最終的に決定いたしました。すなわち、あの忘れがたい一九二三年の三月です。

期日が迫ってまいりますと、執事である私にのしかかってくる重圧も——ダーリントン卿のご苦労とは次元が異なるとはいえ――決して小さからぬものでした。お客様には快適にご滞在願わねばなりません。不快を感じるお客様が一人でもおられますと、そのために会議全体に計り知れぬ悪影響が及ぶことも考えられます。

私の計画作成作業は、不確実な要素の多さから、困難なものにならざるをえませんでした。たとえば、お客様の人数です。たいへんレベルの高い会議でもあり、出席者は、男性が著名な紳士ばかり十八人、ご婦人がドイツの伯爵夫人と、当時まだベルリンにお住まいだった、あの女傑として有名なエレノア・オースティン夫人のお二人、計二十人に限定されておりました。しかし、それぞれが秘書、従者、通訳をお連れになることも考えられ、総勢が何人になるものかはまったく見当がつかず、それを事前に確かめる方法もありませんでした。さらに、会議は三日間の予定でしたが、何人かのお客様は会議の数日前にダーリントン・ホール入りし、根回しをしたり、他の出席者のムードを探ったりしたいとの意向を示しておられました。しかし、正確なご到着日がいつになるのかは、やはり、まったくわかりませんでした。

私どもダーリントン・ホールの召使一同には、たいへんな激務になることが予想されました。仕事量もさることながら、全員が常に神経を張り詰めて、機敏に、かつ柔軟に行動しなければなりません。私はしばらくの間、外部から助けを借りなければ、この大行事をこなすことは無理ではないかと考えておりましたが、外部から人を入れることは、ゴシップが外に漏れ出す危険を招くことでもあり、ダーリントン卿がお許しになるまいと思われました。それに私自身にしても、過ちがいちばん起こってほしくないときに、力量も何も未知数の人手に頼らざるをえないことになります。

　こうして、私は来たるべき数日間の準備に全力を傾けました。将軍が作戦を練るというのも、こんなものではありますまいか。まず、起こりうるあらゆる事態を想定し、細心の注意を払って特別の職務計画を作り上げました。私どもの最大の弱点がどこにあるかを分析し、その弱点が突破されたときのために、幾通りかの緊急避難的な計画も作成いたしました。さらには、召使たちを集め、軍隊調に檄を飛ばすことまでいたしました。疲労困憊は覚悟せよ。だが、会議中の数日間このお屋敷で働けることは、誇るべき特権である。なぜなら、「歴史がこの屋根の下で作られるかもしれない」からだ……。私はそう強調いたしました。大袈裟を好まない私の性格を知っている召使たちは、何か異例のことが起ころうとしているのをよく理解してくれたと存じます。

　父があずまやの前で倒れたのは、あと二週間もすれば最初のお客様が到着されるか、という頃でした。こう申し上げれば、そのときのダーリントン・ホールの雰囲気がどんなであったか、また、「婉曲な物言い」に時間を費やす余裕はなかったと私が申し上げたことの意味が、おわかりいただけましょう。

　お盆で物を運ぶことを禁じられた父ですが、さすがに、たちまちその制約を迂回し、自分の有用性を回復する方法を見つけ出しました。ワゴンにティーポット、カップ、皿をのせ、その回りに不調和ながら——しかし、いつもきれいに——清掃用具、モップ、ブラシを配置し、ときには物売りの手押し車と見まがうばかりに物を満載して歩き回る父の姿は、ダーリントン・ホールの日常となりました。もちろん、食堂での給仕はあきらめざるをえませんでしたが、それ以外の面では、ワゴンの助けを借りて驚くほどの仕事ができました。それに、国際会議という大行事が近づくにつれ、父には目を見張るような変化が現われてきました。まるで超自然の力が乗り移ったかのように、二十年ほども若返ったのです。頬のこけた感じも目立たなくなり、元気いっぱいでお屋敷中を飛び回っておりましたから、事情を知らない人には、ワゴンを押している召使が何人もいるように見えたかもしれません。一人だけとはとても信じられない活躍ぶりでした。

あの緊張の日々は、ミス・ケントンにも相当にこたえていたと存じます。たとえば、あの頃、裏廊下でミス・ケントンに出会ったことを思い出します。召使部屋の並ぶ一角を背骨のように貫いている裏廊下は、相当な長さがありますが、その割に日光がほとんど射し込まず、いつも陰気な感じのする場所でした。その暗さというものは、天気のよい日でさえトンネルの中を歩くようなもので、あのときも、板敷の廊下に聞き覚えのある足音が響いてこなかったら、私は誰が近づいてくるのかを、相手の体の輪郭から判断せねばならなかったでしょう。私は、一条のまぶしい光線が床に射し込んでいる場所で立ち止まり、ミス・ケントンが近づくのを待ちました。

「ああ、ミス・ケントン」

「何でしょうか、ミスター・スティーブンス？」

「上の階のシーツと枕カバーは、あさってまでに用意しておかねばなりませんが、この点、抜かりはありますまいな？」

「準備万端ですわ、ミスター・スティーブンス」

「それはよかった。どうかなと、ちょっと気にかかったものですから」

そう言って、私は行きかけましたが、ミス・ケントンは立っている場所をどこうとしません。それどころか、つぎに私に向かって一歩踏み出しましたから、光線がちょうどミス・ケントンの顔に当たり、そこに浮かぶ怒りの表情を照らし出しました。

「私が一分一秒も無駄にできない忙しい思いをしているときに、あなたは、また、ずいぶんお暇なようですわね、ミスター・スティーブンス。私にももう少し暇があったら、喜んでお屋敷内をうろつき回って、この辺のどなた様かがもうすっかり手を打たれたことに、わざわざ『抜かりはないか』と尋ねて差し上げますのに、残念なことですわ」

「なにを怒っているのです、ミス・ケントン? 私はただ、あなたがうっかりしておられないことを確認して、自分の気持ちを落ち着かせる必要を感じただけで……」

「二日間に四回も五回も落ち着く必要を感じるとは、あなたはよほど落着きのない方ですのね? いずれにせよ、いくら暇を持て余しているからといって、お屋敷内をほっつき歩いて、他人の邪魔をしていいことにはなりませんわ」

「ミス・ケントン、私に暇があるなどと一瞬でも思われたとしたら、それほどあなたの未熟さを証明するものはありませんよ。このような大きなお屋敷になれば、目に見えないところでどれほどのことが行なわれているか……。まあ、いずれ、あなたにもわかるときが来るでしょう」

「二言目には未熟、未熟と言われますけれど、その未熟者の仕事に一つの欠点も見つけられないのはどうしたことですかしら? 見つけられるものなら、とうに見つけて、くどくどと文句をつけておられるはずですわね、ミスター・スティーブンス? とにかく、私にはまだまだ仕事があります。後をついて回って、邪魔をしないでください。それほど暇つぶしがなさりたかったら、外に出て新鮮な空気でも吸っておられたほうが、お体のためによろしいのではありません？　どなたの迷惑にもなりませんし」

　ミス・ケントンはそう言い捨てて、足音も荒く通り過ぎていきました。私もこれ以上言い争うのはおとなげないと思い、そのまま歩きだしましたが、台所の戸口までたどり着いたかどうかというとき、なにやらミス・ケントンの慌ただしい足音がもどってきて、「ミスター・スティーブンス」と呼ばわる声がしました。

「要するに、今後、私に直接声をおかけにならないでくださいということですわ」

「何を言っているのです、ミス・ケントン？」

「伝言がありましたら、誰かを使いに立ててください。メモを書いて送ってくださっても結構です。そうしたほうが、私どもの協力関係がどれだけスムーズになるかしれませんわ」

「ミス・ケントン……」

「私はとにかく忙しいのです。複雑な内容の伝言ならメモで、そうでなければマーサかドロシーに言ってください。男衆でもかまいませんわ。あなたが信頼なさっているどなたでもよこしてください。では、私は仕事にもどりますから、あなたは散歩でも漫歩でも、どうぞご随意に」

　ミス・ケントンの振舞いは気にさわりましたが、それをとやかく考えている暇は、私にはありませんでした。と申しますのは、そのときすでに最初のお客様がご到着になっていたからです。いえ、海外からのお客様ではありません。それはまだ数日先のことと思われましたが、ダーリントン卿が「イギリス・チーム」と呼んでおられた三人の方々――すなわち、秘密裡に参加される外務省の幹部がお二人と、デイビッド・カーディナル様――が、準備の徹底のため、早めにお着きになっていたのです。

いつもどおり、卿は私には何事も隠されませんでした。熱心な相談事の現場へも自由に出入りさせていただきましたから、イギリス・チームのムードを、ある程度、肌で感じることができました。卿と協力のお三方は、当然、すべての出席予定者について正確な情報を集めようとしておられましたが、とりわけ、フランス代表のデュポン様のことが気になって仕方がないようでした。この方が会議でどのような態度をとるか。何に賛成し、何に反対しそうか……。それが、皆様の最大の関心事だったのだと存じます。あるとき喫煙室で、どなたかが「ヨーロッパの運命は、この点でデュポンをどう味方に引き込めるかにかかっているな」と、発言されたのが耳に残っております。

ダーリントン卿が私にある頼み事をされたのは、こうした直前準備の真っ最中のことでした。いっぷう変わった頼み事でしたから、あの目まぐるしい一週間に起こった当然に忘れがたい諸事件と並んで、私には鮮明な思い出となっております。私は書斎に呼ばれました。卿はデスクの前にすわり、いつものように本を――今回は『紳士録』でした――広げて、あちこちのページを繰りながら読む振りをしておられました。少しいらいらしたご様子なのは、書斎に入った瞬間にわかりました。「ああ、スティーブンス」と、卿は何気ないふうを装いながら、じつは話をどう切り出したものか明らかに迷っておられました。どのようなご用であろうかとじっと待ちつづける私を前に、卿はいましばらくページを繰りつづけ、ある項目で止まると、前かがみになってじっと目を凝らしておられました。が、やがてこう言われました。

「スティーブンス。こんなことを頼むのは筋違いだとはわかっている」

「はあ?」

「ただ、私の頭はいま重大事でいっぱいなのだ」

「私でお役に立てることでしたら、いかようなことでもお申しつけください」

「こんなことを持ち出すのは、じつに申し訳がない。お前も暇な体ではないのだからな。だがな、スティーブンス、どうやったら片がつくのか、ほかに方法を思いつかないのだ」

卿は視線をまた『紳士録』にもどされましたが、やがて、下を向いたまま唐突に、「お前は、生命の神秘については無知ではなかろう、スティーブンス?」と尋ねられました。

「何でございますか?」

「生命の不思議だ、スティーブンス。ほら、トリとかミツバチとか? 知っておるだろう?」

「申し訳ございません。何のことかわかりかねますが……」

「そうだな、事情を全部話さねばわからんかもしれん。じつはだな、スティーブンス、知ってのとおり、サー・デイビッドは昔からの友人だ。今回の会議を組織するにあたっては、ずいぶん尽力してもらった。彼の助けがなければ、おそらくムッシュー・デュポンも、会議への出席にうんと言わなかっただろう」

「さようでございます」

「しかしだな、スティーブンス、サー・デイビッドにはおかしな一面がある。お前ももう気づいているかもしれないが……ま、それはともかく、今回は息子のレジナルドを秘書代わりに連れてきている。ところが、彼はいま婚約中で、間もなく結婚することになっているのだ。つまり、レジナルドが、だ」

「さようでございますか」

「サー・デイビッドはだな、かれこれ五年間も、息子にその……生命の神秘を教えようとしてきたのだそうだ。いま二十三歳になる息子にだ」

「なるほど」

「さて、ここからが問題だ、スティーブンス。私はレジナルドの名親でな、彼の宗教教育を保証せねばならん立場にある。だから、サー・デイビッドは私にやれと言うのだ。レジナルドに生命の神秘を教える仕事を、だ」

「さようでございますか」

「サー・デイビッドは怖じ気を振るったのだ。レジナルドの結婚式までには、とてもできそうにないと思ったのだろう」

「なるほど」

「だが、問題はだ、スティーブンス、私はきわめて忙しい。サー・デイビッドだってそれは知っているはずなのに、それでも頼んできおった」卿はそこで言葉を切り、目でページを追われました。

「こういうことでございましょうか？　必要な情報をレジナルド様にお伝えする役目を、私にやってほしいと……？」

「お前が嫌でなければだ、スティーブンス。だが、そうしてくれれば心の重荷がとれる。サー・デイビッドは、一、二時間おきに、まだかまだかと催促にくる」

「わかりました。こうした状況では、まことにお辛いことでございましょう」

「もちろん、こんなことはお前の任務でも何でもないことなのだ、スティーブンス」

「やらせていただきます。しかし、そのような情報をお伝えする機会を見つけるのは、なかなか難しいのではないかと危惧いたします」

「気にかけていてくれるだけでもありがたい。ひとつ頼むよ、スティーブンス。だがな、大袈裟にすることはないぞ。ただ基本のところをだな、手っ取り早くやってくれればいい。単純なアプローチが最善だ。私はそう思う」

「わかりました。できるだけやってみます」

「感謝するよ、スティーブンス。どんなぐあいだったか、あとで教えてくれ」


ご想像のとおり、私はこの思いがけない頼み事に少々面くらっておりました。普通なら、しばらく考える時間がほしいたぐいの問題ですが、このように忙しい時期に降ってわいた話ですから、そのことだけにかかずらっているわけにもまいりません。私はできるだけ早い機会をとらえ、することをすませて、すぐにでもお役御免になろうと決心いたしました。そして、この任務をおおせつかって、わずか一、二時間後のことだったと存じます。運よく、読書室に一人こもり、書き物机で何かの書類に没頭しておられるレジナルド様をお見かけいたしました。

間近にご本人を拝見いたしますと、たしかに、ダーリントン卿やデイビッド様が感じられたに違いない困惑が、よくわかるような気がいたしました。ご主人様の名付け子はお見受けしたところ、じつに生真面目そうな学究肌の青年でございまして、お顔だちにも多くの美質が現われております。しかし、これから持ち出そうとする話題が話題ですから、もう少し……軽薄とは言わないまでも気楽な感じのする若者のほうが、ずっと話しやすかったことは間違いありますまい。しかし、そんなことを考えていても仕方がありません。私は意を決して読書室に入り、レジナルド様の書き物机からやや離れたところに立って、軽く咳払いをいたしました。

「お邪魔いたします、レジナルド様。ご伝言がございます」

「えっ、伝言？」と、レジナルド様は書類から顔を上げ、目を輝かせてお尋ねになりました。「父からの？」

「はい。実質的にはさようでございます」

「じゃ、ちょっと待って」

レジナルド様は足下のアタッシェケースに手を伸ばし、中から手帳と鉛筆を取り出されました。

「よし、どんどん言ってくれ、スティーブンス」

私はもう一度咳払いし、声の調子をできるだけ感情のこもらないものに変えました。

「サー・デイビッドが言われますには、紳士と淑女の間にはいくつかの重要な点で違いがあることを心得ておかねばなりません」

つぎの言葉を考えるのに、しばらく間があいたに違いありません。レジナルド様はその間に一つ溜め息をつき、こう言われました。

「それなら、うんざりするほど心得ているよ、スティーブンス。要点を頼む」

「心得ておられる？」

「ああ、父はどうしても、ぼくを過小評価する悪癖が止まらないようだ。この問題についてはだね、もうありとあらゆる資料は読んだし、じつは基礎調査もすんでいるんだ」

「さようでございますか」

「この一カ月ほどは、そのことばかりで、ほかのことは何も考えられなかった」

「さようでございますか。では、これは、なくもがなのご伝言でございましたな」

「すべてを心得ていると、父にはそう伝えておいてくれ。このアタッシェケースだが……」と、レジナルド様は足でケースをつつかれました。「ここにはだね、考えうるあらゆる角度から研究したノートが詰まっているんだ」

「さようでございますか」

「人間の心が思いつく可能性や組合せなら、ぼくもそのすべてを考えつくしたといっていい。父にはそのことも言って、安心させてやってくれ」

「そういたします」

レジナルド様は少し緊張を解かれたようでした。もう一度アタッシェケースの――私がなんとなく気恥ずかしくて、目をそらせていたアタッシェケースの――方向に顎をしゃくって、こう言われました。

「ぼくがこのケースを片時も放さないのを、不思議だと思わなかったかい？　これで理由がわかったろう。誰かの手で開けられたときのことを考えてみたまえ。ね？」

「それはたいへん困ったことになりましょう」

「ただ……」と、レジナルド様ははっとしたように、椅子にすわり直されました。「父がまったく新しい視点を思いついて、その視点からぼくに考えてみろと言うなら、問題は違ってくるわけだが……」

「そのようなことはございますまい」

「そう？　じゃ、デュポンなる人物については、何も新しい情報はないわけだね」

「……残念ながら、そのようでございます」

もう終わったものと信じていた任務が、まだ手つかずのまま私の眼前に横たわっておりました。その失望と腹立ちをレジナルド様に悟られないよう、私は最大限の努力をいたさねばなりませんでした。そして、あらためてどう取りかかったものかと考えているとき、レジナルド様が急に立ち上がり、アタッシェケースをしっかりと抱きかかえて、こう言われました。

「じゃ、ぼくはちょっと外の空気でも吸ってくることにするよ。いろいろとありがとう、スティーブンス」

レジナルド様とは、一刻も早く、もう一度プライベートな話合いのできる機会を見つけるつもりでおりましたが、これはとうてい不可能なこととなりました。と申しますのは、その日の午後、予想より二日も早く、アメリカの上院議員ルーイス様がご到着になったからです。私は下の食器室で消耗品のリストを点検しておりましたが、頭上に間違いなく自動車の音が聞こえ、それが中庭に入って止まる気配でしたから、大急ぎで部屋を出て上に向かいました。途中、裏廊下でミス・ケントンに出くわしました。裏廊下といえば、もちろん、先日のいさかいの現場です。おそらく、その不幸な偶然が、ミス・ケントンに先日の子供じみた態度をつづけさせたのでしょう。ご到着になったのはどなたか、と私が尋ねたのに対し、ミス・ケントンは立ち止まりもせず、すれちがいざまに「急ぎのご用ならメモでどうぞ、ミスター・スティーブンス」と言い捨てて、歩み去ってしまいました。じつにけしからぬことでしたが、私はそのまま上へ急ぐより仕方がありませんでした。

ルーイス様はまことにかっぷくのよい紳士で、そのお顔からは、愛想のいい笑いが決して消えることがなかったように記憶しております。ダーリントン卿とお仲間は、準備にあと一、二日のプライバシーを必要とされていた模様です。ルーイス様のあまりに早いご到着に、最初は少々困惑しておられたと存じますが、人を引きつけずにはおかない飾らない物腰と、夕食の席での「アメリカ合衆国は常に正義の側に立ち、ベルサイユで過ちがあったことを認めるにやぶさかでない」というご発言が、イギリス・チームの皆様に大きな感銘を与えたようでした。ルーイス様の故郷ペンシルバニアのすばらしさといった、当たり障りのないことで始まった会話も、夕食が進むにつれ、当然のように、来たるべき会議に集中していきました。そして、葉巻に火がつく頃になりますと、皆様の間で交わされる意見は、ルーイス様のご到着以前と同様、気兼ねのないものとなっておりました。ルーイス様はこんなことを言われました。

「私も皆さんと同意見ですよ。ムッシュー・デュポンの行動はとても予測しがたい。しかし、これだけは言えます。これは賭けてもいい」そして、身を乗り出し、強調のため葉巻を振り回しながら、こうつづけられました。「デュポンはドイツ人を憎んでいる。戦争前も憎んでいたし、いまでも憎んでいる。その憎しみの激しさというものは、ここにおられるあなた方にはとうてい理解しがたいものでしょう」そして、また椅子の背にゆったりともたれかかり、あの人懐っこい笑顔にもどられました。「しかし、皆さんにはこれをお尋ねしたい。フランス人がドイツ人を憎んだとしても、これは責められないのではありませんかな？　憎むだけの理由があるんですから。違いますか？」

そう言って、ルーイス様がテーブルを見回されますと、一瞬、気まずい沈黙がありましたが、やがてダーリントン卿がこう発言なさいました。

「当然、ある程度の敵意というものは避けられますまい。しかし、もちろん、われわれイギリス人も、ドイツとは長く激しく戦ったことを忘れてほしくありませんな」

「さよう。たしかに、あなた方イギリス人は違う」と、ルーイス様は言われました。「あなた方は、もうドイツ人を憎んではおられないようだ。ところが、フランス人にしてみれば、ドイツ人はヨーロッパの文明を破壊したのだから、どんな罰を与えても重すぎることはない。もちろん、アメリカにいるわれわれから見れば、そんな態度はとても現実的とは思われないが、一方、あなた方イギリス人がフランスに同調しないのも、何か不思議に思えるのですよ。だって、そうでしょう？　あなたも先ほど言われたように、イギリスもあの戦争では多くを失ったのですからね」

ふたたび気まずい一瞬があり、デイビッド様が少しおぼつかなげな口調でこう言われました。

「イギリス人とフランス人とでは、これまでにも見解の相違がけっこうあったのですよ、ミスター・ルーイス」

「ははあ、いわば気質的な違いとでもいったところでしょうかな？」このとき、ルーイス様のお顔の笑みがいくぶん大きくなったように思われました。そして、ルーイス様はこれで多くのことが明らかになったとでもいうように、なにやらうなずき、葉巻を深く吸われたのです。こんなことを申し上げると、それは後知恵で記憶が染まったのだと言われるかもしれません。しかし、一見魅力的なこのアメリカ人紳士に、私が何か違和感を――あえて申し上げれば不信感を――覚えたのは、どうしてもあの瞬間だったような気がしてなりません。もちろん、そんな疑惑は私だけのことで、ダーリントン卿は何もお感じにならなかったようです。しばらく沈黙があり、卿はその間に何事かを決意したご様子で、こう口を開かれました。

「ミスター・ルーイス、率直に申し上げましょう。イギリス人の大部分は、フランスの態度をじつに嘆かわしいと感じています。たしかに、気質的な違いもあるのでしょうが、私自身は、あえてそれ以上の問題があると申し上げたい。争いが終わったのに、それでも敵を憎みつづけるというのは、けしからんことです。敵がキャンバスに沈んだら、それで戦いは終わりにしなければなりますまい。倒れた敵をさらに足蹴《あしげ》にするような最近のフランスの行為は、われわれには野蛮にすら思えます」

卿のこのご発言に、ルーイス様は大きな満足を覚えられたようでした。そして、賛成だという意味のことをつぶやかれ、いまではテーブルの上に濃く立ち籠めているタバコの煙を通して、同席の方々ににこやかな笑顔を振りまいておられました。

つぎの日にも、予定より早いお着きのお客様が何人かありました。まず、朝には、ドイツから伯爵夫人とエレノア・オースティン夫人のお二人です。生まれも育ちもまったく対照的なお二人ですが、どうやら一緒に旅をしてこられたようで、大勢の女官や下僕を引き連れ、山のような荷物を積んでのご到着でした。さらに、午後にはイタリアからのお客様が、従者と秘書のほか、「エキスパート」一人とボディーガード二人をともなってお見えになりました。ボディーガードまでお連れになるとは、このイタリア人紳士がダーリントン・ホールをどのような場所だと考えておられたのか、私には想像もつきません。その紳士の行かれるところ、数ヤード離れて常に無口の大男二人がつづき、あらゆる方向に疑わしげな視線を走らせておりましたが、あのような光景は、とてもこのお屋敷に似つかわしいものとは言えません。

ところで、やがてわかったのですが、この二人のボディーガードの勤務時間はまことに不規則なもので、とんでもない時間にどちらかが眠りに上がっていくのです。もちろん、徹夜の見張りにそなえてのことでしょう。それを知ったとき、私はミス・ケントンにも伝えておかねばならないと思い、話しかけようとしたのですが、ふたたび口をきくことを拒否されました。早急の伝達のためにはやむをえず、私は実際にメモを書き、それをミス・ケントンの部屋にドアの下から差し込んでおいたのを覚えております。

つぎの日には、さらに多くのお客様がお見えになり、会議の開始を二日後に控えたダーリントン・ホールは、あらゆる国籍のお客様でいっぱいになりました。それぞれに、お部屋で語り合ったり、とくにこれといった目的もなく広間や廊下に立ち、その辺の絵画や置物をながめたりしておられました。お客様どうしは互いに慇懃な態度で接しておられましたが、やはり、この段階では意識のどこかに相互への不信があったためでしょう、お屋敷中に緊張した雰囲気がみなぎっておりました。

この不安定な空気を反映して、お客様の従者や下僕どうしにはなにやら反目し合うようなところが見られ、ダーリントン・ホールの召使たちは、忙しくてその人々と顔を突き合わせる暇がないことに、むしろほっとしておりました。

さまざまな要求が私のもとに持ち込まれ、それをさばくのに大変忙しい思いをしていたときです。ふと窓の外を見ますと、庭を散歩されているレジナルド様の姿が目に入りました。例によってアタッシェケースをしっかり手に持ち、芝生をぐるりと取り巻く小道を、物思いにふけりながらゆっくり歩いておられました。私は与えられた使命を思い出し、ふと、戸外は悪い場所ではないかもしれない、と考えました。周囲には自然があります。とくに、手近にガチョウという例も見出されますから、この種のことをお話しするには、むしろ最も適した場所ではありますまいか。それに、いま急いで外に出て、小道の脇にある大きなシャクナゲの後ろにでも隠れていれば、やがてレジナルド様が通りかかられます。偶然出会った振りをして、話のきっかけがつかめるでしょう。もちろん、戦術として多少強引なところがあるのは認めねばなりませんが、この任務は――それなりに重要なことであるにしても――そのときの私にとって、とても最高の優先順位をもつものとは言いかねました。

地面にも木の葉にもうっすらと霜が降りていましたが、この季節にしては穏やかな天気でした。私は足早に芝生を横切り、シャクナゲの後ろに身を隠しました。足音がだんだん近づいてきました。しかし残念なことに、私は姿を現わすタイミングを誤ってしまったようです。私としては、レジナルド様との間にまだ多少の距離があるうちに出ていくつもりでした。そうすれば、レジナルド様は前方に私を認め、あずまやか園丁小屋にでも行く途中なのだな、と考えてくださるでしょう。そこで、私は初めてレジナルド様に気づいた振りをして、適当に会話を始めることができたはずです。それが私の計画でした。ところが、出るタイミングが少し遅れたため、レジナルド様をたいへん驚かせてしまったのです。レジナルド様は大慌てでアタッシェケースを胸に抱え込み、両腕でしっかりと押さえられました。

「いや、これは申し訳ないことをいたしました」

「なんだ、スティーブンスかい。いや、びっくりした。襲われるのかと思ったよ」

「ちょっと申し上げねばならないことがございましたものですから。まことに申し訳ございません」

「まったくだよ。ほんとにびっくりした」

「レジナルド様。ぶしつけではございますが、あそこのガチョウをちょっとご覧ください」

「ガチョウ?」レジナルド様はやや混乱して、辺りを見回されました。「ああ、ほんとだ。あれはガチョウだ」

「ここには、ほかに花も草木もございます。もちろん、季節が季節でございますから、絢爛と咲き誇っているというわけにはまいりませんが、春の訪れとともに、この辺りには変化が生じてまいります。きわめて特殊な変化でございます」

「それはそうだ。この庭の装いは、いまが最高というわけにはいかないよな。だがね、スティーブンス、ぼくは絢爛たる自然も結構だが、正直に言うとちょっと心配なんだよ。ムッシュー・デュポンがたいへんにご機嫌斜めだ。ぼくらの最も望まない状況だよな」

「えっ、デュポン様がお屋敷にご到着になったのですか？」

「三十分ほど前にね。機嫌が悪いなんてものじゃない」

「突然で申し訳ございませんが、レジナルド様、私はこれで失礼させていただきます。ただちにご機嫌伺いにまいらねばなりません」

「かまわないとも、スティーブンス。わざわざ声をかけに出てきてくれて、ありがとう」

「申し訳ございません。じつは、あと二言、三言、その……自然の驚異についてお話し申し上げたいことがあったのでございます。いまはかなわぬことになりましたが、いずれ時間をさいてお聞きくださればば幸いでございます」

「いいとも、楽しみに待っているよ、スティーブンス。もっとも、ぼくは、どちらかというと魚派だけどね。魚のことなら、淡水魚も海水魚もよく知っているよ」

「私がお話し申し上げることには、すべての生き物が関係してまいります。しかし、いまはこれで失礼いたします。デュポン様が到着なさったとは、まったく知らずにおりました」

大急ぎでお屋敷へもどりますと、下僕頭が心配げに待っておりました。「ミスター・スティーブンス、お屋敷中捜していました。フランスのお客様がお見えです」

デュポン様は背の高い、ほっそりした紳士で、しらがまじりの顎髭をたくわえ、片眼鏡《モノクル》をしておられました。大陸の方々がよく休日に召されるような軽装でご到着になりましたが、それは到着時だけのことではなく、ダーリントン・ホールへはあくまでも親交と保養を目的に来たという建前を崩さず、滞在中はずっとそのような態度で通されました。レジナルド様が言われたとおり、デュポン様はたいへん不機嫌でした。数日前にイギリスへ着かれてから、気に入らないことが多々あったとのことです。細かなことはもう思い出せませんが、とくにロンドン観光中に足にまめができ、それがつぶれて激しく痛んでいたようで、敗血症を起こすのではないかとも心配しておられました。従者の方にはミス・ケントンのもとに行くよう伝えておきましたが、デュポン様は数時間おきに私を呼び、いらいらした口調で「包帯だ、君。もっと包帯をくれ」と要求されました。

しかし、ルーイス様が挨拶に現われますと、機嫌がずいぶんよくなられたようです。お二人は、一見して古くからの知合いであることがわかる挨拶を交わされ、その日はあとほとんど、思い出話に花を咲かせながらお過ごしになられました。じつは、ルーイス様がデュポン様にこのようにつきまとっておられるのは、ダーリントン卿にとってまことに不都合なことでした。卿は、当然、会議が正式に始まるまえに、このフランス人紳士と個人的に接触したいと望んでおられたでしょう。事実、デュポン様を別室へ案内し、お二人だけの話合いをもとうと努力されている現場を何度も見かけましたが、そのたびにルーイス様がにこやかに割って入られるのです。「お二人さん、せっかくのところ申し訳ないが、どうにも気になることがありましてね」などと言いながら、結局は会話を独占してしまわれ、卿は心ならずもルーイス様の笑い話を聞かされるはめになる、といったことが繰り返されました。

しかし、アメリカから来られたこの上院議員を別にすれば、他のお客様はデュポン様から意識的に距離をとっておられたようです。ただ近寄りがたかったのか、それとも敵意のようなものを感じておられたのか、それは定かではありません。お屋敷全体が堅い雰囲気でしたが、デュポン様の周辺ではその堅さがいっそう顕著でした。そして、そのことが、デュポン様こそ会議の行方を左右する人物だという印象を、ますます強める結果になっておりました。

会議は、一九二三年三月の最終週、ある雨の朝に始まりました。会議場が居間という、やや意外な場所に設定されたのは、参加者のなかにお忍びのお客様が多いのに配慮してのことです。しかし、会議の非公式性を強調するためのこうした配慮は、私の目にはやや行き過ぎとも思えるほどでした。もともと、この居間はたいへん優美な感じのする部屋です。そこに黒ずくめの、いかめしい顔つきの紳士が大勢つめかけ、一つのソファーに三人も四人も並んでおられるのですから、それだけでも十分に奇異な感じがいたしましたが、なかには、これがあくまでも社交的行事にすぎないという虚構を押し通そうとするあまり、小道具として膝の上に雑誌や新聞を広げておられる方まであって、ちぐはぐな感じをいっそう目立たせておりました。

この朝、私は部屋への出入りを頻繁に繰り返さねばならず、会議の内容を逐一追うことはできませんでした。しかし、ダーリントン卿の開会の挨拶だけは、全部聞くことができました。卿はお客様に対し正式に歓迎の言葉を述べられたあと、ベルサイユ条約のさまざまな側面を取り上げ、卿ご自身が見聞されたドイツの悲惨な状況を例に引きながら、主として道徳的観点から条項の緩和を強く訴えられました。もちろん、私はこれまでにもいろいろな機会に卿のご意見を拝聴してまいりましたが、外国の要人を前にしたこの朝のスピーチは、深い確信に裏打ちされたじつに立派なもので、私は新たな感動を覚えずにはいられませんでした。

デイビッド・カーディナル様がつぎに立たれました。ところどころしか聞くことができませんでしたし、内容がかなり専門的だったこともあり、正直に申し上げてちんぷんかんぷんでした。しかし、全体としてはダーリントン卿の主張と同趣旨だったと存じます。最後に、ドイツによる賠償金支払いの凍結と、ルール地方からのフランス軍撤退を呼びかけておられたのが印象的でした。つぎはドイツの伯爵夫人でした。しかし、なんの用事だったかいまは思い出せませんが、このとき私はかなり長い間部屋を出ていなければならず、もどったときには、もう出席の皆様の自由討論が始まっておりました。貿易や金利がどうのこうのという内容が多く、やはり、私にはちんぷんかんぷんでした。

部屋にいる間、私はいつもデュポン様のほうに注意しておりましたが、デュポン様は討論にはまったく加わろうとなさらず、そのむっつりした態度からは、発言内容に聞き入っておられるのか、それとも何かほかの考えにふけっておられるのかわかりませんでした。一度、ドイツ人紳士の発言中に私が部屋を出ますと、デュポン様も突然立ち上がり、私につづいて出てこられました。そして、廊下で私を呼び止め、「足の包帯を取り替えてもらいたいが、できるかね、君？　こう足が痛くては、皆さんのお話もうかがいかねるのでな」と言われました。

私はミス・ケントンに助けを――もちろん、使いを立てて――求めました。そして、看護の者が来るまで、デュポン様にはビリヤード室でお待ちいただくことにして、私は自分の用事に向かいました。が、そのときでした。下僕頭が青ざめた顔で階段を駆けおりてきて、父が上で倒れたと言ったのは……。

私は二階へ急ぎました。階段を上りおわり、廊下のほうへ曲がったとたん、奇妙な光景が目に飛び込んでまいりました。廊下の突当たりには大きな窓があります。外には灰色の光と雨しか見えなかったあの日、その窓のほぼ真前に、まるで儀式の途中で凍りついたような父の姿があったのです。父はワゴンの縁を両手で握り締め、片膝をつき、頭をたれていました。なぜか突然動こうとしなくなったワゴンを、必死の力で押しているようにも見えました。やや離れたところに脅えた表情の女中が二人、近づこうにも近づけないで立ちすくみ、父の必死の努力を見守っておりました。私は父のもとに駆け寄ると、手を開かせてワゴンから引き離し、体をそっと絨毯に横たえました。父の目は閉じ、顔は灰色で、その額には汗の粒が浮かんでおりました。私は助けを呼び、やがて届いた車椅子を使い、父を屋根裏部屋に運びました。

父をベッドに寝かせたあと、私はどうしたものか迷いました。この状態の父を残していくことは望ましくないとはいえ、私にはもう一瞬たりとも余分な時間はありません。戸口で思い惑っているとき、ミス・ケントンが脇に来て、「ミスター・スティーブンス」と私を呼びました。「いまは、私のほうが少しは時間的に余裕がありますわ。ですから、お望みなら、私がお父様に付き添っていましょう。メレディス先生もご案内しますし、先生が何かお伝えしたいことがあるようでしたら、あなたをお呼びしますわ」

「ありがとう、ミス・ケントン」私はそう言って、ただちに父の部屋を出ました。

居間にもどりますと、一人の牧師様が立ち、ベルリンの子供たちがどれほどの困難に直面しているかを訴えておられるところでした。お茶やコーヒーのお代わりを求められるお客様が多く、私はたちまち応対に追われました。なかには、アルコールを召し上がっておられる方もあり、また二人のご婦人が同席しておられるにもかかわらず、葉巻をお吸いになっている方も、一、二、見かけました。空《から》のティーポットを片手に居間を出たとき、ミス・ケントンが私を呼び止め、「ミスター・スティーブンス、メレディス先生がお帰りになられます」と教えてくれました。

ミス・ケントンの言葉に玄関のほうを見やりますと、先生がレインコートを着、帽子をかぶっておられるところでした。ティーポットを手に持ったまま先生のところに行きますと、先生はしかめっつらを私に向け、「お父上の加減はあまりよくない」と言われました。「容体が悪化するようなら、すぐにまた呼んでくれ」

「わかりました。ありがとうございました、先生」

「お父上はいくつかな、スティーブンス?」

「七十二歳でございます」

メレディス先生は額にしわを寄せ、しばらく考えていましたが、「容体が悪化するようなら、すぐにまた呼んでくれ」と繰り返されました。

私は先生にもう一度お礼を申し上げ、お見送りいたしました。

ルーイス様とデュポン様の会話を盗み聞いてしまったのは、その日の夕方、晩餐の少し前だったと存じます。私は何かの用事でデュポン様の部屋へ行き、ノックしようとしたのですが、その前に、いつもの習慣でドアに耳をあて、中の様子をうかがいました。一般の方は、こんなことをなさらないかもしれません。しかし、これは、ぐあいの悪いときにノックしてしまう危険を避けるための、ちょっとした用心なのです。私はいつもしておりますし、同業の者の間でも普通に行なわれていることです。言い訳をするようですが、あの日は結果的に盗み聞きになってしまっただけのことで、私に最初からその気があったわけではありません。

　私がドアに耳をあてたとき、最初にルーイス様のお声が聞こえてきたのは幸いだったと申すべきでしょうか。それがどのような言葉だったのか正確には思い出せません。しかし、私に疑惑を抱かせたのは、個々の言葉より、それを語っている声の調子だったのだと思います。それは、ご到着以来、ルーイス様が多くのお客様を魅了してきたあの人懐っこい声と、ゆっくりした話し方でしたが、そこには明らかに秘密めいた響きがありました。それに気づいたこと、そしてルーイス様がデュポン様のお部屋にいて、この重要人物に何事か語りかけていたという事実――その二点が、ノックしようとしていた私の手を止め、さらに聞き耳をたてさせたのだと存じます。

　ダーリントン・ホールの寝室のドアは相当な厚さがあります。完全なやりとりが聞こえたわけではありませんので、立ち聞いた内容を正確に思い出すことはできません。いまできないというだけでなく、あの夜、ダーリントン卿にご報告申し上げたときにもできませんでした。しかし、正確には思い出せなくても、部屋の中で何が行なわれているかは明瞭に察せられました。ルーイス様は、「あなたは利用されている」と、デュポン様に警告しておられたのです。ダーリントン卿やその他の会議出席者によって、いいように利用されているのだ。他の人々より遅く招かれたのも、その間に、他の出席者が重要問題について話し合っておくためだった。到着後もデュポン様は一人除け者で、ダーリントン卿が他国の代表と行なっている私的な会談にも招かれない……。そして、ルーイス様は、ご自分が到着された日の最初の夕食の席で、卿やイギリス・チームの方々がどんな言葉を口にされたかを、あげつらいはじめました。

「率直に申し上げて、私は、あなたのお国に対する彼らの態度には愕然としましたよ」と、ルーイス様は言っておられました。「なにしろ、『野蛮』だとか、『嘆かわしい』とまで言うんですからねえ。腹にすえかねて、その日の日記にもちゃんと書いてありますよ」

これに対してデュポン様も何か言われましたが、私にはよく聞こえませんでした。またルーイス様の声がしました。「そうですとも、ムッシュー・デュポン。私は愕然としました。ほんの数年前、戦場で肩を並べた仲でしょう？　その味方に対して使う言葉でしょうか？」

私がしばらくしてドアをノックしたかどうか、いまになっては定かではありません。立ち聞いてしまった会話の驚くべき内容から、ノックせずにそのまま立ち去るのがよいと判断したかもしれません。大いにありうることです。いずれにせよ――すぐ後にダーリントン卿にも申し上げたことですが――そう長い時間いたわけではなく、ルーイス様の発言に対してデュポン様がどのような態度をとられたのか、それを知る手がかりとなるような言葉は聞けませんでした。

つぎの日、居間での討論は新たな熱を帯び、昼食時までには、やりとりもかなり激しいものになっていました。私の印象では、発言の多くが、非難を込めて――それもしだいに大胆に――部屋の隅の肘掛け椅子に向けられているようでした。そこには、もちろん、顎髭をもてあそびながら、ほとんど発言することもなく、デュポン様がすわっておられたのです。朝の会議が終わると、すぐにルーイス様がデュポン様をともない、どこかへ立ち去られるのを見かけました。きっと、ダーリントン卿の目にもとまったことでしょう。内密の相談事があったのだと存じます。事実、昼食後間もなく、私が読書室の前を通りかかりますと、戸口を少し入ったところで向かい合っておられるお二人を見かけました。おそらく、私が近づく物音で会話を中断されたのに違いありますまい。

その間、父はとくによくもならず、悪くもならない状態をつづけていました。聞けば、一日のほとんどを眠っているとのことで、たしかに、私が二、三度、暇を見つけて屋根裏部屋に上がっていったときも、眠ったままでした。当然、父とは何も話せなかったのですが、あれは父の病気の再発から二日目の夕方のことでした。このときも、私が部屋に入ると、父は眠っていました。ところが、ミス・ケントンの言いつけで父の看病をしていた女中が、私を見て立ち上がり、父の肩を揺すりはじめたのです。

「馬鹿なことをするんじゃない」と、私はたしなめました。「とんでもないことをする娘だ」

「でも、お見えになったら起こせと、ミスター・スティーブンスに言われておりますので」

「眠らせておきなさい。疲れすぎて病気になったんだ」

「でも、どうしても起こせと言われていますから」と、その女中は言い、また父の肩を揺すりました。

父は目をあけ、枕にのせた頭を少し回して、私のほうを見ました。

「気分はいかがですか、父さん?」

父はしばらく私を見つめていましたが、やがて「下は万事順調か？」と尋ねました。

「一触即発ですよ。ほら、六時を回ったところですからね。この時間の台所がどんなだか、父さんもよくご存じでしょう」

いらだたしげな表情が父の顔に浮かびました。「だが、万事順調なのか？」父はもう一度尋ねました。

「はい、父さん。どうぞ安心してください。父さんの気分がよくなったようで、私もほっとしました」

父は、かけてある毛布の下から両腕をゆっくりと抜き取り、疲れた表情で手の甲をじっと見つめました。そのまま、しばらく時間がたったと存じます。

「父さんの気分がずいぶんよくなったようで、ほっとしました」私はもう一度言いました。「さて、父さん、下へもどらねばなりません。なにしろ、いま一触即発ですからね」

父はまだ両手を見つづけていました。そして、ゆっくりと言いました。「わしはよい父親だったろうか？　そうだったらいいが……」

私はちょっと笑いました。「父さんの気分がよくなって、何よりです」

「わしはお前を誇りに思う。よい息子だ。お前にとっても、わしがよい父親だったならいいが……。そうではなかったようだ」

「父さん。いま、すごく忙しいのです。また、朝になったら話しにきます」

父はまだ手を見ていました。自分の手に、なにやら腹を立てているようにも見えました。

「父さんの気分がよくなって、何よりです」私はもう一度言って、父の部屋を出ました。

下にもどってみると、台所はパニック寸前で、召使全員が緊張しきって働いていました。しかし、その約一時間後、晩餐会が始まる頃までには、どの召使の態度にも能率と落着き以外のなにものも見出せなかったことを、私はいまでも誇らしく思い出します。

あの壮大な宴会場が収容人員いっぱいまで使いきられるのは、いつ見ても感動的な光景です。あの夜も例外ではありませんでした。もちろん、夜会服を着た紳士の長い列がつづき、数でご婦人方を圧倒しておりましたから、全体の雰囲気はややいかめしい感じのものでした。しかし、大テーブルの真上に吊り下がる二つの大きなシャンデリアには、当時、まだガスが使われておりました。電化されてからのぎらぎらしたまぶしさと違い、陰影にとんだガスの柔らかい光が部屋中を満たし、いかめしさをずいぶん和らげていたと存じます。大部分のお客様は、翌日の昼食後に出立されるご予定でしたから、この二日目の晩餐会が会議中最後の晩餐会となります。前日に比べますと、皆様の緊張もだいぶほぐれ、それが滑らかで声高な会話となって現われておりました。私どもがワインをお注ぎするスピードも、前日よりはずいぶん速かったことを覚えております。職業的見地からはとくに困難なこともなく晩餐会が終わろうとするとき、ダーリントン卿が立ち、お客様に挨拶をなさいました。

卿は、二日間にわたる討論が「ときには、身が引き締まるほど率直な」ものであったけれども、全体としては友好と善意に満ちた雰囲気の中で行なわれたと述べ、そのことを出席者全員に感謝されました。そして、「この二日間に示された和の精神は、私の期待をはるかに超えるもので、明朝の総括会議では、スイスで行なわれる重要な国際会議に向けて、出席者各位がどのような行動をとられるのか、その決意表明が多く聞かれるものと期待しております」と述べられました。

最初からそのご予定だったのかどうかはわかりません。しかしこのあと、卿は、いまは亡きご友人、カール＝ハインツ・ブレマン様の思い出を語りはじめられました。これは、いささか不幸なことでした。と申しますのは、この思い出は卿の心にさまざまな感情を呼び起こすものでございまして、話しはじめると止まらなくなる傾向があったからです。それに、ダーリントン卿が決して生来の雄弁家でなかったことも指摘しておかねばなりますまい。その結果、卿のお話がまだつづいている間に、お客様の注意が散漫になったことを物語る小さな騒音が始まり、部屋中でしだいに大きくなっていきました。そして、卿が最後に「ヨーロッパの平和と正義」のために乾杯しようと提案し、お客様に起立をお願いされたとき、騒音の大きさは——それまでに消費された大量のワインのせいもあって——無礼と呼んでさしつかえない程度にまで達しておりました。

乾杯を終えて、お客様がまた着席し、それぞれに会話のつづきを始められたときでした。テーブルをこぶしで叩く強い響きがして、デュポン様がお立ちになり、同時に部屋中が静まり返りました。デュポン様は怖いほど厳しい顔つきでテーブルを見回し、こう口を開かれました。「この席においでになるどなたかのお役目を、私が無断で奪っているのでなければ幸いです。しかし、われわれを招待してくださったこのお屋敷の主人、高貴なるダーリントン卿に対し、感謝の乾杯を捧げようという提案は、まだどなたからも承っておりません」賛成のつぶやきがあちこちから聞こえるなか、デュポン様はさらにつづけられました。「この二日間、このお屋敷内で興味深い多くのことが語られました。重要な多くのことが語られました」デュポン様の言葉がとぎれると、部屋の中には物音一つありませんでした。

「私の国の外交政策を暗に明に非難する――さよう、そう言ってさしつかえありますまい――非難する言葉も、多く語られました」デュポン様のお顔は依然厳しく、見方によっては怒っているようでもありました。「今日のヨーロッパに見られる複雑きわまりない情勢について、徹底的かつ理性的な分析を試みた方も何人かおられました。残念ながら私から見れば、隣国に対するフランスの態度と、その裏にある真の理由を完全に理解している分析は、一つもなかったことを指摘しておかねばなりません。しかし、いまは論争のときではありません。この二日間、私は故意に論争を避けてきました。今回、私がイギリスを訪れた目的は、主として聞くことにあったからです。そして、ここでうかがった皆様方の議論のいくつかに、私はひじょうに深い感銘を受けたことをあえて告白しておきましょう。しかし、どれほど深い感銘を受けたのか？　皆様はそうお尋ねになるかもしれません」デュポン様はふたたび言葉を切り、自分に向けられた顔の一つ一つにゆっくりと視線を返されました。そして、こう言葉を継がれました。

「紳士諸君、そして――失礼いたしました――ご婦人方。私はこの問題を真剣に考え抜きました。そして、ここで皆様方にあることを内密に申し上げておきたいと存じます。現在ヨーロッパで起こりつつあることとの解釈をめぐっては、私とここにご出席の多くの方々との間に、見解の相違はいくつも残っています。しかし、それにもかかわらず、私はこのお屋敷で拝聴した皆様の主張のいくつかが、正義であると同時に実際的でもあると確信するにいたりました」テーブルの周囲から、安堵と喜びの交じったつぶやきが聞こえてきました。しかし、デュポン様はそのつぶやきを押さえ込むように、声を一段と強めてこう宣言されました。「私はここで皆様方にお約束申し上げたい。私の行使できる影響力などたかが知れておりますが、私は、フランス外交政策の重点を、このお屋敷でご教示いただいた方向へ多少なりとも変化させるべく、全力を尽くしましょう。その努力の成果をスイス会議で皆様にお示しすることができれば幸いです」

賞賛の拍手が沸き起こり、ダーリントン卿とデイビッド様が視線を交わし合われるのが見えました。デュポン様はテーブルに向かって手を上げましたが、それは賞賛に応えようとされたものか、それを抑えようとされたものかわかりません。

「しかし、お屋敷の主人、ダーリントン卿に感謝を捧げる前に、私には胸から吐き出しておきたいことが一つあります。晩餐の席で胸から吐き出したいなどと、お気にさわったらお許しください」これには大きな笑い声が起こりました。「しかし、こうした問題では、私は率直こそ最善の方策であると信じています。われわれが一堂に会し、和と友好の精神で結ばれることを可能にしてくださったダーリントン卿に対し、われわれが正式かつ公式に感謝を捧げるのが当然であるように、もしこの場に、主人の歓待に乗じ、不和と疑惑の種をまくことにのみ関心をもつ者がいるとすれば、その者をわれわれが公に非難するのも、また当然と言えましょう。そのような人物は社会的に不快であるだけでなく、今日の情勢を考えたとき、きわめて危険な存在ですらあります」

宴会場は水を打ったように静まり返り、デュポン様は静かな口調で慎重につづけられました。

「ミスター・ルーイスに関する私の疑問は、ただ一つです。彼の忌むべき行動が、現在のアメリカ政府の態度をどの程度反映しているのか――これであります。私に臆断をお許し願えましょうか？本来なら、ここにおられるご本人にお尋ねすればよいのでしょうが、過去数日間にありとあらゆるレベルの欺瞞を披露してくださったお方ですから、いまさら真実を答えよと求めても、これはいささか無理と申すものでしょう。ですから、あえて私が臆測をたくましくしてご覧にいれましょう。ドイツの賠償金支払いが凍結された場合、われわれからアメリカへの債務返済がどうなるか？もちろん、アメリカはこの点を心配しています。しかし、皆様、私は過去六カ月間に何人ものアメリカ政府高官と、まさにこの問題で意見を交換してきたのです。そして、かの国の政府関係者は、ここにおられるアメリカ代表よりずっと先を見通しているというのが、私の得た感触です。今後のヨーロッパに平和を願うわれわれは、ミスター・ルーイスが――さて、どう表現したものでしょうか――かつての影響力をほとんど失っているという事実から、安堵を覚えることができるでしょう。このようなことを公の場で明らかにする私を、不当に残酷だと思われる方がいるかもしれません。しかし、そうではありません。むしろ、私は不当に寛容であるというのが真実なのです。それはなぜか？　このアメリカ人紳士が私に何を語りつづけたかを――皆様方全員について、何を私の耳に入れつづけたかを――あえて明かさずにいるからです。その中傷の手法の拙劣・無謀・露骨であることは、私にはとうてい信じられないほどのものでした。しかし、糾弾はもうやめましょう。いまは感謝するときです。ご婦人方、紳士諸君、どうぞ私とともに、ダーリントン卿への感謝を込めて盃をお上げください」

デュポン様は、演説の間、一度もルーイス様のほうに顔を向けようとなさいませんでした。また、ダーリントン卿への乾杯が終わり、着席されたあと、お客様方はつとめてこのアメリカ人紳士のほうを見ないようにしておられました。しばらく堅苦しい静けさが宴会場を支配しましたが、やがて、ルーイス様がお立ちになりました。いつものように、顔に人懐っこい笑みを浮かべておられました。「さて、誰も彼もが演説をぶっているようだから、今度は私の番といきましょう」そのお声を聞いただけで、ルーイス様が相当飲んでおられることがわかりました。「わが親愛なるフランスの友人がしゃべりつづけたナンセンスについては、反論の気力も湧きませんな。こうしたでたらめは、ただ無視するのみです。これまでにも私をはめようとした人は大勢いるが、成功したためしがない。さよう、皆さん、成功したためしがない」

ルーイス様はここで一息入れ、どう言葉をつづけたものか一瞬迷っておられるようでしたが、やがてにっこり笑って、こう話しはじめられました。「いまも言ったように、あそこにいるフランスの友人については、無駄なことをしゃべるつもりはありません。しかし、この席で言っておきたいことがないわけではない。どなたかが率直こそ最善の方策だと言われた。だから、私も率直に言わせていただきましょう。ここにおられる皆さんは、まことに申し訳ないが、ナイーブな夢想家にすぎない。もちろん、全世界に影響する大問題に首を突っ込みさえしなければ、皆さんは、さよう、なかなか魅力的な存在であることを私も認めましょう。たとえば、われわれを招待してくださったこのお屋敷の主人。彼はいったい何者でありましょうか？　たしかに紳士だ。それに異議をとなえる人は、ここには誰もおりますまい。古典的な英国紳士だ。上品で、正直で、善意に満ちている。

だが、しょせんはアマチュアにすぎない」ルーイス様はそう言って、テーブルを見回されました。

「卿はアマチュアだ。そして、今日の国際問題は、もはやアマチュア紳士の手に負えるものではなくなっている。私としては、ヨーロッパが早くそのことに気づいてほしいと願っているのですよ。上品で善意に満ちた紳士諸君、諸君にひとつお尋ねしましょう。諸君の周囲で世界がどんな場所になりつつあるか、諸君にはおわかりか？　高貴なる本能から行動できる時代はとうに終わっているのですぞ。ただ、ヨーロッパにいる皆さんがそれを知らないだけの話だ。わが善良なるダーリントン卿のような紳士は、困ったことに、理解できないことにまで首を突っ込むのが義務だと心得ておられる。今回の会議にしたところで、この二日間はたわごとのオンパレードだった。善意から発してはいるが、ナイーブなたわごとばかりだ。ヨーロッパがいま必要としているものは専門家なのです、皆さん。大問題を手際よく処理してくれるプロこそが必要なのです。それに早く気づかなければ、皆さんの将来は悲観的だ。そこで乾杯しましょう、皆さん。プロに！　乾杯！」

宴会場全体が唖然とし、静まり返ったまま、どなたも身動き一つなさいません。ルーイス様は仕方ないというように肩をすくめ、ご自分のグラスを皆様に向かって高く掲げ、飲みほして、おすわりになりました。そのすぐ後に、今度はダーリントン卿が立ち上がられました。

「これは皆様とともに過ごす最後の夜です」と、卿は言われました。「最後の夜は楽しい、誇らしいひとときであるべきですから、私には、いま論争を始める気などさらさらありません。しかし、ミスター・ルーイス、アメリカ代表としてのあなたのご意見は、尊重されねばなりません。その辺の街頭演説家の発言と同列に扱い、単に無視してしまったのでは失礼にあたりましょう。これだけを言わせてください、ミスター・ルーイス。あなたが〝アマチュアリズム〟と軽蔑的に呼ばれたものを、ここにいるわれわれの大半はいまだに〝名誉〟と呼んで、尊んでおります」

これには会場全体から同意の声が上がり、なかには「謹聴！」と呼ばわる声も聞こえ、拍手される方もありました。

「さらに、ミスター・ルーイス、私にはあなたが〝プロ〟という言葉で何を意味しておられるのか、だいたいの見当はついております。それは、虚偽や権謀術数で自分の言い分を押し通す人のことではありませんか？　世界に善や正義が行き渡るのを見たいという高尚な望みより、自分の貪欲や利権から物事の優先順位を決める人のことではありませんか？　もし、それがあなたの言われる〝プロ〟なら、私はここではっきり、プロはいらない、とお断わり申し上げましょう」

賛成の大合唱が沸き起こり、それに大きな拍手がつづいて、いつまでも鳴り止みませんでした。ルーイス様はご自分のグラスに笑いかけ、うんざりしたように首を振っておられました。ちょうどこのときだったと存じます。私の横にいつの間にか下僕頭が立ち、小声でこう話しかけてきました。

「ミス・ケントンが一言お話ししたいそうです。ドアの外で待っています」

ダーリントン卿はまだお立ちになったままで、さらに何事かを語ろうとされていました。私はできるだけ目立たないように宴会場を出ました。

ミス・ケントンは動揺しているようでした。「ミスター・スティーブンス、お父様の容体が悪くなりました。メレディス先生をお呼びしましたけれど、少し遅れるそうですわ」

私が混乱しているように見えたに違いありますまい。ミス・ケントンはつづいてこう言いました。

「ミスター・スティーブンス、お父様がたいへんお悪いのですよ。すぐにお見舞いにいらして」

「しかし、時間が……、ミス・ケントン。もう、皆様がいつ喫煙室のほうへ立たれてもおかしくない時間ですから」

「わかっています、ミスター・スティーブンス。でも、いまいらっしゃらないと、あとで深く後悔することになりますわ」

ミス・ケントンはすでに先に立って歩きはじめていました。私もあとにつづき、二人は急ぎ足で父の小さな屋根裏部屋へ向かいました。

コックのミセス・モーティマーが、まだエプロン姿のまま、父の枕もとに立っていました。二人が部屋に入ってくるのを見て、「ミスター・スティーブンス」と私に呼びかけました。「お父様はよくありません」

たしかに、父の顔は鈍い赤みがかった色に変わっていました。生きている人の顔には見たことがない色です。「脈もたいへん弱いんですよ」ミス・ケントンが後ろからそっと言いました。私はしばらく父を見つめ、額にちょっと触れてみましたが、すぐにその手を引っ込めました。

「卒中ですよ」とミセス・モーティマーが言いました。「卒中の人はこれまでに二人見たことがありますからね。私の考えでは卒中ですよ」そう言って、泣きはじめました。ミセス・モーティマーの体からは、強烈な脂肪と焼肉の臭いがしました。私は顔をそむけ、ミス・ケントンに言いました。

「悲しいことだ。が、私は下へもどらねばならない」

「わかりました、ミスター・スティーブンス。先生がお見えになったら、お知らせしますわ。あるいは、何か変化があったときに」

「ありがとう、ミス・ケントン」

急いで階段を降りると、ちょうど皆様が喫煙室へ向かわれるところでした。下僕たちは私を見て、ほっとしたようです。私はすぐに合図を送り、皆を所定の位置につかせました。

私が退出してから、宴会場でどのようなことが起こったかはわかりません。しかし、いま、お客様の間には純粋にお祝い気分がみなぎっていました。三々五々、喫煙室のあちこちに立ち、互いに笑ったり、肩を叩き合ったりしておられました。ルーイス様は見当たりませんでした。おそらく、すでに寝室に引き上げられたのでしょう。私はポートワイン入りのデカンターをお盆にのせて、お客様の間を回って歩きました。ある方のグラスに注ぎおわったとき、後ろから声がしました。「やあ、スティーブンス。そうなのか、君は魚に興味があったのか」

振り向くと、そこにレジナルド様が立ち、私に向かって嬉しそうに笑いかけておられました。私もほほえみ返しました。「魚でございますか、レジナルド様？」

「ああ。ぼくの小さかった頃にはね、水槽にいろんな種類の熱帯魚を飼っていたんだよ。ちょっとした水族館だったたな。おや、スティーブンス、気分が悪いのかい？」

私はもう一度ほほえみました。「いえ、大丈夫でございます。ありがとうございます」

「君の言うとおりだな。春になったら、またここに来たいものだ。その頃のダーリントン・ホールはさぞ美しかろうね。このまえ来たときも、やはり冬だったような気がするよ。おい、スティーブンス。ほんとうに大丈夫かい？」

「はい。なんともございません。ありがとうございます」

「気分が悪いんじゃないのかい？」

「まったくそんなことはございません。レジナルド様、ちょっと失礼いたします」

私はほかのお客様にワインを注いで回りました。私の後ろでどっと笑い声が起こり、ベルギーの牧師様が「これは異端だ。異端の説と言うしかない」と大声で叫ぶと、ご自分でも笑いだされました。肘に触れるものがあり、振り返ると、そこにダーリントン卿が立っておられました。

「スティーブンス、どうした？　大丈夫か？」

「はい、なんともございません」

「なんだか、泣いているように見えたぞ」

私は笑い、ハンカチを取り出して、手早く顔をふきました。「申し訳ございません。今日一日の緊張のせいだと存じます」

「そうか。たいへんな一日だったからな」

どなたかが卿に話しかけ、卿はそちらに向き直られました。私はもう一度部屋を回って歩くつもりでしたが、そのとき、開いた戸口の向こうにミス・ケントンが立ち、私に合図しているのが目に入りました。戸口のほうへ移動を始めましたが、途中、デュポン様が私の腕をおとりになりました。

「君、新しい包帯をもってきてくれないか。足がまた堪えがたく痛むのでな」

「わかりました」

私はそのまま戸口のほうへ移動しつづけましたが、デュポン様が後をついてこられるのに気がつきました。私は振り返り、「どうぞ、ここでお待ちください」と申し上げました。「必要なものがそろいましたら、ここへもどって、お捜しいたしますので」

「頼む。急いでくれ。少し痛むのでな」

「わかりました。まことにお気の毒に存じます」

廊下のミス・ケントンは、先ほど見かけた場所にそのまま立っていました。部屋から出た私を見て、黙って階段のほうへ歩いていきましたが、その動作には奇妙に切迫感が欠けておりました。そして、振り向き、「ミスター・スティーブンス。お気の毒に、お父様は四分ほど前に亡くなられました」と言いました。

「そうですか」

ミス・ケントンはしばらく自分の手を見つめていましたが、やがて私の顔を見上げ、「ミスター・スティーブンス。お悔み申し上げます」と言いました。「もっと何か言ってさしあげられるとよろしいのでしょうけれど……」

「いや、その必要はありません。ありがとう、ミス・ケントン」

「メレディス先生はまだお見えではありません」一瞬、ミス・ケントンは頭をたれ、その口から嗚咽がもれました。しかし、すぐに平静さをとりもどすと、落ち着いた口調で「上にいらして、お父様に会われますか？」と私に尋ねました。

「いまは、とても忙しくてだめです。たぶん、しばらくしてから……」

「そうですか。では、私が目を閉じさせてあげてよろしいでしょうか、ミスター・スティーブンス？」

「そうしてくだされば、たいへんありがたい。お願いします、ミス・ケントン」

ミス・ケントンは階段を上りはじめましたが、途中、私が呼び止めました。「ミス・ケントン。私を薄情だとは思わないでください。この瞬間にも上に行って、父の死顔を見たいのはやまやまですが、それはできません。父も、いま私に任務を果たしてもらいたいと望んでいるはずです」

「もちろんですわ、ミスター・スティーブンス」

「いま行けば、父の期待を裏切ることになると思います」

「もちろんですわ、ミスター・スティーブンス」

私は、ミス・ケントンに背を向け、お盆にポートワイン入りのデカンターをのせたまま、喫煙室にもどりました。この比較的小さな部屋には、黒の夜会服と灰色の髪と葉巻の煙が渦を巻いているように見えました。私はお客様の間を縫うようにして、空のグラスを捜して歩きました。デュポン様が私の肩を叩かれました。

「君、私の頼みはどうなっているかね？」

「申し訳ございません。助けを呼んでおりますが、いましばらくお待ち願いとう存じます」

「どういうことかね？　包帯なんぞ、あんな基本的な医薬品を切らしたというわけではあるまい？」

「いいえ、ただいま医師がこちらへ向かっております」

「なるほど。医者を呼んでくれたのか？　それはよかった」

「さようでございます」

「そうか、そうか。それはよかった」

デュポン様は会話をつづけられ、私はいましばらく部屋の中を歩き回りました。突然、数人の集団の中からドイツの伯爵夫人が現われ、私がお注ぎするまえに、ご自分でお盆のポートワインをおとりになりました。

「私に代わってコックを誉めておいてくださいな、スティーブンス」

「心得ました。ありがとうございます、マダム」

「あなたと、あなたのチームもたいへんよくやったわ」

「ご親切なお言葉、痛み入ります」

「晩餐会では大活躍だったわね、スティーブンス。あなたが少なくとも三人はいるように見えたわよ」伯爵夫人はそう言って、お笑いになりました。

私も短く笑いました。「お役に立てましたなら光栄に存じます、マダム」

私から少し離れたところに、レジナルド様が一人ぽつんと立っておられるのが見えました。周囲のそうそうたる顔触れに、少し気圧《けお》されておられたのかもしれません。たまたま手にされていたグラスも空になっておりましたので、私はそちらに歩きはじめました。レジナルド様は私が近づくのを見て嬉しそうに笑い、手のグラスを差し出されました。

「スティーブンス。君が自然愛好者だというのはすばらしいことだと思うよ」私がワインをお注ぎすると、レジナルド様はそんなことを言われました。「ダーリントン卿も嬉しいだろうね。君のような執事がいてさ、園丁の作業に目を光らせてくれているんだから」

「なんのことでございましょう？」

「自然だよ、スティーブンス。この間、自然界の不思議について話し合っていたじゃないか。ぼくも君の意見に賛成だよ。ぼくらは身の回りの偉大な驚異について、少し無関心でいけない」

「さようでございます」

「たとえばさ、この会議で話し合っていたことといえば、条約だの、国境だの、賠償だの、占領だの、そんなことばかりだろう。だが、母なる自然は、そんなことには一切おかまいなしだ。悠々とやることをやっている。そんなふうに考えてみると、ちょっとおかしいね。そうは思わないかい？」

「まったくそのとおりでございます」

「全能の神がさ、人間を……その……植物みたいに作ったら、どうだったろう。そのほうがよかったかもしれない。ね？　大地にしっかり根を張ってさ。そうしたら、戦争だの国境だのなんていう問題は、最初からありえなかったんだ」

レジナルド様は、これをたいへん面白い考えだと思われたようです。一度笑い、さらに何かを考えて、また笑われました。私もお付合いをして、いっしょに笑いました。すると、レジナルド様は肘で私の脇腹をちょっとつつき、「想像できるかい、スティーブンス？」と言って、また笑われました。

「さようでございます」と、私も笑いながら答えました。「たいへん興味深い歴史が展開されたことでございましょう」

「しかし、その場合でも、君のような人間は必要だよね。伝言を取り次いだり、お茶を運んだりさ。そうしてくれないと、誰も何もできやしない。想像できるかい、スティーブンス？　え？　みんなが大地から生えている様子がさ。想像してみろよ」

　そのとき、下僕が私のところにやってきて、「ミス・ケントンが、少しお話ししたいことがあるそうです」と言いました。

　私はレジナルド様にお許しをいただき、戸口に向かいましたが、どうやら、デュポン様が戸口を見張っておられたようです。私が近づきますと、「医者が来たのか？」と声をかけてこられました。

「いま見てまいります。すぐにもどりますので、お待ちください」

「どうにも痛いのだ」

「お気の毒に存じます。医師も、もうまいる頃でございましょう」

　しかし、デュポン様は私のあとについて、部屋を出てこられました。ミス・ケントンが廊下に立っていました。

「メレディス先生がお着きです、ミスター・スティーブンス。いま、上に行かれましたわ」

　それはたいへん低い声でしたが、後ろのデュポン様はそれを聞きつけ、「来たか。やれ、よかった」と大きな声を出されました。

「では、どうぞこちらにおいでください」私はデュポン様をビリヤード室にお連れしました。暖炉に火をおこしている間、デュポン様は革製の椅子の一つに腰をおろし靴を脱いでおられました。

「少し寒いようで、まことに申し訳ございません。医師はただいままいります」

「やあ、ありがとう。君はいい執事だ」

ミス・ケントンは、まだ廊下で待っていました。私はミス・ケントンと二人、黙って階段を上り、屋根裏に行きました。父の部屋では、メレディス先生が所見を書き、そのかたわらで、ミセス・モーティマーが激しく泣いていました。まだエプロンをつけたままで、ときおり、それで涙をぬぐったと思われます。顔がグリースで真黒になり、まるでミンストレルショーに登場する黒人のように見えました。私は部屋には死臭があるものと予期していましたが、ミセス・モーティマーの――あるいは、エプロンの――おかげで、部屋には焼肉の香ばしさが立ち籠めていました。

メレディス先生が立ち上がり、「お悔みを言わせてもらうよ、スティーブンス」と言われました。「卒中だ。まあ、こんなことが慰めになるかどうかわからんが、お父上はあまり苦しまなかったろうよ。君が何をしてやっても、お父上を救うことはできなかったはずだ」

「ありがとうございました、先生」

「これで帰らせてもらうが、帰りの手配はしてくれるかな？」

「かしこまりました。しかし、先生、お帰りになられるまえに、お客様のなかに是非先生に診ていただきたい方がおられます」

「急を要するのかい？」

「いますぐにでも診ていただきたいと申しておられます」

私はメレディス先生を一階のビリヤード室へご案内し、ただちに喫煙室へもどりました。喫煙室の雰囲気は、先ほどよりいっそう陽気に、いっそう華やいでいるように思われました。

もちろん、私が同世代の「偉大な」執事たち、たとえばミスター・マーシャルやミスター・レーンと肩を並べうるなどと――おそらく過てる寛大さからでしょうか、まさにそう言ってくださる向きもあることは存じておりますが――自分の口からそのような大それたことを申し上げるつもりは毛頭ありません。一九二三年の会議、とりわけあの夜が、私の執事人生の一大転機であったと申し上げるとき、それはあくまでも、私自身の卑小な執事人生においてのことであるのをご理解くださ い。とはいえ、あの夜、私にのしかかっていた重圧の大きさを考えるなら、もしかしたら私にも、あのミスター・マーシャルや、さらには父にも匹敵する「品格」をかいま見せた瞬間が――少しは――あったと申し上げても、あるいは自分自身を不当にあざむくことにはならないのかもしれません。さよう、なぜ否定する必要がありましょうか。悲しい思い出にもかかわらず、今日、私はあの夜を振り返るたびに、いつも大きな誇らしさを感じるのです。

二日目——午後

ドーセット州モーティマーズ・ポンドにて

「偉大な」執事とは何か？　この問題には、どうやら私がこれまで十分に考えてこなかった側面があるようです。私の重大な関心事であり、長年、考えを積み重ねてきたつもりの問題でもあるだけに、いまになってそのようなことを気づかされるのは、心中穏やかならざるものがあります。しかし、ヘイズ協会への入会資格のいくつかを「古臭い」の一言で片付けたのは、やはり軽率のそしりを免れなかったかもしれません。もちろん、「品格」と「偉大さ」の決定的な結びつきについては、これまで申し上げてきたことを翻すつもりはありません。それははっきりしております。が、私はいま、ヘイズ協会の別の声明について考えていたのです。すなわち、会員になるための第一の条件は「入会申請者が名家に雇われていること」である、というくだりです。

これが協会の無反省な権威主義の現われだと思う気持ちは、いまも変わっておりません。しかし、私はいったいこの声明のどこに反対だったのでしょうか。おそらく、そこに言われている原則に反対というより、協会のいう「名家」の定義の古臭さに反感をもったのではありますまいか。よく考えてみれば、偉大であるための第一条件が「名家に雇われていること」というのは、たしかに当たっている面もあるのです。ただ、その「名家」の意味を、私は協会よりもっと深くとらえたいと存じます。

私が考える「名家」と協会のそれとを比較してみることは、おそらく、私どもの世代とそれ以前の執事の間に見られる、根本的な価値観の違いを浮彫りにすることになりましょう。こう申し上げると、ああそうか、とうなずかれる方があるかもしれません。雇主が誰であっても気にしないということか、と。たしかに、私どもの世代は、雇主が地主階級であるか実業家であるかで態度を変えることは少ないと存じます。が、そのことだけを言っているのではありません。不遜に聞こえたらお許し願いたいのですが、私は、私どもの世代のほうがずっと理想主義的であると申し上げたいのです。雇主に爵位があるかどうか、伝統ある「旧家」かどうか──前の世代にとって最大の関心事であったそうしたことより、私どもは雇主の徳の高さを重視する傾向があると存じます。

いいえ、雇主の私生活を云々《うんぬん》するというのではありません。そうではなく、私どもの場合、口幅ったい言い方で恐縮ですが、できるものなら人類の進歩に寄与しておられる紳士にお仕えしたい──その気持ちが以前の世代よりずっと強かったのだと思います。たとえば、ジョージ・ケタリッジ様といえば、お生まれは貧しいながら、帝国の繁栄のために誰もが否定しえない偉大な貢献をされた方です。高貴な家柄に生まれついても、一生をクラブやゴルフコースで無為に過ごされる方々に比べれば、このケタリッジ様のような紳士にお仕えするほうが、私どもにとりましてどれほどやりがいがあるかしれません。

もちろん、実際問題として見れば、時代の大問題を解決するため献身的な努力をされる方々には、高貴な家柄の紳士が多いのは事実でしょう。ですから、私どもの望みも、一見、以前の世代とあまり変わらないように思われるかもしれません。しかし、執事としての態度に決定的な違いが現われてくることは、私が自信をもって申し上げられます。その違いは、同業の者どうしの会話の内容にも現われてきますし、一つのお屋敷を去って、別のお屋敷に移る理由にも現われてきます。私どもの世代で最も有能と目されている人々が、どのような理由でお屋敷を替わるのか。それは、もはや、いただくお給料とか、お屋敷に働く召使の数とか、光輝ある家名といった問題だけではありません。私どもの世代にとりましては、執事としての職業的威信が雇主の人間的価値の大きさに比例して決まってくると言っても、決して言いすぎではないと存じます。

この、世代間の違いという問題は、たとえでお話しすると最もわかりやすいかもしれません。父の世代の執事は、世界を「はしご」に見立てていたと存じます。いちばん上には、王室や公爵家をはじめとする、古い家系を誇る家々があります。やや下ったところに「新興階級」が位置し、さらにずっと下ってある位置を越えますと、あとは単純に財産の多寡で上下関係が決まります。多少とも野心のある執事は、このはしごをできるだけ高くまで上ろうとしましたし、一般には、高く上れば上るほど、その職業的威信も増したと言えるでしょう。もちろん、ヘイズ協会の言う「名家」の背後には、こうした価値観が隠されていたのです。一九二九年にもなって、協会がまだ自信たっぷりにこうした考えを公表していたという事実からも、その命運がすでに尽きかけていたのを――いや、もうとうに尽きていたのを――読み取ることができるでしょう。この頃になりますと、働き盛りを迎えつつあった新しい世代と協会の間には、考え方のうえで大きなギャップができておりました。と申しますのは、私どもの世代は、この世界を「はしご」ではなく、「車輪」に見立てていたからです。いま少し詳しくご説明いたしましょう。

私どもは、先のどの世代も見過ごしてきたある事実に、初めて気づいた世代ではありますまいか。それは、世界で最も重要な決定は公の会議室で下されるものではない、という事実です。あるいは公衆や報道機関の注視する中、数日間の国際会議で下されるものではない、という事実です。私どもにとりまして、議論も決定も、およそ重要な事柄はすべて、この国の大きなお屋敷の密室の静けさの中で決まるものでした。公衆の面前で華やかな式典とともに繰り広げられるたぐいのものは、しばしば、そうしたお屋敷の中で何週間、何ヵ月にもわたってつづけられてきたことの結末であり、承認であるにすぎません。この世界が車輪だという意味がおわかりでしょうか。それは、偉大なお屋敷を中心に回転している車輪なのです。中心で下された決定が順次外側へ放射され、いずれ、周辺で回転しているすべてに――貧にも富にも――行き渡ります。

職業的野心を少しでももつ執事なら、誰でも車輪の中心を望み、そこへできるだけ近づきたいと願ったでしょう。繰り返しますが、私どもは理想主義的な世代であり、執事としてどれだけの技量があるかとともに、その技量をどのような目的に発揮したかを問わずにはいられない世代です。誰もが、よりよい世界の創造に微力を尽くしたいと願い、職業人としてそれが最も確実にできる方法は、この文明を担っておられる当代の偉大な紳士にお仕えすることだと考えたのです。

もちろん、私が申し上げていることは、たいへん大雑把な一般論にすぎません。そうした高級な問題にまったく無関心な人々が、私どもの世代にも多く――あまりにも多く――いることは認めねばなりませんし、逆に父の世代にも、みずからの仕事の「道徳的」側面に本能的に気づいていた人が、数多くいたに違いありません。しかし、一般論としては、私がいま申し上げたことは正確だと存じます。私自身の執事人生を振り返ってみましても、そうした「理想主義的な」動機が、随所で大きな役割を果たしてきたことを感じずにはいられません。執事になりたての頃は、私も雇主から雇主へ頻繁に移動いたしました。それは、最終的にダーリントン卿に巡り合う幸運に恵まれるまで、そのときどきの地位から永続的な満足を得られなかったからにほかなりません。

今日まで、この問題をこうした観点から考えてみたことがないのは、奇妙なことに思われます。召使部屋の火を囲んで「偉大さ」の何たるかを語り合った当時、ミスター・グレアムも私も、この問題にこのような側面があろうとは思いつきもしませんでした。もちろん、「品格」という特質についてこれまで申し上げたことを、私は少しも変えるつもりはありません。しかし、執事がいかにその特質を身につけても、それを発揮する適切な場が与えられなければ、同業の者から「偉大さ」を認められようがないではないか……？　この議論にも、うなずけるところがあるのは認めねばなりますまい。ミスター・マーシャルにしろミスター・レーンにしろ、お仕えしたのはウェークリング卿、カンバリー卿、レナード・グレー様といった、道徳的巨人であることに異論の余地のない紳士ばかりでした。この二人がそれ以下のお方に仕えることなど、最初からありえなかったような印象すら受けます。考えれば考えるほど、明らかであるように思われてまいりました。たしかに、真の名家に雇われていることこそ、「偉大さ」の第一条件であるに違いありますまい。みずからの執事人生を振り返り、「私は偉大な紳士に仕え、そのことによって人類に奉仕した」と断言できる執事こそ、真に「偉大な」執事であるに違いありますまい。

いま申し上げましたように、私はこの問題をこうした観点から考えたことはありませんでした。これも、旅のもつ効用というのでしょうか——長年にわたり徹底的に考え抜いたつもりだった事柄に、思いがけず、驚くほど斬新な視野が開かれるというのは……。それに、一時間ほど前のちょっとした出来事も、こんなことを考えるきっかけになったのだと存じます。小さいながら、私を落ち着かない気分にさせる出来事でした。

今朝はすばらしい天気でした。楽しいドライブをつづけ、お昼には田舎宿でなかなかに美味しい食事をとって、ドーセット州へ入った直後のことでした。車のエンジンから、なにやら焼けるような臭いがしてきたのです。ファラディ様のフォードを、どこかおかしくしてしまったのではないか……？　私は青くなり、ただちに車を止めました。

そこは狭い道路で、両側には生け垣が密生し、周囲に何があるのかまったくわかりませんでした。また、二十ヤードほど前方で道が急カーブしておりまして、先を見通すこともできませんでした。そこにいつまでも止まっていたのでは、そのカーブを曲がってきた車に衝突される危険もあります。やむをえず、私はふたたびエンジンをスタートさせ、臭いが先刻ほど強くないことに少し安心いたしました。

自動車の修理工場が見つかれば言うことはありませんが、どなたかのお屋敷でもあれば、そこに運転手がいて、どこが悪いのか調べてもらえるかもしれません。私はそれらしきお屋敷を捜しました。しかし、道は相変わらず曲がりくねっていたうえ、両側の生け垣もとぎれる気配がなく、私の視界は限られておりました。いくつかの門の前を通り過ぎました。なかには、明らかに車回しに通じていると思われる門もありましたが、建物自体はちらりとも見えません。臭いは一瞬ごとに強まってくるようです。気にしながら、そのまま半マイルほども走ったでしょうか。ようやく開けた道路に出ました。前方の見通しがきくようになり、しばらく行ったところの左手に、丈の高いビクトリア朝風の建物が立っているのが見えました。かなり広い芝生の前庭があり、古い馬車道を改造したと思われる車道もついています。近づくにつれ、中央の建物の脇に車庫が置かれ、その半開きになったドアから一台のベントレーまで見えてきましたから、私はますます心強く思いました。

門も開いたままでした。私はその門から少し入ったところにフォードを止め、降りて、お屋敷の裏口へ回り、そこで案内を請いました。出てきたのは、ネクタイもつけないワイシャツ姿の男でしたが、私がこの家の運転手にお目にかかりたいと言いますと、「最初から大当たりですよ、旦那」と、機嫌よさそうに答えてくれました。私は事情を話しました。すると、男はそのままフォードを見に出てきて、ボンネットをあけ、ほんの数秒間ものぞきこんでいたでしょうか。「水ですね、旦那。ラジエーターに水を入れなくっちゃ」こちらの困った様子をなんだか面白がっているようでもありましたが、なかなかに親切な男で、お屋敷の中にもどると、やがて、いっぱいに水を入れた水差しと漏斗をもって出てきました。そして、エンジンの真上に頭を突っ込み、ラジエーターに水を入れながら、陽気なおしゃべりを始めました。私が自動車旅行の途中であることを知り、男は、ここから半マイルも離れていないからと、ある池へ是非行ってみるように勧めてくれました。絶景が見られるとのことでした。

男とおしゃべりをしながら、私はお屋敷の様子をしばらく観察いたしました。それは間口の広さより丈の高さが目立つ四階建ての建物で、壁は破風《はふ》近くまで蔦で覆われておりました。しかし、窓の様子から見て、お屋敷の少なくとも半分は、防塵シートで閉鎖されているらしいことがわかりました。ラジエーターに水を入れ終わり、ボンネットを閉じた男に、この点を尋ねてみました。

「まあ、しようがないんですよ」と男は言いました。「古くていいお屋敷なんですけどね。大佐にしてみたら、できたら売ってしまいたいんじゃないですかね。いまの世の中、こんな大きなお屋敷はなかなか使いきれませんから」

私は、いったい何人の召使が雇われているのか尋ねずにはいられませんでした。そして、その男一人と、あとは毎晩通ってくるコックがいるだけだと聞いても、ほぼ予想がついていたと申しましょうか、あまり驚きもしませんでした。男は、言ってみれば、執事と従者と運転手と掃除夫を一人で兼務しているわけです。戦争中は大佐の従卒をしていたとのことで、たまたまベルギーにいるときドイツが攻め込んできたとか、連合軍が上陸したときも一緒だったとか言っていました。男は、しばらく私をしげしげとながめていましたが、急にこんなことを言い出しました。

「わかりましたよ、旦那。あんたはいったい何者だろうって、さっきから思ってたんですけどね、いまわかりましたよ。あんた、執事さんじゃありませんか、どこか一流のお屋敷の？」

私が、当たらずと言えども遠からずだと答えますと、男はさらにこう言いました。

「やっぱり、そうですか。最初はわかりませんでしたけどね。だって、旦那のしゃべり方は本物の紳士みたいだし、それに、こんなすごいやつに乗ってるし……」と、フォードを指し示しました。

「だから、おや、なんだかすごそうな人が来たぞ、なんか一流っぽい人だなって、そうは思っていたんですけどね。そうしたら、やっぱりそうですか。おれなんかは、執事の〝し〟の字も習ってないんですよ。従卒のつづきでやってるだけですからね」

そして、男は私がどこに雇われているのかを尋ねました。私が答えますと、男は首をひねり、眉にしわを寄せました。

「ダーリントン・ホールですか」と、独り言のように言い、さらに「ダーリントン・ホールねえ。きっとすごいお屋敷なんでしょうね。おれみたいな馬鹿でも、どこかで聞いたような気がしますからね。ダーリントン・ホール……。待てよ、あのダーリントン・ホールか。ダーリントン卿のお屋敷か。旦那、そうなんですか?」

「さよう、ダーリントン卿が三年前に亡くなられるまでは、卿のお住まいでした。いまは、ジョン・ファラディ様という、アメリカ人の紳士がお住まいになっておられます」

「やっぱり、あんたはすごいんですね、あんな場所で働いているなんて。あんたみたいな執事は、いまのイギリスにはもう珍しいんじゃありませんか?」そして、つぎのように聞いてきたときは、明らかに口調が変わっていました。「じゃあ、旦那はあのダーリントン卿の下で働いていたんですね?」

男は、探るように私を見つめていました。

「いえ、アメリカ人のジョン・ファラディ様がダーリントン家からお屋敷を買われて、私はそのファラディ様に雇われております」

「じゃ、ダーリントン卿のことはご存じないわけだ。なんだ、そうですか。ちょっと、どんなふうだったかと思いましてね。いったいどんな野郎だったんだろうかって」

私はそろそろ出発せねばならないと言い、男の手助けに大袈裟なほどの感謝をしました。なんといっても世話になりましたし、それに人のいい男で、私がバックして門から出るまでいろいろと指示を与えてくれましたから……。そして、いよいよ道路に出ようとするとき、運転席に顔を突っ込んで、近くの池に行ってみるように繰り返し、あらためて道順を教えてくれました。

「絶景ですよ、旦那」と、男は付け加えました。「あれを見逃す手はありませんよ。大佐も、いま、そこで釣りをしてるんですよ」

フォードは以前の快調をとりもどしておりましたし、その池の場所は、本来の道順をわずかにはずれるだけでしたから、私は従卒の提案に従うことにいたしました。男の指示は十分に詳しいものでしたが、それでも、大きな道路から狭い曲がりくねった横道に入りますと、たちまち道がわからなくなってしまいました。そこは、先ほどエンジンの異臭に気づいたときと同じような小道でした。両側の生け垣は、ところどころで太陽の光も通さないほど密生し、まぶしい日の光と濃い影とが交互に現われて、私の目を疲れさせました。が、やがて、捜していた「モーティマーズ・ポンド」への標識が見つかり、この場所に到着したのが三十分ちょっと前でした。

あの従卒にはあらためて感謝せねばなりますまい。フォードの面倒を見てくれたこともさることながら、それ以上に、このなんとも魅惑的な場所を教えてくれたことに対してです。私が自力でこの場所を見つけることは、およそ不可能だったでしょう。大きな池ではありません。周囲がおよそ四分の一マイルといったところでしょうか。ですから、岸からちょっと突き出した岩の上にでも立てば、池の全体を見渡すことができます。ここの雰囲気は、静けさそのものです。池の周囲のどこを見ても、水辺までほどよい距離に木が植わっていて、岸に心地好い影をつくっています。ところどころ、丈の高いアシやガマが群生し、水の表面やそこに映る空をとぎれさせているのが見えます。池の周辺を自由に歩き回れる靴をはいていないのが、じつに残念でなりません。いますわっているところからも、池をめぐる小道が深い泥の中に消えていくのが見えます。この池を初めて見たときは、そのあまりの美しさに惹かれ、思わずその小道をたどっていきそうになりました。しかし、それが悲惨な結果を招きかねない企てであることはすぐわかりましたし、旅行用のスーツが台無しになっては大変ですから、ようやくのことで思いとどまり、このベンチにすわって我慢することにいたしました。そして、もう三十分以上もすわり、池のあちこちで静かに釣糸を垂れている人影をながめております。いま十二、三人は見分けられますが、低く垂れている木の枝が強い光と影のコントラストをつくって、釣人の風貌などはまったくわかりません。お世話になったお屋敷の主人はどの人でしょうか。池に着いたら、どの釣人が大佐か当ててみようと楽しみにしてきましたが、このゲームはあきらめねばなりますまい。

この三十分ほどの間、心に浮かんだある考えを私がじっくり検討できたのは、周囲のこの静けさによるものでしょう。これほど静かな場所でなかったら、あの従卒とのやりとりで私がとった奇妙な行動を、これほど深く考えることはなかったかもしれません。奇妙な行動と申しますのは、私がなぜ相手に誤った印象を与えようとしたか、ということです。私は、まるでダーリントン卿に雇われていたことがないように振舞いました。「じゃあ、旦那はあのダーリントン卿の下で働いていたんですね？」と従卒が尋ねたとき、私は、微妙なニュアンスはともかく、「そうではない」という意味のことを答えたのです。もちろん、ただの気まぐれだと強弁もできるでしょう。あの瞬間、意味のない気まぐれにとらえられたのだ、と。しかし、あのような奇妙な行動の説明としては、とても説得力をもちますまい。それに、ああしたことは、今日が初めてではないことも認めねばなりません。今日の従卒とのやりとりは、何カ月か前にウェークフィールドご夫妻がお見えになったときのことと、何らかの――何であるかはわかりませんが――つながりがあるに違いありますまい。

ウェークフィールドご夫妻は、アメリカ人ながら、もう二十年余りもイギリスに住み着いておられる方々で、たしか、ケント州のどこかにお住まいだったと存じます。ファラディ様とはボストンに共通の友人をお持ちらしく、その関係でダーリントン・ホールにも一度お見えになりました。昼食においでになり、お茶の時間までには帰ってしまわれるという慌ただしいご訪問でしたが、それは、ファラディ様ご自身がお屋敷に住まわれるようになってほんの数週間後という、当然、新しいお住まいに夢中だった時期に当たっておりましたから、ご夫妻の短い滞在時間のほとんどは、ファラディ様が先頭に立っての邸内見学に費やされました。ファラディ様は、防塵シートをかけてある場所まで案内して回られる熱の入れようでした。また、案内されるご夫妻のほうも、建築物に関しては負けず劣らずの熱心さでした。私は自分の仕事であちこち動き回っておりましたが、お三方の行かれる先々から、いかにもアメリカ的な喜びや感嘆の声が上がるのが聞こえてまいりました。

ファラディ様は、お屋敷の最上階から案内を始められました。そして、最後に一階に降りてきて、各部屋の豪華さをお客様に説明する頃になると、見るからに気分が高揚しておられました。コーニスや窓枠の一つ一つを指し示しては細々と説明し、はては行く先々の部屋で「イギリスの貴族が何をしていたか」まで、身振り手振りを交えて語っておられました。もちろん、とくに立聞きしたわけではありませんが、そこで語られていることのおおよそは、どうしても耳に入ってしまいます。ファラディ様の知識の該博さには、正直に申し上げて驚かされました。ときおり不適切な感嘆詞を交えながらのお話ではありましたが、イギリスの生活様式に深い関心をお持ちであることがよくわかりました。さらに、ウェークフィールドご夫妻が――とりわけ奥様が――わが国の伝統に決して不案内でないことも明らかでございまして、その言葉の端々から、お二人もおそらくケントに相当なお屋敷を所有しておられるのであろうと推察されました。

この邸内見学の途中だったと存じます。お三方がどうやら庭のほうへ行かれたようだと思いながら廊下を歩いておりますと、ウェークフィールド夫人がお一人だけ残り、食堂への戸口を飾る石のアーチをじっと眺めておられました。私が「失礼いたします、奥様」と、そっとつぶやきながら通り過ぎようとしますと、夫人が振り向き、私を呼び止められました。

「ねえ、スティーブンス。あなたならわかるでしょう。このアーチだけど、見かけはたしかに十七世紀よね。でも、どうかしら。ほんとうはつい最近つくられたものではなくって？　たとえば、ダーリントン卿の時代に？」

「ありうることでございます、奥様」

「とても美しいわ。でも、おそらく、数年前につくられたまがい物ね。そうじゃなくって、スティーブンス？」

「たしかなことは存じません、奥様。しかし、ありうることでございます」

夫人は急に声を低め、こうお尋ねになりました。

「ねえ、スティーブンス。ダーリントン卿ってどんな方だったの？　あなたは、ダーリントン卿のもとで働いていたんでしょう？」

「いいえ、そうではございません、奥様」

「あら、私はてっきりそうだと思っていたわ。なぜそう思ったのかしら」

ウェークフィールド夫人はまたアーチに向き直り、それに手を触れながら言われました。「じゃあ、はっきりしたことはわからないわけね。でも、私にはやはりまがい物に見えるわ。とてもうまくつくってあるけど、でもまがい物だわ」

私は、このやりとりをすぐ忘れてしまったようです。しかし、ウェークフィールドご夫妻がお帰りになったあと、午後のお茶を居間のファラディ様にお持ちしますと、ファラディ様は少し不機嫌そうに、なにやら考え込んでおられました。そして、ややあって、こう言われました。

「なあ、スティーブンス。ぼくは、二人がこの屋敷に大感激するだろうと思っていた。ところが、ミセス・ウェークフィールドはそうでもなかったようだ」

「さようでございますか」

「感激するどころか、この屋敷の由緒を、ぼくが大袈裟に吹聴しているように思ったようだ。あれもこれも何世紀もさかのぼるなんて、まさか？　というわけだ」

「さようでございますか」

「あれも〝まがい物〟、これも〝まがい物〟と言い出して、とうとう君まで〝まがい物〟にされてしまったぞ、スティーブンス」

「さようでございますか」

「さようでございますのだ、スティーブンス。ぼくはね、君こそ本物だと言ってやった。昔ながらの本物のイギリスの執事だとね。この屋敷に三十年以上もいて、本物のイギリス貴族に仕えていた、とね。だが、ミセス・ウェークフィールドは違うと言い張った。えらく自信ありげだった」

「さようでございますか」

「ぼくが君を雇うまで、君はこの屋敷で働いていたことはない。ミセス・ウェークフィールドはな、スティーブンス、そう確信していたぞ。君自身の口からそう聞いたようなことを言っていた。当然わかると思うが、ぼくは面目丸つぶれだった」

「まことに遺憾に存じます」

「聞かせてくれ、スティーブンス。これは本物の由緒あるイギリスの大邸宅なんだろう？　ぼくはそれに対して金を払ったんだ。それに、君は昔ながらの本物の執事なんだろう？　どこかのバーテンが執事になりすましているわけじゃなかろう。君は本物なんだろう、スティーブンス？　ぼくは本物が欲しかったんだ。ぼくが手に入れたものはそうじゃないのかい？」

「お望みどおりのものを手に入れられたと申し上げてよろしいかと存じます」

「じゃ、ミセス・ウェークフィールドの言ったことは、いったい何だったんだ？　ぼくにはさっぱりわからん」

「私の経歴のことで、奥様をいささか惑わせるようなことを申し上げたのかもしれません。そのためにご主人様が気まずい思いをなさったとすれば、これは大変申し訳のないことをいたしました」

「もちろん、気まずい思いをしたさ。あの二人はぼくのことをほら吹きか、悪くすれば嘘つきだと思ってるだろう。それに、その〝いささか惑わせるようなこと〟とは、いったいどういう意味だい？」

「まことに申し訳ございません。ご主人様が気まずい思いをなさるとは、毛頭考えておりませんでした」

「だから、いったいどういう意味なんだ、スティーブンス。なぜ、そんな作り話をした？」

私はしばらく考えて、こう申し上げました。「まことに申し訳ございません。これは、この国の流儀に関することでございます」

「何？　何のことを言ってるんだ、スティーブンス？」

「雇人が過去の雇主のことをあれこれと言うことは、イギリスでは一般に行なわれておりません」

「それはいいよ、スティーブンス。過去の内緒事を他人に明かしたくないというのはわかる。だが、そんなことは、ぼく以外の誰かのために昔、働いていたことまで否定する理由にはなるまい？」

「たしかに、そのように言われますと少し行き過ぎだったかもしれません。しかし、雇人が過去に他人のために働いていたという印象を与えることも、じつは、あまり好ましくはございません。その点では、結婚という問題に少し似ているとも思われます。こういう状況をお考えください、ご主人様。離婚歴のあるご婦人の場合、新しい夫が同席している場で最初の結婚についてあれこれ言うことは、やはり少しはばかられるのではございませんか。私どもの職業につきましても、同様の習慣がございます」

「なんてこった。その習慣のことを前もって知っておきたかったよ、スティーブンス」ファラディ様は、椅子の背にもたれながら言われました。「今日はすっかり評価を下げてしまった」

ファラディ様に釈明しながらも、私はすでにその釈明が――もちろん、いささかの真実は含まれておりますが――まったく不十分であることに気づいておりました。しかし、考えねばならないことがほかにもたくさんある身では、そうした問題に多くの時間をさいているわけにはまいりません。あの日のことは、ここしばらくまったく忘れておりました。しかし、いま、この池の静けさの中で思い出してみますと、ウェークフィールド夫人に対するあの日の私の言動と、今日の午後、つい先ほど起こったこととの間には、明らかに何らかの関係があると言って間違いありますまい。

もちろん、今日では、ダーリントン卿について愚かしいことを言う人がたくさんいます。ですから、それが私の行動の背景にある、とお考えになる向きがあるかもしれません。私が卿との関係を恥ずかしく思い、関係が知れるのを恐れているのだ、と。しかし、それはまったくの的はずれであることを、ここであらためて申し上げておきたいと存じます。それに、今日、卿について言われていることの大部分は、事実に無知な人にしか考えつかないでたらめばかりなのです。思えば、そこにこそ、私の奇妙な行動の原因があるのかもしれません。つまり、卿についてのでたらめをもうこれ以上聞きたくないという思いが、私にああした行動をとらせたとは考えられないでしょうか。数カ月前も先刻も、不快を避けるための最も簡単な手段が、ちょっとした嘘という方便だったのではありますまいか。考えれば考えるほど、その説明が当たっているような気がしてまいりました。たしかに、ああしたでたらめを繰り返し聞くことほど、最近、私の神経を逆なですることはないのですから……。

ダーリントン卿は高徳の紳士でした。卿についてでたらめをふりまいている輩には想像もつかないような、道徳的巨人でした。そして、最後の一日までそのままの姿でおられたことを、私はよく存じております。そのような紳士との関係を、私がなぜ恥ずかしく思いましょう。そんな途方もない主張は聞いたことがありません。お考えください。私はダーリントン卿にお仕えしたことで、この世界という車輪の中心に、夢想もしなかったほど近づくことができたのです。私は三十五年の歳月をダーリントン卿に捧げました。そして、その三十五年間、私こそ真の「名家に雇われて」いた執事だと申し上げてよかろうと存じます。これまでの執事人生を振り返るたびに、あの歳月にダーリントン卿のもとで成し遂げた諸々のことが、私に最も大きな満足感を与えてくれます。卿にお仕えできたことを私は誇りに思い、卿に対しては、私をお使いくださったことへの感謝しかありません。

三日目――朝

サマセット州トーントンにて

昨夜は、サマセット州トーントンの町はずれにある、馬車屋という宿に一泊いたしました。夕暮れの道をドライブしておりますと、道路脇に茅葺き屋根のこの宿が立っておりまして、鄙《ひな》びたたたずまいがなんとも言えず魅力的でした。宿の主人について木の階段を上り、小さな部屋に案内されました。少し殺風景な感じがなきにしもあらずですが、一夜の宿としてはまずまずでしょう。夕食はすませたかという主人の問いに、私は部屋にサンドイッチを運んでくれるように頼みました。味も分量も、夕食として申し分のないサンドイッチでした。が、やがて、一人で部屋にいることにも飽き、なんだか落ち着かない気分になってきましたので、階下のバーでこの地のリンゴ酒でも試してみようと思い立ちました。

バーには五、六人の、近在の農夫であろうと思われる客が陣取っておりましたが、その一団を除けばバーはからっぽです。私は主人に言ってジョッキにリンゴ酒をもらい、一団からやや離れたテーブルにすわりました。少しゆっくり構えて、その日の出来事などを振り返ってみるつもりでした。しかし、すぐ農夫たちの、私のことをしきりに気にしているらしい様子が目に入ってきました。地元の人間として、珍客になんとか歓迎の意を表わしたい、というところでしょうか。会話が一段落するたびに、なかの一人、二人が私のほうを盗み見て、どう話しかけたらいいかと思案しているふうなのです。やがて、一人が声を張り上げて、私に呼びかけました。

「旦那、今夜はここの二階にお泊まりかね？」

私がそうだと答えると、相手はいかにも気の毒そうにかぶりを振り、こう言いました。「ここじゃ、あんまり眠れないよ、旦那。なにしろ、この働き者のボブがね」――と、宿の主人のほうに顎をしゃくりました――「真夜中すぎまで下でがたごとやってるからね。それに朝は朝で、今度は、夜明け前から女房どのが亭主を怒鳴りつける声が響き渡るし……」

それは嘘だという主人の抗議にもかかわらず、その農夫の発言に、一団からどっと笑い声が起こりました。

「さようですか」私はそう返事をしながら、ふと、あることを思いました。それは、最近、ファラディ様のおられる場でしきりに心をかすめる考えでございまして、要するに、ここで気のきいた返答が期待されているのではないか、ということです。そういう目で見ますと、はたして農夫たちは私のつぎの言葉を待って、固唾をのんでいるようでもあります。私は想像力を精一杯働かせ、ようやくつぎのように言いました。

「では、ご当地ではメンドリが時をつくるものと見えますな」

しばらくは沈黙がつづきました。農夫たちは、私がさらに何か言い足すものと思っていたようです。しかし、私の口が開かず、顔に笑みが浮かんでいるのに気づいたのでしょうか。みないっせいに笑い出しましたが、いくぶん当惑気味の笑いだったことは否めません。農夫たちは一笑いして満足したようで、また仲間うちでの会話にもどりました。そのあと、しばらくして私がお休みの挨拶を言うまで、私とは言葉を交わすこともありませんでした。

じつは、この冗談を思いついたとき、私自身はなかなか気がきいていると思いましただけに、農夫たちの反応の鈍さにはいささかがっかりいたしました。受けがいまひとつだったという落胆とともに、最近の数カ月間、私がこの方面で重ねてまいりました努力が、まだ成果を現わさずにいるという歯痒さもあったのだと存じます。さよう、私はこの新技術を自分のものとし、ファラディ様がどのようなジョークをとばされても、自信をもってそれに受け答えできるようになりたいものと思い、多少の努力をつづけてきております。

たとえば、最近ではよくラジオを聞きます。ファラディ様が夕方からお出かけになるなどして、少し暇な時間ができますと、自室でラジオを聞くのが習慣になりました。よく聞く番組の一つに、『週に二回以上は』という、実際には毎週三回放送されている番組があります。これは、基本的には二人の出演者の対話番組でございまして、聴取者が手紙で寄せてくるさまざまな話題に、二人がユーモラスなコメントを添えていくという趣向です。私がこの番組に注目し、それを研究してまいりましたのは、そこで語られる洒落というものが例外なく上品で、ファラディ様が私に期待しておられるジョークとは、こうしたものではなかろうかと思われるからです。私はこの番組を参考に、いくつか練習方法を考え出しました。そして、一日に最低一回はそれをやるようにしております。たとえば、とりあえず何もすることがないときには、身の回りに題材をとって、洒落を三つ作ってみます。あるいは、この練習方法の変形として、一時間ほどの間に起こった事柄について、やはり三つの洒落を作ってみたりもします。

ですから、昨夜の冗談があまり受けなかったことにつきましては、私の落胆をご理解いただけましょう。最初は、話し方に明瞭さが欠けていたための失敗かとも思いましたが、バーから部屋に引き上げてから、はっと思い当たることがありました。ひょっとして、私は階下の人たちを怒らせてしまったのではありますまいか。そんな意図は露ほどもなかったとはいえ、私の発言は「主人の女房どのはニワトリに似てござる」という意味に、容易に解釈されうるものでした。眠ろうとしながら、私はこのことがどうにも気にかかって仕方がありませんでした。今朝は、主人によほど謝ろうかと思いましたが、私に朝食を出すときの主人は機嫌もよく、なんのわだかまりもなさそうでしたので、昨夜のことはそのまま忘れることにいたしました。

しかし、この一件は、冗談や洒落が秘める危険を、よく例示しているのではありますまいか。洒落というものの性格上、思いついてから口にするまでの時間はごく限られておりますから、それを言うことで生じるかもしれないさまざまな影響を、事前に検討し評価することなど到底できません。必要な技術を身につけ、豊富な経験を積まないうちは、どういう不穏当な発言をしてしまうか知れたものではありません。もちろん、時間をかけ、練習を積みさえすれば、私はこの分野でも熟達の域に到達できるでしょう。そうなれない理由は何もありません。しかし、それまでの危険の大きさを考えるなら、少なくとも当面は、ファラディ様の面前でこの義務を遂行することは差し控えるのが賢明と思われます。私はもっと練習を積まねばなりません。
ともあれ、昨夜、農夫たちが冗談半分で口にしていた、下からの騒音で眠れないだろうという予言は、残念ながら、まったく事実であったことを申し添えておかねばなりますまい。いえ、宿の女房がとくに大声だったというのではありません。しかし、二人で夜遅くまで仕事をしながら、女房はひっきりなしにしゃべりつづけておりましたし、今朝も早くからその声が聞こえました。しかし、二人が勤勉な働き者であることは明らかで、騒音もそれゆえのことに違いありませんから、私には二人をとがめる気持ちはありません。それに、昨夜の不用意な発言という負い目もありましたし……。こうして、よく眠れなかったとは一言もいわず、私は主人に一夜の宿を感謝して、市場町トーントンに向かったのでした。

いま、ここにすわり、朝のお茶を楽しくいただきながら、昨夜はここに泊まったほうがよかったか、と考えているところです。外に出ている看板には、「お茶・軽食・ケーキ」と並んで、「清潔・静か・快適なお部屋」とも書かれております。この店は、マーケット広場のすぐ近くにあって、トーントンの大通りに面しています。一階が道路よりいくぶん沈んでいる建物で、重そうな黒い角材でできた外壁に特徴があります。私がいまいるこの喫茶室は、内壁にオーク材を張った広い部屋で、さよう、二十五、六人は十分にすわれるだけのテーブルを置いてありますが、それでも込み合った感じは少しもありません。カウンターには見事な出来栄えのケーキやパイが並び、その向こうに元気のいい若い娘が二人、客の注文をきくためにひかえています。

このように、朝のお茶をいただくには絶好の場所とも思われるのですが、トーントンの人々はこをあまり利用しないのでしょうか。客の数は意外なほど少なく、現在、私のほかには、年配のご婦人が二人、私とは反対側の壁際のテーブルに並んでいるのと、あとは農家の隠居とおぼしき男が一人、大きな出窓の横のテーブルで新聞を読んでいるだけです。いまは、ちょうどその出窓から朝のまぶしい光が射し込み、男は全身影になっておりまして、その容貌などはまったくわかりません。ときどき新聞から顔を上げては、外の歩道を行く通行人を見上げています。その様子から、最初は待ち人でもあるのかと思いましたが、どうやらそうではなく、見知った顔が外を通りかかったとき、挨拶でもしようということのようです。

私自身は、ほぼいちばん奥の壁際にすわっております。広い部屋ではありますが、私のいるところからでも日に照らされた大通りはよく見え、大通りの向こう側に、いくつかの地名を記した案内板が立っているのも見えます。そこに書かれている地名の一つに、マースデンという村があります。「マースデン」と聞けば、ああ、と思い当たる方もおられるのではありますまいか。昨日、道路地図にこの地名を見つけたときは、私もずいぶん懐かしい思いがいたしました。予定を少し変更してでも、この村を見ていこうかと思ったほどです。サマセット州マースデンといえば、かつてギフェン社があった村です。ギフェンの黒蠟燭のことはご存じでしょうか。「削って、ろうに混ぜ、手でこすりつける」あの磨き粉のことは？　戦争直前に新しい化学物質が市場に出回るようになってからは、さすがに需要がしだいに減っていったようですが、それまでの長い間、銀器の磨き粉といえばこれに勝る製品はありませんでした。そして、ギフェンの黒蠟燭の注文先が、あの案内板にも記されているマースデンだったのです。

ギフェンの黒蠟燭が初めて市場に現われたのは、二〇年代初頭のことだったと記憶しております。私はこの黒蠟燭の出現を、当時、執事業界に盛り上がりつつあった革新の気運と結びつけて考えておりますが、それは、おそらく私一人だけではありますまい。銀器磨きが――今日でも依然そうであるように――執事の重要な任務とみなされるようになったのは、この頃のことです。ほかにもいくつかの大変革が起こりました。いずれも、ちょうど私どもの世代が執事として「成人した」時期にあたっておりまして、私の考えでは、世代交代にともなう必然的な変革でした。銀器磨きにしても、その重要性を業界に広く認識せしめたのは、ミスター・マーシャルに代表される新しい世代の人々です。もちろん、銀器磨き自体は――なかでも食器磨きは――いつの世代でも大事なこととみなされてきました。が、父の世代の執事の多くは、それを執事の任務の中心には据えていなかったと存じます。その証拠に、当時、執事が自分で銀器磨きを監督することはまれで、だいたいは副執事などに任せておりました。執事は、せいぜい、ときおり点検するといった程度でしたろう。

銀器の真の重要性に初めて気づいたのがミスター・マーシャルであるとは、一般に認められているところです。たしかに、お屋敷内にあるもので、お客様が長時間手にとり、しげしげと眺められるものといえば、食事時の銀器をおいてほかにはありますまい。銀器の磨きぐあいが、そのお屋敷の水準を表わすものと受け取られるようになったのも、理由のないことではありません。そして、従来では想像もできなかったほど完璧に銀器を磨き上げ、しかもそれを陳列して、訪れる紳士淑女を仰天させたのが、チャールビル・ハウスのミスター・マーシャルでした。たちまちのうちに、国中の執事が銀器磨きに血眼になりました。もちろん、雇主から大きな圧力がかかっていたことは言うまでもありません。

やがて、あちこちに、銀器磨きではミスター・マーシャルをもしのぐと豪語する執事が現われはじめました。いずれも特別の秘訣を発見したような口ぶりで、その秘密を守ろうとする様子は、独自の調理法を知られまいとするフランス料理のシェフを思わせるほどでしたが、私に言わせれば、そんなものはなかったのです。仮にあったにしても、たとえばミスター・ジャック・ネイバーズが使っていたとされる複雑怪奇な磨き方は、結果において目に見えるほどの違いをもたらさなかったと存じます。当時もいまも、この考えは変わっておりません。私について申し上げれば、銀器磨きの秘訣は簡単なことでした。よい磨き粉を使うこと、そして磨き作業をよく監督すること、の二点です。ギフェンの黒蠟燭こそ、当時の目利きの執事たちがこぞって注文した磨き粉でした。そして、この製品を正しく使えば、銀器の仕上がりが他のお屋敷に劣るなどという心配はせずにすんだのです。

幸いなことに、ダーリントン・ホールの銀器がお客様によい印象を与えた事例は、いくつも思い出すことができます。たとえば、アスター夫人が——口調に多少の苦々しさを込めて——私どもの銀器には「おそらく並ぶものがないわね」と言われたことがありました。また、ある日の晩餐会で、著名な劇作家のジョージ・バーナード・ショー様が、前に置かれたデザート用スプーンをためつすがめつし、周りにすわっておられる方々のことも忘れて、それを光にかざしてみたり、その表面を近くの大皿と比べてみたりしておられたのも、誇らしい思い出になっております。しかし、私にとってのいちばんの思い出は、なんと申しましても、ある要人が——閣僚で、すぐあとに外相になられました——お忍びでダーリントン・ホールを訪問された夜のことです。いえ、一連のご訪問の成果はすでに公になっておりますので、あえて秘密にすることもありますまい。この要人とはハリファックス卿のことです。

あの夜のご訪問は、ハリファックス卿と当時の駐英ドイツ大使リッベントロップ様の間で行なわれた、一連の「非公式」会談の初回でした。あの初めての夜、ハリファックス卿は警戒心もあらわにご到着になりました。お屋敷内に案内されたあと、真っ先に発せられた言葉が、「おい、ダーリントン、私をどんな目に遭わせようというのかね。これは絶対後悔することになるな」だったことを覚えております。

リッベントロップ様はまだ一時間ほどはお見えにならない予定でしたから、ご主人様はハリファックス卿をお屋敷内の見物に誘われました。落ち着かないお客様にリラックスしていただく方法として、これまで何度も成功してきた実績があります。しかし、仕事で動き回っている私の耳に聞こえてまいりましたのは、しばらくの間、今晩の会談に対するハリファックス卿の懐疑的な意見と、それをなだめようとされるダーリントン卿のお声ばかりでした。しかし、突然、ハリファックス卿がこう叫ばれるのが聞こえました。「すごいよ、ダーリントン、この屋敷の銀器はじつに見事だ」

これを聞いて、私がたいへん嬉しかったのはもちろんのことです。しかし、真の満足感を覚えたのは、この夜から二、三日後、ダーリントン卿が私にこう言われたときでした。「ところで、スティーブンス。先夜のハリファックス卿だがな、うちの銀器には目をむいておったぞ。あのあと、気分がすっかり変わったようだった」私は正確に覚えております。卿はあのとき、このとおりのお言葉を言われたのでした。ですから、あの夜、銀器の磨きぐあいがハリファックス卿とリッベントロップ様の会談に、小さいながら無視できない貢献をしたと申し上げても、あながち私の独り善がりではないことがおわかりいただけましょう。

ここで、リッベントロップ様について一言申し上げておくべきかと存じます。もちろん、今日では、リッベントロップ様はペテン師だということになっております。ヒットラーは、できるだけ長い間、その本心をイギリスから隠しておきたかったのだ。リッベントロップの唯一の任務は、イギリスでの隠蔽工作を指揮することだったのだ、と。それが、いま、一般的な見方でございまして、私もここであえて異を唱えるつもりはありません。しかし、今日、人々がまるで自分は一瞬たりともリッベントロップに丸め込まれたことがなく、リッベントロップを名誉ある紳士と信じて協力したのは、ダーリントン卿だけであるかのように語るのを聞きますと、やはり違和感を覚えます。

真実は違います。三〇年代全般を通じて、リッベントロップ様は国中の最高のお屋敷で尊敬され、「引っ張りだこ」でさえあったお方でした。とくに一九三六、七年頃には、ダーリントン・ホールを訪れる他家の従者が召使部屋で語ることといえば、あの「ドイツからの大使」のことばかりだったと言ってもよく、その話の内容から、この国の著名な紳士淑女の多くがリッベントロップ様に夢中だったことは明らかでした。その同じ人々が、今日、当時を振り返って語っておられることを——

―とくにダーリントン卿について語っておられることを――聞きますと、先ほど申し上げましたように、私としては違和感を覚えずにはいられません。これらの人々のお屋敷へ行き、当時の招待客名簿を一つでも二つでも見せてもらえば、その人々の大いなる偽善がただちに明らかになりましょう。リッベントロップ様がどれほど頻繁にそのお屋敷に出入りしていたか、それも、どれほど頻繁に主賓として招待されていたかを知り、きっと驚かれることと存じます。

さらに、その同じ人々が、ダーリントン卿が当時何度かドイツへ行き、そこでナチの歓迎を受けられたことを取り上げて、それが何か異例のことででもあったかのような話し方をしておられるのを聞きます。しかし、ニュルンベルク決起集会の前後、ドイツ人が主催した大宴会にどなたが招待されておりましたことか。もし《タイムズ》がそのような招待客名簿を一つでも掲載したなら、その人々はこれまで同様の滑らかな口調で語りつづけることができるでしょうか。さよう、事実は違うのです。イギリスで最も古いお屋敷の、最も尊敬されていた紳士淑女が、ドイツ指導者たちの歓待を喜んで受け入れておられたのです。そして、帰国してから、大多数の人々が招待主について賞賛と賛美以外の何事も口にされなかったことは、直接うかがった者として私が断言いたします。ダーリントン卿が敵とこっそり通じていたかのようなほのめかしを言う人は、当時の空気というものを都合よく忘れているにすぎません。

さらに、ダーリントン卿が反ユダヤ主義者であったとか、英国ファシスト連合と密接なつながりがあったとかいう、とんでもないでたらめについても、一言申し上げておかねばなりますまい。そのようなナンセンスは、卿のお人柄をまったく知らない人が言い出したことに違いありません。ダーリントン卿は反ユダヤ主義を嫌悪しておられました。反ユダヤ主義的な言動を目のあたりにし、深い憤りをもらされるのを何度も聞いたことがあります。卿がユダヤ人をお屋敷に立ち入らせなかったとか、ユダヤ人の召使を雇い入れなかったという主張には、何の根拠もありません。ただ、三〇年代のごく短い一時期に、あるいは誤解を招くようなことがあったかもしれませんが、そのような些細なことがこれほど誇大に吹聴されてよいものでしょうか。

英国ファシスト連合と卿とを結びつけて考えようとする試みにいたっては、まったく馬鹿げているとしか申し上げようがありません。例の「黒シャツ隊員」を率いていたオズワルド・モーズレー様は、たしかにダーリントン・ホールにお見えになったことがあります。しかし、それはせいぜい三度のことでございまして、しかもこの団体が結成された直後、まだ団体の性格が明らかになっていなかった頃のことにすぎません。黒シャツ運動の醜さが露呈してからは、その関係者とはどのような交わりも持たれたことはありません。さらに何かの足しになるものなら付言しておきますが、ダーリントン卿がその団体の醜さに気づかれたのは、ほとんどの人より早かったのです。

いずれにせよ、そのような団体は、この国の政治の中枢から遠く隔たった存在にすぎませんでした。ダーリントン卿は、物事の真の中心で活躍されたお方であることをご想起ください。卿が長年にわたって交わってこられた人々は、そのような不快な泡沫団体とは想像を絶するほど掛け離れた方々でした。政治家、外交官、軍人、聖職者……どなたも申し分のない立派なお方だったのみならず、イギリス国民に現実の影響力をお持ちの方ばかりでした。もちろん、なかにはユダヤ人もおられました。この一事をもってしても、卿について今日言われていることのでたらめさ加減がおわかりいただけると存じます。

話題がそれました。私は銀器のことを――ダーリントン・ホールの銀器が、リッベントロップ様との会談をひかえたハリファックス卿に好ましい印象を与えたことを――お話ししていたのでした。もちろん、誤解なきように願いたいのですが、ダーリントン卿にとって落胆の夕べとなるかに見えたあの夜が、結果的に誇らしい夕べに変わったのは、ひとえによく磨かれた銀器のせいだった、などと申し上げているのではありません。しかし、ダーリントン卿ご自身も言っておられましたように、銀器もまた、あの夜、お客様の気分を好転させた小さな原因の一つではあったのです。とすれば、あの夜を振り返るたびに私の胸が満足感で満たされるとしても、それは決して不当な自己満足とは言えますまい。

執事業界には、どのような主人に仕えようと、最終的に大した違いはないと言う人がいます。そして、私どもの世代の理想主義を――執事はすべからく、人類の進歩に貢献している偉大な紳士にお仕えすべきだ、少なくともそう心掛けるべきだ、という理想論を――現実に根差さない空論だと切り捨てて顧みない人がいます。そのような否定論を口にする人が、まず一人の例外もなく凡庸な執事であることは、注目すべき事実と思われます。しかるべき地位を望めるだけの力をもたず、仲間を自分のレベルまで引きずり下ろすことしか考えないそのような人々の意見には、もともと真剣に耳を傾ける価値はないのかもしれません。しかし、その意見が誤りであることを、いささかの曖昧さも残さずに証明できれば、それに越したことはありますまい。私はみずからの執事人生の中に、その人々の誤りを証明できるいくつもの事例をもっていることを、誇りに思います。

もちろん、執事というものは、生活全般でとぎれることのないサービスを雇主に提供すべきでございまして、そのようなサービスは特定の事例——たとえば、ハリファックス卿のご訪問の夜——に集約できるものではありません。しかし、私が申し上げたいのは、時間がたつにつれ、その種の事例がある動かしがたい事実を象徴するようになるということです。その事実とは、私が国家の大事のまっただなかで執事を務めることができた、いえ、務める特権を与えられたということです。私には、凡庸な雇主に仕え、それでよしとしている執事には決して知りえない、特別の満足を味わう権利がありましょう。それは、私の努力が歴史の流れにわずかながら貢献をしたと、そう胸を張って言える満足です。

しかし、このように過去ばかり振り返っていてはなりますまい。私には、これからもお仕えすべきご主人様と、お仕えすべき何年もの歳月があるのです。ファラディ様はただ立派なご主人様というだけでなく、アメリカの方です。イギリスにおける最良のサービスというものを見ていただかねばなりません。私は常に現在に注意を集中するように努め、過去の業績に寄り掛かったり、自己満足に身を委ねたりしてはなりますまい。こんな自戒をするのも、ここ数カ月間、ダーリントン・ホールでは必ずしもすべてが順調とは言えないからです。最近、いくつかの小さな過ちが目立つようになりました。たとえば、四月には銀器にまつわるこんな事件がありました。お客様のご滞在中でなかったのは不幸中の幸いでしたが、私にとりまして、まさに赤面せざるをえない一瞬でした。

それは、ある朝、ファラディ様が朝食をとっておられるときに起こりました。ファラディ様ご自身は、私への思いやりからか、それともアメリカの方で、その出来事の意味にお気づきにならなかったからか、朝食の間、お叱りの言葉はまったくありませんでした。出来事というのはこうです。食卓につかれたファラデイ様が、フォークを取り上げ、しばらくそれを眺めて、指先で先端に触られたのです。それはまったく何気ないふうに行なわれ、ファラデイ様はそのあとすぐ朝刊に注意を移されましたが、私には、そのご様子の意味するところがすぐにわかりました。ただちにテーブルに歩みより、そのフォークを回収いたしました。気が動転しておりましたため、動作が多少唐突だったのかもしれません。ファラデイ様は少し驚かれたようで、私を見上げて「ああ、スティーブンスか」と言われました。

私はそのまま足早に部屋を出て、やがて満足できるフォークを持ってもどりました。そしてふたたびテーブルに歩みよりましたが、そのとき、ファラデイ様はじっと新聞に読みふけっておられるようでした。それを見て、私はふと考えました。このままフォークをそっとテーブルクロスに置いて、立ち去ればよいのではないか。そうすれば、ご主人様の邪魔をせずにすむし……と。しかし、ファラデイ様は、ただ私に気まずい思いをさせまいとして、新聞を読んでいる振りをされているだけなのかもしれません。その可能性は十分にあります。もしそうなら、私がこっそりフォークを置いていくような真似をすれば、それは自分の過ちに対する無反省、もしくは隠蔽とさえ受け取られかねません。結局、ご主人様がお気づきになるよう、ある程度大きな動作でフォークを置くのがよかろうと判断いたしました。ファラデイ様はまた少しはっとされ、私を見上げて「ああ、スティーブンスか」と言われました。

ここ数カ月間に起こったこうした過ちは、当然のことながら、私の自尊心を傷つけました。しかし、それが単なる人手不足以上の、何か得体の知れない原因から生じていると信じる理由は何もありません。もちろん、人手不足自体も重大な問題ではありますが、ミス・ケントンがダーリントン・ホールにもどりさえすれば、そのような些細な過ちは、たちまち過去の笑い話になってしまうでしょう。ただ、ミス・ケントンの手紙の——昨夜も部屋で、あかりを消すまえに読み直してみましたが——どこを捜しても、昔の地位にもどりたいという意思が具体的に書かれていないことは、覚えておかねばなりますまい。もしかしたら、私が一執事としての希望的観測から、ミス・ケントンがそのように望んでいると勝手に解釈しているだけなのかもしれません。その可能性はたしかにあるようです。と申しますのは、昨夜、ミス・ケントンの手紙を読み直しながら、私はこの手紙のどこから復帰の願いを感じ取ったのかを捜そうとし、それをなかなか見つけることができないのに驚いたほどでしたから。

しかし、いまさらこんなことを臆測していても仕方ありますまい。いまから四十八時間以内には、おそらく確実にミス・ケントンと再会し、言葉を交わし合っているのです。復帰の問題もきっと話し合われることでしょう。が、そうは思いつつも、私は昨夜、暗闇のなかで横になり、宿の主人夫婦の店じまいの物音を聞きながら、長い間、ミス・ケントンの手紙を心の中でたどっておりました。

三日目――夜

デボン州タビストック近くのモスクムにて

反ユダヤ主義に対するダーリントン卿の態度につきましては、いま少し申し上げておくべきかと存じます。今日、反ユダヤ主義がたいへんやかましい問題になっておりまして、世間には、ダーリントン・ホールはユダヤ人召使にとって禁断の館だった、などと噂する向きもあるようです。これは私の持ち場に直接関係する問題だけに、私の発言にはそれなりの重みがあるとお考えください。私が卿にお仕えしておりました長い年月を通じて、ダーリントン・ホールには多数のユダヤ人召使が雇われておりました。そして、その人々が、人種のゆえに差別的な取扱いを受けたことは絶対にありません。なぜこんな馬鹿げた噂が飛び交うようになったのか、私としては当惑するばかりですが、もしかしたら――そうだとしたら、ほんとうに愚かしいことですが――あの三〇年代初期の数週間に噂の遠因があるのかもしれません。取るに足りない、ほんの数週間のことです。あれは、キャロリン・バーネット夫人が、卿に異例の影響力をもつようになられた時期のことでした。

バーネット夫人は、故チャールズ・バーネット様の未亡人で、当時まだ四十代だったと記憶しております。たいへん美しい、妖艶とさえいえるご婦人で、すばらしく頭のよい方だという評判でした。晩餐会で顔を合わせたあの学者、この有識者を、重要な時事問題で軽く言い負かしたというような噂が、よく耳に入ってまいりました。一九三二年の夏、バーネット夫人はダーリントン・ホールに頻繁にお見えになり、社会問題や政治問題について、卿と何時間でも話し込んでおられました。ダーリントン卿を、ロンドンのイーストエンドにある貧民街に連れ出し、あちこちと案内して回られたのも、バーネット夫人です。そのとき卿は、当時の大不況に塗炭の苦しみをなめていた数多くの家々を、実際に訪問して歩かれたそうです。ですから、卿がわが国の貧しい人々への関心を高めていかれたのには、おそらくバーネット夫人のお力があったことは間違いなく、そのかぎりでは、夫人の影響力もすべて悪かったとは言いきれません。

しかし、もちろん、夫人はオズワルド・モーズレー様の黒シャツ組織の一員であったわけです。そして、卿とオズワルド様のわずかな接触も、その夏の数週間に起こったことでした。さらに、ダーリントン・ホールにまったく似つかわしくないいくつかの事件が起こりましたのも、同じくその数週間のことでした。それが、現在飛び交っている愚かしい噂に、薄弱とはいえ、根拠らしきものを与えているに違いありますまい。

私はいま「事件」と申し上げましたが、そのうちのいくつかは、事件とはとうてい呼べない些細なことです。たとえば、ある日の晩餐会である新聞のことが話題になりましたとき、ダーリントン卿が「ああ、あのユダヤ人のプロパガンダ紙のことか」と発言されたのを覚えております。また、やはり同じ頃でしたが、ダーリントン・ホールへもよく来ておりました地元のある慈善団体への寄付を、これからは取り止めるようにと私に命じられ、その理由として、運営委員会のメンバーが「ほとんどユダヤ人ばかりだ」から、と言われたことがありました。私がこうしたことを覚えておりますのは、それが常日頃の卿からは考えられない、じつに意外なお言葉であったからにほかなりません。ダーリントン卿がユダヤ人への敵意をお見せになったことなど、それ以前にはまったくなかったのです。

そして、卿が私を書斎にお呼びになったあの午後のことがあります。最初は、屋敷内の様子はどうだというような、どうということのない会話でした。しかし、そのあと、卿はこう言われたのです。

「近頃、少し考えていることがあってな、スティーブンス。ずいぶん考えた。そしてな、やっと結論を得た。今後、ダーリントン・ホールには、ユダヤ人の召使を置かないことにする」

「は？」

「この屋敷のためだ、スティーブンス。ここにご滞在になる客人のことを考えるとな……。慎重に考えたのだ、スティーブンス。そうして得た結論を、いまこうしてお前に伝えている」

「承知いたしました、ご主人様」

「教えてくれ、スティーブンス。いま、何人かいるのであろう？　その……召使のなかにユダヤ人が？」

「いまお屋敷におります召使のうち、二人が該当するかと存じます」

「そうか」卿は窓の外に視線を向け、しばらく黙っておられました。「もちろん、その二人にはやめてもらわねばならん」

「何とおおせられました?」

「遺憾なことだ、スティーブンス。だが、考え直す余地はない。客人の安全と幸せを第一に考えねばならん。信じてくれ、スティーブンス。私はこの問題を徹底的に考え抜いたのだ。誰のためにもそのほうがよい」


その二人の召使は、どちらも女中でした。ですから、どのような処置をとるにせよ、まずミス・ケントンに事情を打ち明けてから事を運ばねばなりません。私は、その日のうちに話してしまおうと決心しました。夜、ミス・ケントンの部屋でココアをいただくときが、最適でしょう。

申し遅れましたが、当時、私どもは一日の終わりにミス・ケントンの部屋で顔を合わせ、ココアを飲みながら、いろいろなことを話し合う習慣ができておりました。もちろん、ときには軽い話題もなかったとは言えませんが、ほとんどは事務的な打合せです。そのような習慣ができた理由は、簡単なことでした。私もミス・ケントンも、それぞれきわめて忙しい日常を送っておりまして、ときには何日間も、基本的な情報交換の機会もないまま過ぎてしまうことがありました。そのようなことでは、お屋敷の運営に支障をきたしかねません。二人ともその点では認識が一致しておりましたから、最も直接的な解決策として、毎日十五分程度、誰にも邪魔されないミス・ケントンの部屋で打合せを行なうことにしたのです。繰り返しますが、この会合はきわめて事務的な性格のものでした。たとえば、予定されている行事の計画を話し合ったり、新しく雇い入れた召使の働きぶりについて意見を交換したりする場でした。

ともあれ、話をもとにもどしますと、私の心中は穏やかならざるものでした。ミス・ケントンに向かって、女中を二人解雇すると言わねばならないのです。その二人の女中はともに申し分のない者たちで、この際ですから――最近、ユダヤ人問題がいろいろ取り沙汰されていることでもありますので――申し上げてしまいますと、私は本心ではその解雇に大反対でした。しかし、この件で私がとらねばならない立場は明らかです。個人的に疑義があるからといって、それを無責任に表に出しても、得るものは何もありません。困難な任務ではありましたが、困難であればこそ、執事としての品格を損うことなく遂行せねばなりません。その夜、私は打合せの最後にその問題を持ち出しました。できるかぎり事務的な口調で、言うべきことを簡潔に言い、つぎのように締めくくりました。

「二人の者には、明朝十時半、私が食器室で話をします。ですから、ミス・ケントン、その時間に二人をよこしてくだされればありがたい。私から言い渡すことを前もって二人の耳に入れておくかどうかは、あなたの判断に任せます」

これに対して、ミス・ケントンは何も言いませんでした。そこで、私はつぎのようにつづけました。「さて、ミス・ケントン、ココアをどうもありがとう。そろそろ失礼しましょう。明日もまた忙しい一日になります」

このとき、ミス・ケントンが急に口を開きました。

「ミスター・スティーブンス、私は自分の耳が信じられませんわ。ルースとセーラは、もう六年以上もここで働いている者たちです。私は二人に絶対の信頼を置いていますし、二人も私を信頼してくれています。二人とも、このお屋敷にとてもよく尽くしてきてくれましたわ」

「そのとおりです、ミス・ケントン。しかし、判断に感情を交えてはなりますまい。では、お休みなさい、ミス・ケントン。私も失礼して……」

「ミスター・スティーブンス。私が怒っているのがおわかりになりませんの？　あなたは平然とそこにすわって、まるで食料品の注文を出すような調子で言われましたけれど、何をなさったかわかっておられますの？　ユダヤ人だからルースとセーラを解雇する？　なんということを……。私にはとても信じられませんわ」

「ミス・ケントン。事情は、たったいま、全部お話ししたではありませんか。ご主人様が決定を下されたのです。私やあなたがあれこれ議論するようなことではありません」

「でも、ミスター・スティーブンス、あなたはまったくお考えになったことがありませんの？　そんな理由でルースとセーラを解雇するのは……そんなことは間違っているとは思われませんの？　私は我慢できません。そんなことがまかり通るお屋敷には、私もいたくはございません」

「ミス・ケントン、少し落ち着きなさい。あなたには、自分の地位にふさわしい態度で振舞ってもらわねばなりません。これは単純明快な問題です。ご主人様が二人の雇用契約を破棄したいと言われている。それ以上、何を言う必要がありますか」

「警告しておきますわ、ミスター・スティーブンス。そのようなお屋敷では働きたくございません。

二人が解雇されるなら、私もこのお屋敷を去らせていただきます」

「あなたがそのような態度に出るとは驚きですな、ミス・ケントン。あなたには思い出していただく必要もありますまい。私どもの職業上の義務は、ご主人様の意思に従うことであって、自分の短所をさらけだしたり、感情のおもむくままに行動したりすることではないはずです」

「申し上げておきますわ、ミスター・スティーブンス。明日、あなたが二人を解雇なさるのは間違っています。それは罪ですわ。罪でなくてなんでしょう。そのようなお屋敷で、私は働く気はございません」

「ミス・ケントン。あなたに一言申し上げておきたい。このように大きな、次元の高い問題について、あなたは的確な判断を下せる立場にはありますまい。今日の世界は複雑な場所です。いたるところに落とし穴が口をあけています。たとえばユダヤ人問題にしても、あなたや私のような立場の者には、理解できないことがいくつもあるのです。私どもに比べれば、ご主人様のほうが、いくぶんなりともよい判断を下せる立場におられるとは言えませんか？　私はもう休まねばなりません、ミス・ケントン。ココアをどうもありがとう。明朝十時半です。忘れずに、二人の者をよこしてください」

　翌朝、二人の女中が私の食器室に入ってきたとき、すでにミス・ケントンから用件を聞いていることは明らかでした。二人ともすすり泣いておりましたから。私からもできるだけ簡単に事情を説明し、二人の仕事ぶりは申し分なかったこと、したがってよい紹介状を添えることを強調しておきました。その間、おそらく三、四分だったと思いますが、二人ともとくに何も言わず、来たときと同様、すすり泣きながら去っていきました。

二人の解雇のあと、ミス・ケントンは何日間も、私にひじょうに冷たい態度をとりつづけました。ときには、無礼であったとすら言えるでしょう。それも、他の召使の面前でです。夜のココアと打合せはつづけておりましたが、毎晩、よそよそしい雰囲気の中で、ごく簡単に終わりました。二週間たっても、ミス・ケントンは少しも態度を改める気配を見せません。私が多少いらだってきたとしても、無理からぬこととご理解いただけましょう。私はある夜、打合せの席で、少し皮肉な口調でこう言いました。

「ミス・ケントン、もうそろそろ辞職願いが出る頃だと思っていましたが……」

そして、そのあとに軽い笑いを添えておきました。ミス・ケントンが折れて、愛想のひとつも言ってくれるかと期待したのだと存じます。そうしてくれれば、お互い、不愉快な思いをすっかり水に流せるでしょう。しかし、ミス・ケントンは厳しい顔つきで私を見つめ、ただこう言っただけでした。

「辞職願いを出す気持ちは変わっておりませんわ、ミスター・スティーブンス。ただ、いまは忙しすぎて、なかなかそこまで行き着きません」

これを聞いたとき、私は少し心配になったことを告白せねばなりません。ミス・ケントンは本気だ、と思いましたから。しかし、やがて何週間かがたって、もはやミス・ケントンがダーリントン・ホールを去ることはありえなくなり、二人の間のとげとげしい雰囲気もしだいに和らいできてからは、私はあの辞職願いの件を、ときどき、からかいの道具に使うようになりました。たとえば、お屋敷で予定されている大行事について話し合っている途中、こんなふうに言うのです。「もちろん、これは、その時点であなたがまだお屋敷にいると仮定しての話ですが、ミス・ケントン」

女中たちの解雇から数カ月たったあとでも、私がそのようなからかいを口にするたびに、ミス・ケントンは黙り込んでしまいました。その頃には、怒りというより、おそらく決まり悪さからだったと存じます。

もちろん、ある程度の時間がたてば、こうした問題もしだいに忘れられていきます。しかし一年以上もあとで、この問題はもう一度蒸し返されることになりました。

それを蒸し返されたのは、ダーリントン卿ご自身です。ある午後、私が居間でお茶を差し上げているときでした。その頃には、卿に対するキャロリン・バーネット夫人の影響力も消滅し、夫人の姿はもはやダーリントン・ホールではまったく見られなくなっておりました。さらに、「黒シャツ隊」とのつながりも、この頃までにはすべて断たれておりました。卿はこの団体の真の、醜い姿に気づかれたのです。

「ああ、スティーブンス」と、卿は私を呼ばれました。「しばらく前から、これを聞くつもりだったのだ。去年のことだがな……あのユダヤ人の女中たちのことだが、覚えているかな？」

「もちろんでございます」

「あの二人がいまどこにいるか、わかるまいな？　あれは間違っていた。できるものなら二人に償いをしたいと思う」

「喜んで調べさせていただきます。しかし、いまとなりましては居所がつかめますかどうか、確信はもてません」

「できるだけやってみてくれるか？　あれは間違っていた。あんなことは……」

卿と私のこのやりとりには、ミス・ケントンもきっと関心をもつに違いありますまい。私はできるだけ早い機会をとらえて、このことを話してやろうと思いました。ミス・ケントンをまた怒らせることになるのかもしれませんが、それでも話してやる価値はあります。濃い霧が出たその日の午後、私は偶然あずまやでミス・ケントンといっしょになり、その話をしました。ミス・ケントンの反応は思いがけないものでした。


あの午後、霧は、私が芝生を歩いているうちに降りはじめたと存じます。しばらく前まで、卿があずまやでお客様とお茶を飲んでおられましたので、私はその後片付けに行くところでした。あずまやまで、まだかなりの距離があるうちに――まだ父が倒れた石段にも達していませんでした――なかでミス・ケントンが動き回っているのが見えましたが、私があずまやに入ったときには、あちこちに雑然と置いてある柳細工の椅子の一つにすわり、針仕事にかかっていました。近寄ってよく見ると、クッションのほころびを繕っているところでした。私は、植木や籐家具の間から茶碗や皿を拾い集めながら、ミス・ケントンと二言、三言、挨拶らしきものを交わしたと思います。仕事上の問題も、一、二、話し合ったかもしれません。

ほんとうのところを申し上げますと、何日間も母屋に閉じこもる生活がつづいたあと、久しぶりにあずまやに出てくるのは、じつに新鮮な気分がするものです。ミス・ケントンも私も、少しも仕事を急ぐ気にはならなかったのだと存じます。迫ってくる霧にさえぎられ、あまり遠くを見はるかすことはできませんでしたし、その時刻には日の光も急速に弱まってきて、ミス・ケントンは夕日に手元をかざしながらの針仕事でしたが、二人ともときどき手を休めては、周囲の景色をぼんやりとながめておりました。私がようやく去年の解雇問題を持ち出したのも、芝生の向こう側の泥道沿いに立つポプラの周囲で、霧がしだいに濃くなっていく様子をながめながらのことでした。なんと芸がないと思われるでしょうが、私はこんなふうに切り出しました。

「先ほど考えていたのですよ、ミス・ケントン。いま思い出すと、何かおかしな感じもしますが、ちょうど去年の今頃、あなたはお屋敷をやめると言い張ってきかなかった。あんなこともあったのですね」私はそう言って、ちょっと笑いました。しかし、私の後ろで、ミス・ケントンは押し黙ったままでした。返事を待ち切れずに私が振り返りますと、ミス・ケントンはガラス越しに、外一面の霧を見つめていました。

「おそらく、あなたにはおわかりになりませんわ、ミスター・スティーブンス」と、ミス・ケントンは言いました。「私がどれだけ真剣にお屋敷を去ることを考えたか……。あんなことが起こったのですもの、私は本気だったのですよ。私が自尊心のかけらでも持ち合わせている人間だったら、とうの昔にダーリントン・ホールにはおりませんわ」ミス・ケントンの言葉がとぎれ、私はまた遠くのポプラの木に視線をもどしました。そのあと、ミス・ケントンは疲れた声でこうつづけました。

「臆病だったのですよ、ミスター・スティーブンス。私が臆病だっただけですわ。どこへも行く当てがありませんでしたからね。家族がおりませんし、叔母一人だけでしょう？　叔母のことは心から愛しておりますけれど、でも一日いっしょに暮らしていると、もう、人生全部が無駄に過ぎ去っていくような気がして……。もちろん、自分に言い聞かせておりましたわ、すぐに別のお屋敷を見つけるんだ、って。でも、怖かったのですよ、ミスター・スティーブンス。お屋敷を去ることを考えるたびに、見知らぬ土地へ行って、私を知りもしない、構ってもくれない人たちの間に一人いることを考えますとね、とても怖かったのですわ。私の主義主張なんて、どうせその程度のものです。自分のことが恥ずかしくてたまりませんけれど、でも、どうしても……どうしてもお屋敷を去ることはできませんでした」

ミス・ケントンはまた黙り、何かの考えに深く沈み込んでいくようでした。私はちょうどよい潮時だと思い、先ほどダーリントン卿と私の間でどのようなやりとりがあったかを、できるだけ正確にミス・ケントンに話して聞かせました。そして、最後にこう言いました。

「起こってしまったことは、どうやっても取返しがつきませんが、しかし卿ご自身が、あれはひどい間違いだったと、はっきりお認めになったのです。それを聞いただけでも、心がたいへん安まりました。あなたも、そのことが知りたいだろうと思いましてね、ミス・ケントン。あの件では、私に劣らずあなたも心を痛めておられましたから」

「なんとおっしゃいました、ミスター・スティーブンス？」後ろからこう問いかけるミス・ケントンの口調は、急に夢から揺り起こされでもしたかのように、それまでとはがらりと変わっていました。「おっしゃっていることがわかりませんわ」そして、私が振り向くと、ミス・ケントンはこうつづけました。「あなたはなんの疑問もお持ちではないのだと思っていました。ルースとセーラを追い出すのが正しいことだと……。それを楽しんでいるふうにさえ見えましたわ、ミスター・スティーブンス」

「違いますね、ミス・ケントン。それは正しくありませんし、私に対して公平な見方とも言えません。あの件は、私にとってたいへん気の重いことでした。心にじつに重くのしかかる出来事でした。このお屋敷の中では絶対に起こってほしくないたぐいのことでしたからね」

「では、なぜ、あのときそう言ってくださらなかったのです、ミスター・スティーブンス？」

私は笑いました。笑いながら、なんと答えたものか、しばらく迷っておりました。しかし私が答えを思いつくまえに、ミス・ケントンが、繕っていたクッションを脇に置き、こんなふうに言いました。

「あのとき、そのお考えを私と分かち合ってくださっていたら、私にはどれほどありがたかったか知れません。二人の女中が解雇されたときの私の気持ちを、あなたはご存じだったはずですわ、ミスター・スティーブンス。言ってくだされば私がどれほど救われたか、あなたにはおわかりになりませんでしたの？　なぜ、なぜですの、ミスター・スティーブンス？　なぜ、あなたはいつもそんなに取り澄ましていなければならないのです？」

私は、二人の会話が急にとんでもない方向にそれたことに呆れ、もう一度笑いました。「何をまた急に言い出すのです、ミス・ケントン。なんのことを言っておられるのか、私にはわかりかねますな。取り澄ます？　私はなにも……」

「ルースとセーラが出ていくことで、私はとても苦しんだのですよ、ミスター・スティーブンス。私一人が苦しんでいると思うからこそ、よけいに苦しかったのですわ」

「ミス・ケントン……」私は、瀬戸物をのせたお盆を両手で持ち上げました。「あのような解雇に賛成できないのは当然です。それは誰にも自明のことだと思っていました」

ミス・ケントンは黙っていました。立ち去りがてら、私が振り返りますと、ミス・ケントンはまた窓の外を見ていましたが、そのときまでに、あずまやの内部はひじょうに暗くなり、私の目に見えたものは、何もない青白い背景に描かれたミス・ケントンの横顔の輪郭だけでした。私は先に失礼と声をかけて、あずまやから外に出ました。

ユダヤ人召使の解雇の顚末をお話ししたところで、あのあと――事件の奇妙な余波とでも申しましょうか――ライザという名前の女中がお屋敷に来たことを思い出しました。余波と申しますのは、私どもは、解雇されたルースとセーラの代わりを見つける必要に迫られました。そして新しく雇い入れた女中の一人が、このライザだったからです。

女中に応募してきたとき、この娘はとんでもない紹介状を持参しました。私ならずとも経験を積んだ執事が見れば、前のお屋敷を怪しげな理由でやめていることが一目でわかるような代物でした。しかも、ミス・ケントンと私がいろいろと問い質《ただ》してみますと、一つの場所に二、三週間と居着いたことがないらしい様子です。その起居振舞いにしても、私の目には、とてもダーリントン・ホールの召使にふさわしいようには見えませんでした。ところが驚いたことに、二人で娘の面接を終えたあと、ミス・ケントンがライザを雇おうと言い出したのです。私が反対しますと、「この娘には大きな可能性が感じられますわ、ミスター・スティーブンス」と言い、さらには「私が直接監督します。きっといい女中に仕立て上げてみせますわ」とまで言うのです。

意見が対立し、しばらくは膠着状態がつづいたと記憶しております。しかし、解雇した二人の女中のことがまだ心に新しく、私はなんとなくミス・ケントンに強く当たれなかったのだと存じます。最後には私が折れました。しかし、こうは言っておきました。

「ミス・ケントン。もちろん、お気づきとは思いますが、この娘を雇い入れることについては、あなたに全責任を引き受けていただきます。私の見るところ、少なくとも現時点では、この娘はダーリントン・ホールの召使としてとても適当とは言いかねます。あなたが個人的に監督し、育成するという前提で雇い入れるのですから、それをお忘れなく」

「きっと立派な女中になりますわ。どうぞ見ていてください、ミスター・スティーブンス」

そして驚いたことに、その後の数週間で、娘はほんとうに目覚ましい進歩を遂げたのです。その態度は日に日に改善されていくようでした。最初の数日間は目をそむけたくなるほどだらしなかった歩き方や、仕事へのかかり方も、劇的に向上しました。

何週間かたち、まるで奇跡のように、娘がダーリントン・ホールの有能な一員に変身したとき、ミス・ケントンは明らかに鼻高々でした。いつも、ライザには他より少しばかり責任の重い任務を与え、その仕事ぶりに目を細めていました。たまたま私が近くを通りかかったりしますと、必ずその得意顔をこちらに向け、それで私の注意を引こうとするのです。ある晩、ミス・ケントンの部屋でココアを飲みながら、私どもはライザについてこんな会話を交わしましたが、こうした感じの会話は、当時、決して珍しいものではありませんでした。

「まことにお気の毒さまですわ、ミスター・スティーブンス」と、ミス・ケントンは言いました。

「ライザがとりたてて言うほどの過ちをしていなくて、さぞかしがっかりなさったことでしょう」

「がっかりだなどと、とんでもありません、ミス・ケントン。私はあなたのためにも、このお屋敷のためにも喜んでいるのですよ。たしかに、あの娘については、あなたがある程度の成功を収めつつあることを認めざるをえませんな」

「ある程度の成功！　言い方もあるものですわね。でも、あなたのお顔のその笑いはなんですかしら、ミスター・スティーブンス。私がライザの話をすると、いつもその笑いが浮かびますわね。面白いことですわ。笑いに隠された意味、それはなんですかしら？」

「笑いが？　それは気づきませんでした。あなたにはまるでその意味とやらがわかっているような口ぶりですが、それをお聞かせ願えますかな？」

「とても面白いお話が隠されているのですよ、ミスター・スティーブンス。だいたい、あなたがライザについてあれほど悲観的だったのも変な話ですわ。もしかしたら、ライザがとても可愛らしい娘だから……？　そうですわ、それに違いありませんわね。私は以前から気づいていたのですよ、ミスター・スティーブンス。あなたが見目のよい娘を召使にしたがらないことに」

「何を馬鹿な……。でたらめもいい加減にしてください、ミス・ケントン」

「あら、でも私は気づいてしまったのですよ、ミスター・スティーブンス。可愛い娘を召使に加えたがらない。なぜでしょう？　われらのミスター・スティーブンスは、気が散ることを恐れているのでしょうか？　ひょっとしたら、われらのミスター・スティーブンスもやはり生身の人間で、自分を完全には信頼できないということですかしら？」

「呆れたものだ。ミス・ケントン、あなたの言っていることに真実のかけらでも含まれていれば、私もこの面白い議論のお相手を務めさせていただくところですが、これでは仕方がありません。あなたがくだらぬおしゃべりをしている間、私は何かほかのことでも考えていましょう」

「と言いつつ、ほら、お顔にはまたばつの悪そうな笑いが浮かんでいますわ、ミスター・スティーブンス。それはなぜでしょう？」

「別に、ばつが悪くて笑っているのではありません。奇想天外なことを思いつくあなたの能力に接して、驚嘆のあまり笑いが出たのです」

「いえいえ、ミスター・スティーブンス、それは心にやましいことがある笑いですわ。それに、あなたがライザの顔をまともに見られないことも、私はちゃんと知っています。さて、こう考えてみますと、あなたがライザに不賛成だった理由もしだいに明らかになってまいりました。そうではございませんこと、ミスター・スティーブンス？」

「私の反対にはきわめて正当な根拠があったではありませんか、ミス・ケントン。あなたもよくご存じのように、このお屋敷に来た当初、あの娘は女中としてまったく不適当でした」

もちろん、誤解なきように願いたいのですが、私どもは、召使たちの耳のあるところでこんな調子の会話をしたことはありません。しかし、あの当時、私どもの「ココア会議」は、基本的には事務的打合せの性格を失ってはおりませんでしたが、ときに、この種の罪のない軽口を言い合う場でもあったのです。それが、その日一日の緊張をときほぐすのにたいへん効果的だったと存じます。

ライザは、ダーリントン・ホールに八、九ヵ月いたはずです。その頃には、私がとくに意識せずにすむほど、すっかりお屋敷に溶け込んでおりましたが、ある日突然、下僕の一人といっしょにお屋敷から消えてしまいました。もちろん、大きなお屋敷になりますと、そうしたことは決して珍しくなく、どのような執事も何度となく経験することです。たしかにひじょうに不愉快なことではありますが、やがて日常の一部として受け止めることを覚えます。それに、雇人どうしの駆落ちとしては、二人のケースはおとなしいほうでした。少しばかりの食べ物を別にすれば、お屋敷のものは何も持ち出しておりませんでしたし、ともに置き手紙を残すという殊勝なところもありました。下僕は——もう名前も思い出せませんが——私に宛てた短いメモの中で、「二人のことをあまり悪くとらないでください。愛し合っています。結婚するつもりです」といった内容のことを書いておりました。ライザのほうは「女中頭様」宛てにもっと長い手紙を残していました。

二人が姿を消した翌朝、ミス・ケントンはこの手紙をもって私の食器室にやってきました。字や文法の間違いをいっぱいに含んだ文章で、二人がいかに愛し合っているか、下僕がどんなにすばらしい人か、さらには二人の将来がどれほど希望に満ちているかを、めんめんとつづっておりました。「お金はありませんけどそれがどうだというのでしょう二人には愛がありますほかに何がいるでしょう互いに相手がいれば何もいりません」などと書いたところもありました。全部で三ページもある手紙でしたが、あれほど面倒を見てくれたミス・ケントンへの感謝の言葉は一言もありませんでした。私ども全員の期待を裏切ったことへの謝罪もありませんでした。

ミス・ケントンはすっかりしょげ返っておりました。私がライザの手紙に目を走らせている間、テーブルの向こう側にすわり、じっと自分の手を見つめていました。いま思い返してみると不思議な感じもいたしますが、私は、あの朝ほど沈み込んだミス・ケントンを見たことはなかったように思います。読み終わって手紙をテーブルに置きますと、ミス・ケントンがこう言いました。

「そういうことです、ミスター・スティーブンス。結局あなたが正しく、私が間違っていたのですわ」

「気にすることはありません、ミス・ケントン」と私は言いました。「こうしたことは起こるのです。防ごうと思っても、現実に私どもにできることはほとんどありません」

「私が悪いのですわ。認めます、ミスター・スティーブンス。いつものように、最初からあなたが正しくて、私が間違っておりました」

「いえいえ、ミス・ケントン、その意見には同意できませんな。あの娘について、あなたはほとんど奇跡を起こすところでした。あれだけのことを見せられれば、間違っていたのは私のほうだと認めざるをえません。今回のことは、どの雇人についても起こりえたことなのですよ、ミス・ケントン。あなたはあの娘の監督責任をちゃんと果たされました。あなたが裏切られたと感じるのは当然だと思いますが、あなた自身が責任を感じる必要はありません」

それでも、ミス・ケントンは意気消沈から立ち直らず、やがて、ぽつりとこう言いました。「ご親切なお言葉で、感謝いたしますわ、ミスター・スティーブンス」そして、いかにも疲れたように溜め息を一つつき、こうつづけました。「愚かなライザ……。将来がほんとうに楽しみな娘でしたのに。能力はありました。せっかくのチャンスを投げ捨てて顧みないなんて……。それもなんのために？　ああいう娘がたくさんいるのですわね」

私どもはテーブルに置かれた手紙をしばらく見ていましたが、ミス・ケントンは、やがていらだたしげに視線をそらせました。

「さよう。おっしゃるとおり、もったいないことです」

「なんて愚かな……。いずれ捨てられるに決まっているのに。あと少し我慢していれば、きっといい将来が開けたはずですわ。一、二年のうちには、どこか小さなお屋敷で女中頭くらいは務められるようにしてやれたと思いますの。まさかとお思いになるかもしれませんけれど、でも、ミスター・スティーブンス、あの娘がこの数カ月間でどれほどの進歩を遂げたか思い出してください。それを全部投げ捨てて……。結局、なんにもならないのに」

「さよう、愚かなことです」

私は、テーブルの上に散らばっていた便箋を掻き集めました。ファイルに綴じ込んでおこうと思ったのですが、途中、ふと不確かになりました。ミス・ケントンは、この手紙を私にしまっておいてほしいのでしょうか、それとも自分でもっていたいのでしょうか。どちらともわからず、私はまたテーブルの真中あたりにそれをもどしました。が、ミス・ケントンの心は、どこか遠くをさまよっているようでした。そして「いずれ捨てられるに決まっているのに、なんて愚かな……」と、繰り返しました。

どうやら、少し昔の思い出にふけりすぎたようです。そんなつもりはなかったのですが、それでも、その間は今夜の出来事を――やっと終わってくれました――くよくよ思い煩わずにすんだのですから、悪いことではなかったのかもしれません。今夜の数時間というものは、私にとりましてじつに厳しい試練でした。

私は、いま、テイラーご夫妻のお宅の屋根裏部屋に休ませていただいております。つまり、ここはホテルではありません。ご夫妻の好意で私が泊めていただいているこの部屋は、いまは成人してエクセターに住んでおられるご長男が、昔、使われていたお部屋だとのことです。太い梁やたるきがむき出しになり、床に絨毯や敷物もない部屋ですが、居心地のよさは驚くばかりです。ミセス・テイラーは私のためにベッドを用意し、さらにあちこち片付けて、掃除までしてくださったようで、たるきにクモの巣がいくつか見えるのを除けば、この部屋が何年も無人だったとは誰も思いますまい。うかがったところ、お二人は二〇年代からずっと村の八百屋をやってきて、ようやく三年前に店をたたまれたのだそうです。とにかく親切なお二人で、今夜泊めていただくことについては、何度も金銭的なお礼を申し出たのですが、耳を傾けてもくれません。

今晩、私がここにこうしているのは――テイラーご夫妻のご厚意にすがるしかないはめに陥ったのは――じつに愚かしい、腹が立つほど単純な過失によるものでした。私は、いわゆる「ガス欠」を起こしてしまったのです。昨日はラジエーターの水でしたし、今日はガソリンです。こんな様子を誰かに見られたら、私は生来のそそっかし屋だと思われても仕方のないところです。もちろん、長距離ドライブは今回が初めての経験ですから、そのかぎりでは、こうした単純な過ちも当然ありうると強弁することができましょう。しかし、組織的な思考と先を読む能力こそ執事の基本的要件であることを考えれば、私は、またしてもやってしまったという挫折感を免れることができません。

しかし、ガソリンがなくなる前の一時間ほどは、運転に注意を集中するどころではなかったことも、また事実なのです。もともと、今晩はタビストックに泊まる予定でした。八時少し前に到着し、町でいちばん大きそうな宿で部屋を頼みましたところ、いまはちょうどこの地の農業祭にあたっていて、すべての部屋がふさがっていると言われました。ここを当たってみろと、いくつかの宿の名前を教えてはもらいましたが、どこへ行っても結局は同じことで、みな断わられてしまいました。最後に、町はずれの下宿屋に立ち寄りますと、そこの女主人が、道路をこの先数マイル行ったところに親戚の宿がある、と教えてくれました。タビストックからはかなり離れているので、農業祭の影響もなく、絶対に空き部屋があるだろう、とも言ってくれました。

道順を丁寧に教えてもらい、そのときは、はっきりわかったつもりだったのです。いまとなっては、道路脇に立っているはずの宿がなぜ影も形もなかったのか、それがいったい誰の責任なのかはわかりません。いずれにせよ、十五分ほどドライブしているうちに、私は荒涼とした湿地帯に出ました。道路はそこをうねりながら突っ切っています。右も左も一面の沼地のように見え、前方にはずっともやが広がっていました。左手では、いましも夕焼けの最後の輝きが消えようとしているところです。地平線のところどころに——沼地の向こうに立っているものなのでしょう——納屋や農家らしきものが浮かび上がっていましたが、それ以外には、人の住んでいる気配というものがまったく感じられませんでした。

私はここでUターンし、先ほど通り過ぎた記憶がある曲がり角を捜して、道路をしばらくもどったと存じます。曲がり角はたしかにあり、私はそこを曲がりましたが、その新しい道も先ほどの道とたいして変わらず、むしろいっそう寂しい感じすらいたしました。両側の生け垣にはさまれ、まるでもう夜になったような暗さの中をしばらく走っていきますと、道路が急な上りになりました。その頃までには、教えられた道路脇の宿を見つける期待はもうなく、私はつぎの町か村までこのまま走りつづけて、そこで宿を捜すつもりになっておりました。明朝少し早めに出発すれば、計画に生じた多少の遅れは簡単にとりもどせるでしょう。しかし、丘を半分ほど上ったところでエンジンが不快な音を発し、私はそのとき初めてガソリンがなくなったことに気づいたのです。

フォードはさらに数ヤード丘を上りつづけ、そして止まりました。辺りの様子を見に車から降りてみますと、夕焼けの明るさはあと数分しかもちそうにありません。私が立っておりましたのは、立ち木や生け垣で囲まれた急な上り坂の途中でした。丘のさらに上のほうでは生け垣がとぎれ、かんぬきで閉じた広い門が、背景の夕空にくっきりと浮かび上がっています。私はその門のほうへ道を上りはじめました。あの門から周囲を見渡せば、位置感覚もとりもどせるでしょうし、もし近くに農家でも見つかれば、そこですぐに助けが得られるという期待もあったのだと存じます。

ですから、その門の脇に立ったとき、私の目に飛び込んできた光景には、少なからずがっかりさせられたことを告白せねばなりません。門の向こう側には、草地が急傾斜でくだっておりました。それは私から二十ヤードほど行ったところでもう視界から消え、その向こうには、遠く下のほうに

――さよう、直線距離で一マイルは優にありましたろう――小さな村が一つ見えておりました。もやを通して教会の尖塔が見分けられ、その周辺に黒いスレート葺きの屋根のかたまりがいくつか見えました。あちこちの煙突からは、白い煙が立ちのぼっておりました。

そのときの私の気持ちは、正直に申し上げて落胆と不安でした。もちろん、よく考えてみれば決して絶望的な状況ではなかったのです。フォードは故障したわけではなく、ただガソリンが切れただけですし、あの村まで徒歩で三十分もあれば行けるでしょう。村へたどり着きさえすれば、宿も見つかり、ガソリンの一缶も手に入ることは間違いありません。しかし、辺りはすでに暗くなりはじめ、もやがしだいに濃くなってくるなか、あの寂しい丘の上に立って、門越しに遠くの村のあかりをながめているのは、決して楽しい気分のものではありませんでした。

とはいえ、ただ心細がっていても仕方がありません。多少なりとも残っている明るさを無駄にしてしまうのは、愚かしいかぎりです。私はフォードまでもどり、ブリーフケースに必要最低限のものを詰めると、驚くほど強い光を出してくれる自転車用のライトで武装して、村までおりられる道を捜しはじめました。しかし、先ほどの門を通り過ぎ、さらにかなり上のほうまで捜しましたが、そのような道は見つかりません。道路は丘の頂上に達したらしく、今度はさがりはじめました。それも、木の葉の間から見える村のあかりで判断すると、村とは反対の方角へくだっていくようです。私はもう一度、ひどくがっかりいたしました。

このままフォードへ引き返し、誰かが車で通りかかるまで、中で待っているのが最善ではないか……。しばらくは、そんなふうにも思いました。しかし、もう夜といっていい暗さになっています。

こんな時刻に、しかもこんな場所で、通りかかる車を呼び止めたりすれば、おいはぎに間違えられるのが関の山かもしれません。それに、呼び止めるもなにも、先ほどフォードを降りてから、ここを通り過ぎた車は一台もありません。いえ、考えてみれば、タビストックを出てからは車を一台も見た覚えがないのです。私は門のところまでもどり、そこから草地をおりていくことにいたしました。道があろうがなかろうが、村のあかり目がけて一直線にくだっていこうと思いました。

やってみると、思ったほどきつい行程ではありませんでした。牧草地がいくつも連なって、村までくだっています。できるだけ牧草地の縁を歩くようにすると、足場もさほど悪くありません。ほんとうに困ったのは一度だけでした。村がもう間近くなってから、一つの牧草地からつぎの牧草地へおりる道が、どうしても見つからなかったのです。私は、行く手をさえぎっている生け垣のあちらこちらをライトで照らし、ようやくのことで小さな隙間を見つけました。そして、そこへ無理に体を押し込んだのはいいのですが、おかげで上着の肩のあたりとズボンの折返しを少しいためてしまいました。さらに、村に近くなるほど牧草地は泥が深くなり、私は、靴やズボンの折返しのひどい状態に衝撃を受けるのが怖くて、わざと足下をライトで照らさずに歩きました。

やがて、村に向かう舗装した道に出ました。この家の親切な主人、ミスター・テイラーに出会ったのは、この道をくだっているときでした。ミスター・テイラーは、どこかの脇道から数ヤード前方にひょっこり現われ、私が近づくまでじっと待っていてくれました。そして、帽子に手をやり、「何かお困りのご様子ですが……」と声をかけてくれました。手短に事情を話し、どこかによい宿があったら、ぜひ教えていただきたいと頼みますと、ミスター・テイラーは首を振り、「村には宿と呼べるようなものはございませんよ、旦那様。いつもなら、ジョン・ハンフリー夫妻が十字鍵亭に旅の方をお泊めするんですが、あいにく、いまは屋根の修理中でしてねえ」と言い、そして私がこの悪い知らせにがっかりするいとまもないうちに、さらにこうつづけました。「むさくるしいのを少し我慢していただければ、うちにお泊まりくださってかまいませんよ、旦那様。特別のことはできませんが、清潔なベッドに心地好く寝ていただくくらいのことは、家内にもできますから」

この申し出に、私はそんな迷惑をおかけするわけにはいかないという意味のことを、なかば儀礼的に言ったと存じます。すると、ミスター・テイラーは、さらにこう言いました。「迷惑だなんて……。わが家の名誉にもなることでございますよ。旦那様のようなご立派な方がこのモスクムをお通りになるのは、めったにあることではございませんからね。それに、正直に申し上げて、この時間ではほかにどうしようもございません。夜も遅くなるのに旦那様を放り出しておいたりしたら、私めも家内になんと言われますことか」

こうして私は一晩、テイラーご夫妻の親切に甘えることにしたのです。しかし、私が先ほど、今夜の数時間が厳しい「試練」だったと申し上げたのは、単にガソリンが切れて、ひどい道を村までくだってこなければならなかったという、肉体的苦痛のことを言ったのではありません。じつは、その後に起こったことが——テイラーご夫妻やそのご近所の方々と夕食の席についたあとの出来事が——私にはひじょうに辛い体験だったのです。ようやくそれが終わり、この屋根裏部屋に引き上げてきたときは、心底ほっといたしました。そして、いま、こうして昔のダーリントン・ホールの思い出に少しの時間を費やすことができるのは、なんと心の休まることでしょうか。

じつを申し上げますと、最近、私はこうした思い出にふけることが多くなっております。そして、数週間前に突然のように、またミス・ケントンに会えるかもしれないと思いはじめてからは、その思い出に、とくに二人の関係を中心としたものが多くなったような気がいたします。二人の関係がなぜあのような変化を遂げたのか……。さよう、一九三五年か六年の頃でした。長い年月を同じお屋敷で働き、仕事上の呼吸が完璧に合うまでに築き上げられてきた二人の関係は、あの頃を境に、たしかに変化したのです。最後には、一日の終わりをココア会議でしめくくるという、長い間の習慣さえ放棄せざるをえなくなりました。が、いったい何があのような変化をもたらしたのか、どういう出来事の連続でああいう事態にまでなってしまったのか、私には、いまだに納得できる答えが見つかっておりません。

ただ、最近では、ミス・ケントンが勝手に私の食器室に入ってきたあの夜のことが、もしかしたら決定的な転機だったのかもしれないと思うことがあります。ミス・ケントンがなぜ食器室に入ってきたのか、たしかなことはもう思い出せません。「部屋をちょっと明るくしに」と、花瓶に花を生けてきたような気もしますが、これは私が何年も前のことと混同しているのかもしれません。お屋敷に来たばかりの頃にも、同じようなことがありましたから。ミス・ケントンは、前後少なくとも三回は食器室に花を持ち込もうとしました。これは間違いありませんが、あの夜がそのうちの一回だったという私の記憶は、もしかしたら誤りかもしれません。

いずれにせよ、私はけじめをしっかり付ける執事だったことを強調しておかねばなりません。私ども二人は、たしかに仕事の上では長年にわたり良好な関係をつづけてきておりましたが、女中頭が一日中食器室に出たり入ったりするような気楽な雰囲気だけは、避けてきたつもりです。執事の食器室は、私に言わせれば、お屋敷の運営の中心となる最も重要な部屋です。戦いにおける司令本部と言っても、さほど的外れなたとえではありますまい。この部屋にあるものは、すべて私が望むとおりに整理され、常にその状態に保たれねばなりません。なかには、質問や不満のある雇人に自由に食器室に出入りさせる執事もあるやに聞いておりますが、私はその種の執事ではありませんでした。お屋敷の円滑な運営のためには、他はともかく執事の食器室だけは、プライバシーと孤独が保証される場所であらねばなりません。私はその方針でやってまいりました。

ミス・ケントンが食器室に入ってきたあの夜、私はたまたま仕事から離れた貴重な自由時間を楽しんでおりました。つまり、とくに行事のない静かな週の一日でございまして、その一日も間もなく終わろうとする夜の一時間程度を、私は読書に費やしていたのです。先ほども申し上げましたように、ミス・ケントンが花を生けた花瓶を抱えていたかどうかは定かではありません。しかし、入るなりこう言ったことは、はっきり覚えております。

「ミスター・スティーブンス。あなたのお部屋は、夜見るといっそう殺風景ですわね。それに、この電球は、あなたが読書なさるには暗すぎますわ」

「ご心配はありがたいが、私にはこれで十分です、ミス・ケントン」

「冗談ではなく、これではまるで独房ではありませんか、ミスター・スティーブンス。あそこの隅にベッドでも置いてごらんなさい。まるで死刑囚が最後の数時間を過ごす部屋のようですわ」

私はこれに何か言ったと思いますが、よく覚えておりません。いずれにせよ、私は視線を本からそらさず、その姿勢のまま、ミス・ケントンが部屋を出ていくのを待っていました。しかし、待っている私の耳に、ミス・ケントンのこんな言葉が聞こえてきました。

「何をお読みになっているのかしら、ミスター・スティーブンス？」

「ただの本です、ミス・ケントン」

「そんなことは見ればわかります、ミスター・スティーブンス。何のご本ですの？　とても興味がありますわ」

目を上げると、ミス・ケントンがこちらに近づいてくるところでした。私は本を閉じ、しっかり胸に抱きかかえて立ち上がりました。

「これはどういうことです、ミス・ケントン。私のプライバシーを尊重していただくよう、お願いせねばなりませんな」

「でも、なぜそんなに隠されますの、ミスター・スティーブンス？　きっと、何か際どいことの書かれたご本ですのね？」

「何を馬鹿なことを。そのような〝際どい〟本が、卿の本棚にあるとお思いか？」

「難しい学問的なご本にも、すごく際どい内容のものがたくさんあると聞いておりますわ。私には、これまでのぞいてみる勇気がありませんでしたけれど……。ねえ、ミスター・スティーブンス、何を読んでおられたのか、私に見せてくださいな」

「ミス・ケントン。すぐにこの部屋から出ていくよう、お願いせねばなりません。私が自分のために費やせるわずかな時間まで、あなたにこんなふうにつきまとわれるとは、じつにけしからぬ話です」

しかし、ミス・ケントンはかまわず近づいてきます。私はどのような行動をとるべきか迷いました。よほど本を机の引出しに押し込み、鍵をかけてしまおうかとも思いましたが、そんな大袈裟なことをするのも馬鹿馬鹿しいかぎりです。私は本を胸に抱いたまま、数歩さがりました。

「お願いですわ。そのご本を見せてくださいな、ミスター・スティーブンス」ミス・ケントンはそう言いながら、ますます近づいてきます。「そうしたら、もうあなたの読書の邪魔はしません。あなたがそんなに隠したがるなんて、何のご本ですかしら？」

「あなたがこの本のタイトルを知ろうと知るまいと、そんなことは私にとってどうでもいいことです、ミス・ケントン。しかし、原理原則の問題として、あなたが私のプライバシーに土足で踏み込んでくるようなことには、強く抗議せねばなりません」

「それはちゃんとしたご本ですかしら、ミスター・スティーブンス。それとも、あなたはそのショッキングな内容から私を守ろうとしておられるのかしら？」

ミス・ケントンが私の前に立ち、その瞬間、まるで二人が別の存在次元に押しやられたかのように、二人を取り巻く空気が微妙に変化しました。うまく説明できず申し訳ありませんが、とにかく、二人の周囲が突然静まり返ったのです。そして、私の印象では、ミス・ケントンの態度にも急な変化が現われました。その表情には奇妙な真剣さが浮かんでいましたが、あれは恐怖に近いものだったように思います。

「ミスター・スティーブンス、私にご本を見せてください」

ミス・ケントンは腕を伸ばし、私の手からそっと本を引きはがしにかかりました。その間、私はそっぽを向いているのが最善であろうと判断いたしましたが、ミス・ケントンの体が私に密着せんばかりのところにあり、私は首を不自然にねじ曲げなければ、そっぽを向くこともできませんでした。ミス・ケントンは、まるで私の指を一本一本開くようにしながら、本を引っ張りつづけます。じつに長い時間かかったように思われましたが、その間、私は不自然な姿勢のまま、そっぽを向きつづけました。そして最後に、ミス・ケントンがこんなふうに叫ぶのが聞こえました。

「まあ、ミスター・スティーブンス。嫌らしいどころか、これは、ただのおセンチな恋愛小説ではありませんか」

もはや我慢すべきではないと思ったのは、このときだと存じます。私が実際に何と言ったのか、正確には思い出せません。しかし、断固たる態度でミス・ケントンにお引取りを願い、それでこの夜の出来事を終わらせたことは覚えております。

このちょっとした事件の原因となった本につきましては、いま少し申し上げておくべきかもしれません。その本は、たしかに「おセンチな恋愛小説」と言われても仕方のない内容のものでございました。ご婦人のお客様のために、読書室やいくつかの客室に用意してあるうちの一冊でした。私がそれを読んでおりましたのには、明快な理由があります。それは、その種の本を読むことが、英語力を維持し、向上させるのに、ひじょうにすぐれた方法であるからにほかなりません。

ご賛成いただけるかどうかわかりませんが、私の意見では、私どもの世代はよい発音や言語能力に大きな職業的価値を認めすぎました。ときには、執事にとって必須の技能を犠牲にしてまで、こうした能力の習得に走る傾向があったように思います。しかし、よい発音やさわやかな弁舌それ自体は、執事にとって魅力的な飾りであることは私も認めるにやぶさかではなく、私自身、そうした能力をできるだけ磨くことを心掛けてまいりました。その具体的な方法として最も手っ取り早いのは、やはり暇を見つけては、巧みに書かれた本を手に取り、そこの何ページかを読むということではありますまいか。少なくとも私自身は、何年もこの方針でやってまいりました。たしかに「おセンチな恋愛小説」を選びがちだったのは事実ですが、それは、その種の本がよい英語で書かれ、利用価値の高いエレガントな会話を多く含んでいたからにほかなりません。学術書のような重厚な著作は、もちろん、人格を磨くには適しておりましょうが、難しい言葉がふんだんにちりばめられております。そうした言葉は、お客様との通常の会話ではあまり使い道がありません。

どの恋愛小説も、最初から最後まで読み通すだけの時間はありませんでしたし、そうしたいと思ったこともありません。が、私が目にしたかぎりでは、こうした小説はただ一つの例外もなく荒唐無稽で、たしかに「おセンチな」ものも多かったように記憶しております。前記のような理由がなければ、おそらく、私が決して読むことはなかったたぐいの本であろうと存じます。とはいえ、いま振り返って正直に申し上げますと、ときにはそれを読んで思いがけない楽しみを味わったことも、ないわけではありませんでした。もちろん、当時の私は、いくら問い詰められても「楽しんだ」などと認めることはなかったでしょうが、いまの私には、「別に恥ずかしいことではなかったのに」という思いがあります。紳士淑女が恋に落ち、相手への気持ちを最高に優雅な言葉で語り合う小説です。それを読んで心にわずかな喜びを感じたとしても、どこに悪いことがありましょう。

こう申し上げますと、私が反省しているような印象をもたれるかもしれません。あの夜、たかが恋愛小説のことであのような態度をとったのは行き過ぎだった、と。そうではありません。あれには、重要な原則的問題がからんでいたことをご理解いただかねばなりません。ミス・ケントンが私の食器室へ勝手に入ってきたとき、私はたまたま「仕事を離れて」おりました。もちろん、自分の職業に誇りをもつ執事なら——いやしくも、かつてヘイズ協会が言った「みずからの地位にふさわしい品格」を目指している執事なら——他人の面前で仕事を離れるようなことは、絶対に避けねばなりません。あの夜、食器室に入り込んだのがミス・ケントンであろうと見知らぬ人間であろうと、それは問題ではないのです。問題は、その入り込んできた人間に対して、私が執事の役割に常住していることを見せねばならなかった、ということなのです。執事であることは、パントマイムの衣裳とは違います。ある瞬間に脱ぎ捨て、またつぎの瞬間に身につける。そんなところを、他人に見られてよいものではありません。執事が、執事としての役割を離れてよい状況はただ一つ、自分が完全に一人だけでいるときしかありえません。

ミス・ケントンが突然部屋に入ってきたとき、私は自分が一人だけでいられるものと思っておりました。また、そう思っても当然の状況だったことは、お認めいただけるでしょう。いわば不意をつかれたわけですが、それでも——いえ、それだからこそ——私が完全に執事でありきることは、原則の問題として、さらには品格にかかわる問題として、決定的に重要であったことをご理解いただけるでしょうか。

昔の小さな出来事を、ここで事細かく分析するつもりはありません。あの件で指摘しておくべき重要な点は、ミス・ケントンと私の関係が、いまや――もちろん、何カ月もかかって徐々に変わってきたことではありましょうが――とうてい適切とは呼べないものになったということ、そして私がそれに気づいたということです。あの夜、ミス・ケントンがああいう行動に出たということ自体が、一つの危険信号だったのでしょう。ミス・ケントンを食器室から追い出し、しばらく冷静に自分の考えをまとめてから、私は二人の職業的関係の修復を決意しました。ただ、その後、二人の関係に生じた大きな変化の中で、どれだけの部分があの夜の一件と私の決意によるものかは、定かではありません。どこかほかのところで、もっと根本的な変化が進行していたのかもしれません。たとえば、ミス・ケントンの休暇の取り方で象徴されるような変化が……。

初めてダーリントン・ホールに来た日から、食器室での一件が起こる一月《ひとつき》ほど前までは、ミス・ケントンの休暇の取り方はだいたい決まっておりました。六週間に二日の休みをとってサウサンプトンに叔母さんを訪ねるか、私の例にならってとくに休暇をとらないまま過ごすか、どちらかでした。もちろん、とりわけ静かな時期であれば、一日、お屋敷の庭を散歩したり、自室で読書したりすることもありました。が、ミス・ケントンの休暇の取り方が、この頃、がらりと変わったのです。なぜか、契約に定める休暇をすべてとるようになり、そして休みの日には、夜何時にもどるかを書き残すだけで、朝早くからどこへともなく姿を消してしまうようになりました。

もちろん、当然の権利以上の休みをとるわけではありませんから、こうした外出について私からとやかく言うのは適当ではありません。とはいえ、あまりにも突然の変わりように、私がいくぶん戸惑ったことも事実です。一度、ジェームズ・チェンバース様の従者兼執事、ミスター・グレアムに相談を持ちかけた覚えがあります。ミスター・グレアムというのは、もうご存じのように私のよき相談相手で、いまは残念ながら消息も知れませんが、昔は頻繁にダーリントン・ホールを訪れ、私と召使部屋の火を囲みながらいろいろなことを話し合った同業者です。

相談を持ちかけたといっても、私はただ、うちの女中頭が「最近、ちょっと気分が不安定になっている」ようだ、と言っただけなのです。ですから、ミスター・グレアムが訳知り顔にうなずき、私のほうに顔を寄せてこう言ったときには、かえってびっくりいたしました。

「やはりね。あとどれくらいかな、とは以前から思っていたんですが……」

それはどういうことか、と私が尋ねますと、ミスター・グレアムはこう説明しました。「お宅のミス・ケントンは、いまいくつですか？　三十三？　三十四？　子供を産むのに最適な年齢はもう過ぎているわけですが、まだ間に合いますからね」

「そんな……。ミス・ケントンは正真正銘、本物の女中頭ですよ。いまさら家族をもちたいなんて、そんなことを考えるわけがありません」

しかし、ミスター・グレアムはにやりと笑って、かぶりを振り、こう言いました。「家族が欲しくない？　そんな女中頭の言うことを真に受けてはいけません。だって、ほら、考えてもごらんなさい。そんなことを言いながら、結局は結婚して、この職業をやめていった女中頭なんて、二人でちょっと数えてみただけでも一ダースは思いつくでしょう？」

私は、あの夜、ミスター・グレアムの言い分を自信をもって否定しました。が、心のどこかには、

「もしかしたら」の思いがひっかかっていたことを認めねばなりません。ミス・ケントンの不可解な外出は、求愛者に会うためかもしれない……。たしかに可能性はあります。私は大きな不安を覚えずにはいられませんでした。ミス・ケントンがお屋敷を去るようなことがあれば、ダーリントン・ホールにとって一大損失であることは明らかです。その損失を埋めるまでには、相当の困難を覚悟せねばなりますまい。

じつは、その気で見てみますと、ミスター・グレアムの推論を裏付けるような小さな事実が、ほかにもいくつか現われはじめておりました。たとえば、手紙です。ある人物からミス・ケントン宛てに、かなり定期的に——週に一度程度は——手紙がくるようになっていたのです。しかも、その手紙の消印は地元のものでした。誤解なきように願いたいのですが、私はとくにあれこれ嗅ぎ回っていたわけではありません。ただ、郵便物の仕分けは執事である私の任務ですし、ミス・ケントンは身寄りも少なく、お屋敷に来てから手紙らしきものはめったに受け取っておりませんでしたから、こうした変化はどうしても目についてしまうのです。

もっととらえどころのない徴候もありました。たとえば、ミス・ケントンの仕事ぶりは相変わらず勤勉そのものでしたが、気分の波がそれまで見たこともないほど大きくなったように思います。これという思い当たる理由もないのに、何日間もひじょうに上機嫌だったかと思うと、突然ふさぎこみ、今度は長い間陰気な表情をつづけることがありました。もちろん、どんなときでも完璧な女中頭でありつづけましたから、そのかぎりでは問題はなかったのですが、お屋敷の運営を長期的観点から考えるのが私の役目です。もし、こうした徴候がミスター・グレアムの説を裏付けるもので、ミス・ケントンがほんとうに結婚のためにお屋敷を去ろうと考えているのなら、事の真相を究明するのは、当然、私の義務と申せましょう。私はある晩のココア会議で、あえてミス・ケントンに尋ねてみました。

「木曜日にはまた出かけられますか、ミス・ケントン？　あなたのお休みの日ですが？」

こんなことを尋ねたら怒り出すのではないか。私はなかばそう予期していましたが、実際はまったく逆でした。ミス・ケントンは、まるで私がその話題を持ち出すのを待ちかねていたかのように、いくぶんほっとした表情でこんなふうに言いました。

「あの、ミスター・スティーブンス、昔グランチェスター・ロッジで知っていたというだけの人なんですの。と言いますか、当時、そこの執事をしていた人でしてね、いまはもう執事稼業をやめて、近くの会社に勤めていますけれど、なぜか私がここで働いているのを知って、手紙をくれるようになりました。旧交を温めようということで……。それだけのことですわ、ミスター・スティーブンス」

「さようですか、ミス・ケントン。ときにはお屋敷の外の空気を吸ってみるのも、気分が変わっていいかもしれませんね」

「ええ、ほんとうですわ、ミスター・スティーブンス」

しばらく沈黙がありました。その間に、ミス・ケントンは何事か決心した様子で、こう話をつづけました。

「この私の知合いですけれど、グランチェスター・ロッジで執事をしていたときは、大きな望みをいっぱいもっていましたわ。おそらく、いずれはこういう大きなお屋敷の執事になろうというのが夢だったと思いますけれど、でもねえ、あの人のやり方をいま思い出してみますと、とてもとても……。あなたがああいうやり方をご覧になったら、どんな顔をなさるかしら、ミスター・スティーブンス。たいそうな野心でしたけれど、結局実現しないままに終わったのも、当然と言うしかありませんわ」

私はちょっと笑いました。「私もたくさんの人を見てきました、ミス・ケントン。その気になれば自分だって、という人は多いのですが、こういうレベルのお屋敷で働くということがどれほど厳しい仕事か、少しもわかっていない場合がほとんどです。誰にでも向くという仕事ではありません」

「ほんとうですわね、ミスター・スティーブンス。あの人の仕事ぶりをご覧になったら、あなただったら何と言われたかしら……」

「このへんのレベルになりますと、誰にでも執事が務まるというものではありません。高い望みをもつことは結構ですが、ある特別な条件を持ち合わせた執事でないと、一定レベルより上には行けないものです」

ミス・ケントンはしばらく私の言ったことを考えているふうでしたが、やがてこんなことを言いました。

「いま、ふと思ったのですけれど、あなたはご自分に満足しきっておられるのでしょうね、ミスター・スティーブンス。だって、執事の頂点を極めておられるし、ご自分の領域に属する事柄にはすべて目を届かせておられるし……。あと、この世で何をお望みかしら。私には想像ができませんわ」

私はこれにどう答えてよいのか、すぐには思いつきませんでした。やや気詰まりな沈黙がつづき、ミス・ケントンはココア・カップの底を――そこに何か面白いものでも見つけたかのように――じっと見つめていました。しばらく考えたのち、私はこう言いました。

「私の仕事というのはダーリントン卿しだいなのですよ、ミス・ケントン。卿がご自分の目標とされていることをすべて成し遂げられるまでは――それを見とどけるまでは――私の仕事も終わりません。卿の仕事が完成した日、卿がなすべきことをすべて成し遂げたと誰もが認める日、そして卿が栄冠を戴いてゆっくり休息される日――その日こそ、私も自分を満足しきった人間と認めることができるでしょう」

ミス・ケントンは、私の言葉に少し混乱したのかもしれません。あるいは、私の言葉のどこかが気に入らなかったのかもしれません。いずれにせよ、ミス・ケントンの気分がこのとき変わったようです。そして、ようやく弾むかに見えた二人の会話からは、その弾みがたちまち失われていきました。

ココア会議が打ち切られることになったのは、それからさほど後のことではありませんでした。最後の夜の様子は、いまでもはっきり思い出すことができます。私はある行事のことを――スコットランドからお客様をお招きする週末パーティのことを――ミス・ケントンと相談しようとしておりました。パーティ自体はたしかにまだ一月《ひとつき》も先のことでしたが、そういう催しが予定されているときは、早い段階から話し合っておくのが私どもの習慣だったのです。この夜、私はパーティのことをあれこれと話しながら、ミス・ケントンから積極的な発言がないことに気づきました。しばらく気をつけておりますと、ミス・ケントンの気持ちがここになく、どこか遠くをさまよっていることは明らかでした。込み入った話をするとき、私は何度か「聞いてくれていますね、ミス・ケントン？」と念を押しましたし、そのときはミス・ケントンもはっと気を取り直すのですが、何秒とたたないうちに、また注意が散漫になります。私がいくらしゃべっても、ミス・ケントンからは「もちろんですわ、ミスター・スティーブンス」とか「そうですわね、ミスター・スティーブンス」といった、気のない相槌しか返ってこなかったとき、私はついにこう言いました。

「もうよろしい、ミス・ケントン。こんな話合いはつづけても意味がありません。この話合いの重要性を、あなたは少しもわかっておられないようだ」

「申し訳ありません、ミスター・スティーブンス」と、ミス・ケントンははっと姿勢を正しながら言いました。「今晩は、なんだか疲れてしまって……」

「最近は、しだいにお疲れの度合いがひどくなられたようだ、ミス・ケントン。以前は、そんな言い訳に頼るようなことはなさらなかった」

驚いたことに、私のこの言葉にミス・ケントンは急に感情をほとばしらせました。

「ミスター・スティーブンス、今週はたいへんな一週間でしたわ。私はとても疲れています。ほんとうのことを申し上げますと、もう三、四時間も前から、休みたくて仕方がございませんでした。とても、とても疲れているのですわ。それがおわかりいただけませんの、ミスター・スティーブンス？」

私はとくに謝罪を期待していたわけではなかったと存じますが、ミス・ケントンのあまりに激しい反発に、ややあっけにとられました。私は決心しました。ミス・ケントンと見苦しい口論になるのは避けねばなりません。暫時、沈黙にものを言わせたのち、私は計算しつくした静かな口調でこう言いました。

「さようですか、ミス・ケントン。そのようにお考えなら、こうした夜間の打合せをつづける必要はまったくありません。長い間、あなたに不自由をおかけしていたのに、そのことに少しも気づかなかったのは、私がうかつでした。まことに申し訳ありません」

「違います、ミスター・スティーブンス。私はただ今晩のことを言っていただけですわ」

「いえいえ、ミス・ケントン。たしかに無理もないことです。あなたは一日中忙しく働いておられる。こんな打合せは、あなたの重荷を不必要に増すばかりです。こんなふうに会わなくても、仕事の上で必要な意思の疎通はいくらでもはかれましょう」

「ミスター・スティーブンス、何もそこまでなさらなくても……。私はただ……」

「私は本気です、ミス・ケントン。お互い、すでに忙しすぎるほど忙しい一日なのに、それをさらに延長するような夜間の打合せは、もうやめるべきではありますまいか。それは、ここしばらく私が考えていたことでもあります。何年もこうしてあなたのお部屋で打合せをつづけてきたわけですが、もっと便利な方法があるものなら、当然それを捜すべきでしょう」

「お願いですわ、ミスター・スティーブンス。この打合せ会はとても有益だと思います」

「でも、あなたにはご不便なのでしょう、ミス・ケントン？　あなたを疲労困憊させてしまいます。これからは、お互い、重要な事柄は日中に伝え合うようとくに心掛けねばなりません。そして、相手が容易に見つからなかったときは、伝言をメモに書いて、相手の部屋のドアの下にでも押し込んでおくようにしましょう。それがいちばんよい解決法のように思われます。では、ミス・ケントン、夜遅くまでお邪魔して申し訳ありませんでした。ココアをどうもありがとう」

もちろん——別に隠すこともありますまい——夜の打合せ会について私があれほどかたくなでなかったら、二人の関係は長い間にどう変わっていただろうとは、私が何かにつけて考えてきたことです。ミス・ケントンは、あれから数週間のうちに何度も、打合せ会の再開をそれとなくほのめかしてきました。あのとき私が折れていたら、二人の関係はどうなっていたでしょうか。こんなことをいまさらのように臆測しておりますのも、ココア会議の廃止を決意したとき、私にはそのことの意味がよくわかっていなかったのではないかと疑われるからです。あれ以後の一連の出来事を考えてみるにつけ、その思いがつのります。私が下したあの小さな決定こそが、決定的な転機だったのではありますまいか。あの決定のゆえに物事が不可避の道を進みはじめ、あとは坂道を転がるようなものだったのではありますまいか。

しかし、こんなことは、所詮、後知恵というものかもしれません。自分の過去にそのような「転機」を捜しはじめたら、そんなものはいたるところに見えてくるでしょう。ココア会議の廃止だけではありません。食器室での例の一件にしても、そう見ようと思えば「転機」と言えなくはありますまい。あの夜、ミス・ケントンが花瓶を抱えて入ってきたとき、私が少しでも違う対応をしていたら、あのあとどうなっていたか……。臆測はいくらでもできます。それに、ああした事件とほぼ同じ頃に起こったもう一つのことも、何らかの意味で「転機」だったには違いありますまい。ミス・ケントンが叔母さんの死を知った日の午後のことでした。私は食堂でミス・ケントンに出会いました。

死亡通知が届いたのはその何時間か前、まだ朝のうちのことでした。私自身がその手紙をミス・ケントンの部屋に届けたのです。ドアをノックし、手紙を渡してから、しばらく中に入って仕事の話をしたと存じます。私とテーブルをはさんで向かい合い、何かのおしゃべりをしながら、ミス・ケントンは手紙の封を切りました。その体が不意に硬直したようでした。さすがに少しも取り乱したところは見せませんでしたが、手紙を少なくとも二回は読んでいたと思います。そして、それを注意深く封筒にもどし、テーブル越しに私を見つめました。

「叔母のお友達のミセス・ジョンソンからですわ。一昨日、叔母が亡くなったと言ってきました」ミス・ケントンはここでいったん言葉を切り、そしてこうつづけました。「明日がお葬式です。お休みをいただいてさしつかえございませんでしょうか？」

「もちろんです、ミス・ケントン。なんとかやりくりできるでしょう」

「ありがとうございます、ミス・ケントン。まことに申し訳ありませんが、少し一人だけにしていただけますか？」

「わかりました、ミス・ケントン」

私は部屋から出ましたが、そのとき、まだお悔みも言っていなかったことに気づきました。ミス・ケントンにとって、叔母さんは母親も同然の人でしたから、死亡通知がどれほどの打撃だったかは容易に想像できます。私は廊下に出たものの、すぐに引き返して、お悔みを言うべきではなかろうかと迷いました。が、いまノックしたら、ミス・ケントンが悲嘆にくれている場に踏み込むことになるのではありますまいか。この瞬間、私からほんの数フィートのところで、ミス・ケントンは泣いているかもしれないのです。そう考えたとき、心に不思議な感情が湧き上がり、私はしばらくの間、迷いながら廊下に立ちつづけました。しかし、やはりお悔みには別の機会を待つべきだと考えて、私はようやくその場を立ち去りました。

ふたたびミス・ケントンを見かけたのは、ようやく午後になってからのことでした。先ほども申し上げましたが、食堂で出会ったのです。このときまでの数時間、私はミス・ケントンの悲しみについて考えつづけました。その悲しみを少しでも軽くしてやるには、何を言い、何をしてやればよいだろうと考えていました。そして、食堂に入っていくミス・ケントンの足音が聞こえたとき、私は仕事の――ちょうど廊下で何かをやっていたと存じます――手を止め、一分ほど時間をおいてから、あとにつづきました。ミス・ケントンは瀬戸物をサイドボードにもどしていました。

「ああ、ミス・ケントン」と私は呼びかけました。「ご気分はいかがですかな？」

「おかげさまで、ありがとうございます、ミスター・スティーブンス」

「万事順調ですか？」

「はい、何も変わったことはありません」

「前からお尋ねしようと思っていたのですが、新しい女中たちについて何か困難を感じていることはありませんか」私はそう言って、少し笑いました。「一度に大勢の新人が入ってくると、小さな問題がいろいろと起こるものですからね。そういうときは、誰にとっても、同僚と話し合うことが思わぬ助けになるものです」

「どうもご親切に、ミスター・スティーブンス。でも、新しい娘たちは、みな、大変よくやってくれていますわ」

「では、新人が加入しても、現在の職務計画にとくに変更を要するところはないとお考えですかな?」

「そうですわね、とくに変更は必要ないと思います、ミスター・スティーブンス。でも、考えが変わりましたら、すぐにお知らせいたしますわ」

ミス・ケントンはまたサイドボードに向き直って、仕事をつづけました。私もそのまま食堂を出ていくつもりでした。実際、戸口に向かって何歩か踏み出していたと存じます。しかし、つぎの瞬間、私は振り返り、こう言っていました。

「では、新しい女中たちは、きちんと仕事をしているのですね、ミス・ケントン」

「はい、二人とも大変よくやってくれていますわ、ミスター・スティーブンス」

「そうですか、それはよかった」私はもう一度短く笑いました。「少し懸念していたのですよ。あなたもご存じのように、どちらの娘もこの規模のお屋敷では働いたことがないという話でしたのでね」

「そうでしたわね、ミスター・スティーブンス」

私は、ミス・ケントンがサイドボードに瀬戸物を入れていく様子を見ながら、さらに何かを言ってくれるかと待ちつづけました。が、ミス・ケントンは何も言いません。そこで、私のほうからこう言いました。「じつは、これを申し上げておかねばなりません、ミス・ケントン。つい最近気づいたことですが、一、二のことの水準が落ちてきています。新しい女中たちについては、楽観論を少し改めていただかねばなりません」

「どういうことですかしら、ミスター・スティーブンス？」

「私について申し上げますと、新しい召使がやってきたときは、すべてがうまくいっているかどうか二重に確認するようにしています。その仕事ぶりをあらゆる観点から監視することはもちろんですが、同時に、ほかの召使とうまくやっているかどうかも推し量ろうとします。技術的にも、お屋敷全体の士気に与える影響という観点からも、その召使をよく知っておくことが必要ですからね。こんなことを申し上げねばならないのはまことに遺憾ですが、ミス・ケントン、あなたはこの点で少し手抜かりがあったと思います」

しばらくの間、ミス・ケントンには何のことか不可解だったようです。そして、私のほうに振り向いたとき、その表情にはある緊張が見えました。

「どういうことですかしら、ミスター・スティーブンス？」

「たとえば、瀬戸物について言えば、洗いはこれまでどおり、見事な水準を保っています、ミス・ケントン。しかし、洗いおわった瀬戸物が台所の棚にのせてある様子を見ますと、見た目に危険というほどではありませんが、あれでは、長期的には必要以上の破損が出ることは間違いありません」

「そうですか。わかりました、ミスター・スティーブンス」

「さらに、朝食室の外のアルコーブには、ここしばらくはたきがかかっていません。気にさわったらお許し願いたいが、ほかにも一、二、気づいたことがあります」

「もう十分ですわ、ミスター・スティーブンス。おっしゃるとおり、新しい女中たちの仕事ぶりには、もう少し目を光らせるようにいたしましょう」

「このように明らかなことを見過ごされるのは、あなたらしくありませんね、ミス・ケントン」

ミス・ケントンはそっぽを向きました。そしてその顔には、ふたたび、不可解な何事かを解こうと努力している表情がよぎりました。感情が激するより先に、気が滅入ってしまった感じでした。そして、サイドボードを閉じると、「失礼します、ミスター・スティーブンス」と言って、食堂から出ていきました。

しかし、いつまでもこんな臆測をつづけていて何になるのでしょう。あのとき、もしああでなかったら、結果はどうなっていただろう……。そんなことはいくら考えても切りがありますまい。しまいには気がおかしくなってしまうのが関の山です。「転機」とは、たしかにあるものかもしれません。しかし、振り返ってみて初めて、それとわかるもののようでもあります。いま思い返してみれば、あの瞬間もこの瞬間も、たしかに人生を決定づける重大な一瞬だったように見えます。しかし、当時はそんなこととはつゆ思わなかったのです。ミス・ケントンとの関係に多少の混乱が生じても、私にはその混乱を整理していける無限の時間があるような気がしておりました。何日でも、何カ月でも、何年でも……。あの誤解もこの誤解もありました。しかし、私にはそれを訂正していける無限の機会があるような気がしておりました。一見つまらないあれこれの出来事のために、夢全体が永遠に取返しのつかないものになってしまうなどと、当時、私は何によって知ることができたでしょうか。

どうやら、思い出にわれを忘れ、つまらない愚痴をこぼしてしまいました。こんな気分になりましたのには、すでに時間が遅いことや、今晩私が堪え忍ばねばならなかった辛い体験が関係しているのでしょう。さらには、明日、どこかでガソリンを手に入れられれば——テイラーご夫妻は大丈夫だと言っておられます——昼頃までにリトル・コンプトンに到着し、二十年ぶりにミス・ケントンと再会できることとも、無関係ではありますまい。その再会はどちらにとっても心温まるものになるでしょう。そうならない理由は何もありません。そして、こうした場合にふさわしいくだけた挨拶があったのち、二人はしだいに仕事について話し合うことになるでしょう。私はミス・ケントンに質《ただ》さねばなりません。結婚生活が破綻したと思われ、そうだとすれば住む家のないミス・ケントンです。ダーリントン・ホールでの昔の地位にもどるつもりがあるかどうか、確認せねばなりません。

じつは、今晩もまた、あの手紙を読み返しておりました。どうやら、私はところどころで、実際に書いてある以上の意味をそこに読み込んでいたようです。だんだん、そんな気がしてまいりました。しかし、ミス・ケントンの強い郷愁が表に現われている部分も、たしかにいくつかあるのです。

その考えは変わっておりません。たとえば、「三階の客室から見える景色が私のお気に入りでした。真下には芝生、遠くにはダウンズが見えて……」などと書いている部分では、とくにそれが感じられます。

しかし、これもまた臆測、臆測、臆測にすぎません。明日になれば本人に確かめられることです。ミス・ケントンがいま何を望んでいるかなど、勝手にあれこれ忖度《そんたく》していても始まりますまい。もともと、私は今晩の出来事をお話しするつもりだったのに、ずいぶん回り道をしてしまいました。何度も繰り返すようですが、今晩の数時間は、私の神経をひじょうに疲れさせる数時間でした。寂しい丘の上にフォードを置き去りにし、ほぼ完全な暗闇のなかを、道なき道を捜しながら村までたどり着く……。一晩で味わう不便としては、これだけでも十分すぎると申せましょう。親切なテイラーご夫妻が、意図的に私をそんな目に遭わせようとしたのでないことはわかっております。しかし、お二人とともに夕食の席につき、そこへ数人の村人が訪ねてきたとき、私にとりましては居心地の悪いことこの上ない状況が出現したのです。

一階の、玄関を入ってすぐの部屋は、テイラーご夫妻の食堂であると同時に、居間としても使われているようです。なかなか落ち着ける部屋ですが、中央に粗削りの大きなテーブルが置かれているのが目につきます。いかにも農家の台所を思わせるテーブルで、ワニスも塗ってないその表面には、肉切り包丁やパン切りナイフの傷跡が無数にありました。部屋の片隅の低い棚に石油ランプが置かれ、それが放つ黄色い光のなかに、その小さな傷がはっきり浮き出ていました。

「ここには電気もないと思われるかもしれませんが、そうではないんです」と、食事中、ミスター・テイラーはそのランプのほうを顎で指しながら言いました。「でも、回線のどこかが悪くなったとかで、もう二カ月近くも電気なしなんですよ、旦那様。まあ、ほんとうのことを申し上げれば、電気がなくてもどうと言うことはありません。村には、最初から電気を入れてない家もいくつかありましてね。石油ランプのほうが光は温かいですし」

ミセス・テイラーは美味しいスープを出してくれました。それを堅パンといっしょにいただいている間、私はこれからどのようなことが起ころうとしているのか、つゆ知りませんでした。ただ、一時間ほどご夫妻と楽しくおしゃべりをし、あとは屋根裏に引き上げるだけのことだと思っておりました。しかし夕食が終わり、ご近所がつくったものだというビールをミスター・テイラーに注いでもらっているとき、砂利を踏んで近づいてくる足音が聞こえてきました。ここは孤立した一軒家です。暗闇の中をしだいしだいに近づいてくる足音に、私は何か不気味なものを感じましたが、テイラーご夫妻にはまったくそんな心配はなかったようです。「はて、誰が来たのかな?」と言うミスター・テイラーの声には、不安らしきものは感じられませんでしたから。

それは外に向けて言われた言葉ではありませんでしたが、まるで返事でもするようなタイミングで、外からは「ジョージ・アンドリューズです。ちょっと通りかかったものだから」という声が返ってきました。

ミセス・テイラーが、体格のいい五十がらみの男を案内してきました。着ているものから判断すると、今日一日を畑で過ごしてきたに違いありますまい。この家をよく訪れているらしく、男は慣れた動作で入口脇の小さな腰掛けにすわると、ミセス・ティラーと挨拶を交わしながら、はいていたウェリントン・ブーツを脱ぎはじめました。苦労して脱ぎおわると、テーブルまで歩いてきて、まるで兵隊が上官に向かってするように、私の前で気をつけの姿勢をとりました。

「アンドリューズといいます、旦那。どうぞお見知りおきください」男はそう自己紹介して、さらにこう言いました。「とんだことでしたが、どうぞあんまりがっかりなさらんように。モスクムで過ごす一夜も悪いもんじゃありません」

私の「とんだことと」をミスター・アンドリューズがどうして知ったものか、少し不思議に思いましたが、私はにっこり笑って、がっかりするどころか、このような歓待を受けて感激の極みであると答えました。もちろん、私はテイラーご夫妻の親切のことを言ったつもりだったのですが、ミスター・アンドリューズは、自分も感謝の対象に含まれていると思い込んだようです。すぐに大きな両手を前に突き出し、私の言葉を打ち消すかのようにそれを振りながら、こう言いました。

「そんな……いつでも大歓迎ですよ、旦那。ようこそいらっしゃいました。旦那のようなご立派な方がこの辺を通るのは、めったにないことですから。立ち寄ってもらって、みんな喜んでますよ」

その言い方では、私の「とんだことと」も、私がこの家に厄介になっていることも、どうやら村中に知れ渡っているような感じでした。しばらくしてわかったことですが、事実、そのとおりだったのです。考えられることとしては、この家に来てすぐにこの屋根裏に案内されましたから、私がそこで手を洗ったり、上着やズボンのいたんだ箇所を手当てしたりしている間に――ほんの数分間だったと思いますが――テイラーご夫妻が、私のことを通りかかった誰かに伝えたものに違いありますまい。数分後にまた一人、客がありました。ミスター・アンドリューズにひじょうによく似た男で、肩幅の広い、いかにも農夫らしい体つきも同じなら、泥だらけのウェリントン・ブーツをはいているのも同じ、さらには入口脇の腰掛けにすわって、それを脱ぐしぐさまでそっくりでした。あまりによく似ているので、私は二人はきっと兄弟に違いないと思ったほどです。しかし、新来のその客は私に向かい、「モーガンと言います、旦那。トレバー・モーガンです」と自己紹介しました。ミスター・モーガンは私の「不幸」に同情し、朝になれば問題はすべて解決するだろうと慰め、私が来てくれて村は大感激だと歓迎の意を表わしました。もちろん、同じような挨拶は、しばらく前にも受けたばかりですが、ミスター・モーガンは最後にこんなことまで付け足しました。「このモスクムに旦那のような紳士が来てくださったのは、村の誇りですよ」

このような挨拶にどう答えたものか考えているうちに、外の砂利道にまた足音が聞こえ、やがて中年の男女が入ってきて、ハリー・スミス夫妻と名乗りました。この二人は農業に従事しているようには見えませんでした。女のほうは大柄で福々しく、どことなく、二〇年代から三〇年代にかけてダーリントン・ホールのコックだった、ミセス・モーティマーを彷彿《ほうふつ》させるところがありました。対照的に男のほうは小柄で、いつも眉根にしわを寄せているような、気難しげな表情を浮かべていました。テーブルの周りのあいている席についたのち、男は私にこう言いました。「あのクラシックカーみたいなフォードが旦那の車ですか？　ソーンリーブッシュ丘の途中に止めてあるあれが？」

「さて、その丘ですかどうですか。この村を見おろせる辺りに止めてある車ならそうですが、あなたがご覧になったとは驚きました」

「いや、私が自分で見たんじゃないんですよ、旦那。少し前にね、トラクターで家に帰る途中だったディブ・ソーントンがすれちがったそうで。あんなものがあんなところに鎮座ましましてるんで、びっくりしたそうですよ。トラクターを止めて降りてみたって言ってました」そして、今度はテーブルの周囲をぐるりと見回し、こうつづけました。「すごい逸品だそうだよ。あんな見事な車は見たことがないって言ってた。ミスター・リンゼイが乗ってたぽんこつなんぞ、目じゃないそうだ」

この言葉にどっと笑い声が起こりました。私の隣にすわっていたミスター・ティラーがこう説明してくれました。「この近くのお屋敷にしばらく住んでいた紳士のことでございましてね、旦那様、することが少し変わっておりましたもので、この辺りではあまりありがたがられない人でした」

同意のつぶやきが、あちこちから聞こえてきました。そのとき、ミセス・ティラーが全員にビールを配りおわり、誰かが前に置かれたジョッキを取り上げて、「じゃ、旦那の健康に乾杯！」と呼びかけました。つぎの瞬間、私はその場の人々全員の乾杯を受けておりました。

私はにっこり笑い、「これはどうも、光栄の至りです。ありがとう」とお礼を言いました。

「旦那様はとても礼儀正しいお方ですわ」とミセス・スミスが言いました。「ほんとうの紳士は、やはりそうあるべきですわね。あのミスター・リンゼイは、とても紳士とは言えませんでしたよ。お金はたくさんもっていたかもしれませんけど、あれでは紳士とは言えませんわねえ」

ふたたび同意のつぶやきが起こりました。このとき、ミセス・ティラーが何事かをミセス・スミスの耳元でささやき、ミセス・スミスが「できるだけ早く来るとは言ってましたけど……」と答えていました。二人は照れたように私のほうを向き、ミセス・スミスが代表して「旦那様がここにいることを、カーライル先生にも教えておいたんです。先生も是非お目にかかりたいとのことでした」と言いました。

「きっと、患者さんがまだいるんですよ」ミセス・テイラーの口調は、いかにも申し訳なさそうでした。「旦那様がお休みになる時間までに、先生が来てくれるといいですけど、どうなりますかねえ」

このとき、眉根にしわを寄せたミスター・スミスが、その小柄な体をテーブルの上に乗り出し、こんなことを言いました。「あのミスター・リンゼイですけどね、あの人はまるっきりわかっちゃいなかったんですよ、あんなふうに振舞うのはね。自分だけお高く止まって、私たちをまるで馬鹿者ぞろいみたいに見くだしてたんですから。まあ、そうじゃないってことは、すぐに思い知らされたわけですが……。この村ではね、旦那、みんな一生懸命考えて、一生懸命しゃべるんですよ。みんな自分の強い意見をもってましてね、それを人前でしゃべるのを恥ずかしがったりしません。ミスター・リンゼイは、たちまちにしてそれを悟らされたわけですよ」

「あの人は紳士じゃなかったな」とミスター・テイラーが静かな声で言いました。「うん、紳士じゃなかった、あのミスター・リンゼイは」

「そのとおりですよ、旦那」と、ミスター・スミスがそれを引き取ってつづけました。「紳士でないのは、一目でわかりました。そりゃ、たしかに、お屋敷は立派だったし、着ているものもすごかった。だけど、見てればなんとなくわかるんだな。そして、いずれはぼろが出る」

同意のつぶやきが起こり、しばらくの間、テーブルの全員が同じことを考えているようでした。このリンゼイなる人物のことを、もっと私に話したものだろうか、どうだろうか……と。沈黙を破ったのはミスター・テイラーでした。

「ハリーの言ってることはほんとうですよ、旦那様。本物の紳士か、それとも着飾っただけの偽物かは、見ればわかります。たとえば、旦那様ご自身ですが、それはお洋服のカットもすばらしいし、口のきき方もなんともいえず上品ですが、なんかほかにありますよ。旦那様を紳士だって告げる何かが……。これだって指し示すのはなかなか難しいですが、目のある人なら誰にでもわかる何かがありますね」

これに対して、また同意のざわめきがテーブル中から聞こえてきました。

「カーライル先生ももう見えますよ、旦那様」とミセス・テイラーが口をはさみました。「先生とはきっと意見が合いますよ」

「カーライル先生にもあるな」とミスター・テイラーが言いました。「先生ももってる。あの人も本物の紳士だ」

これまでほとんど口を開かなかったミスター・モーガンが、このとき身を乗り出し、私に向かってこう言いました。「それは何だと思いますね、旦那は？　実際にそれをもってる人のほうが、よくわかるんじゃないかねえ？　私どもだけじゃ、いつもこうして、あの人はもってるとか、あの人はもってないとか、そんなことを言い合ってるだけでね、そこからちっとも利口にならない。旦那に教えてもらえたらいいね」

テーブル全体が静かになり、全員の顔が私のほうを向いたようでした。私はちょっと咳払いをしてから、こう言いました。

「私自身、そのような特質をもっているのかいないのか定かではありませんので、なかなか明言するのは難しいのですが、しかし、いまのご質問に関して言えば、おそらくお尋ねの特質は〝品格〟とでも呼ぶのが、いちばんわかりやすいのではないかと存じます」

私には、この発言をさらに敷衍《ふえん》するつもりはありませんでした。私はただ、周りの人々が交わしている会話を聞きながら心に浮かんだ考えを、ふと声にしてみただけのことで、ミスター・モーガンが急にあんな質問をしてこなければ、そのようなことを言ったとも思えません。しかし、私の答えは周りの人々に大きな満足をもたらしたようです。

「なるほどねえ、そのとおりですよ、旦那」と、ミスター・アンドリューズがうなずきながら言い、いくつかの声が賛成の意を表わしました。

「そうですよ。あのミスター・リンゼイにも、もう少し品格があるとよかったのにねえ」とミセス・テイラーが言いました。「ああいう人は、偉そうに振舞うことを品格と勘違いしてるから困るわねえ」

「旦那」と、ミスター・スミスが口を開きました。「おっしゃることはもっともだと思いますが、品格ってのは、紳士だけのもんじゃないと思いますよ。この国の男も女も、誰もが努力して、身につけられるもんだと思うんです。お言葉を返すようで申し訳ないんですが、さっきも言いましたように、ここでは意見を言うのに遠慮はしないんです。そして、品格は紳士の専売特許じゃないってのが私の意見です」

もちろん、ミスター・スミスと私では、言っていることが必ずしも嚙み合っていないのはわかっていました。しかし、私の言いたいことは複雑すぎて、いくら説明してもここの人々にすぐ理解してもらえるとは思えません。私はあえて逆らわないのが最善であろうと判断いたしました。にっこり笑い、「もちろん、あなたのおっしゃるとおりです」と言いました。

私のこの一言で、ミスター・スミスの発言中に部屋に高まりはじめていた緊張が、たちまちほぐれていくのがわかりました。そして、ミスター・スミスからはすべての抑制が取り払われたようです。身を乗り出し、こうつづけました。

「だいたい、ヒットラーと戦ったのだって、そのためだったんでしょう？　ヒットラーの言うなりになってたら、今頃、みんな奴隷ですよ。世界全体が、一握りの主人と何百万何千万の奴隷に分かれちまう。いまさら言うまでもありませんが、奴隷には品格も尊厳もあったもんじゃないですからねえ。だからヒットラーと戦って、やっと守ったんだ。自由な市民でいる権利をね。それがイギリス人に生まれた特権ってもんですよ。どこの誰に生まれついたって、金持ちだって貧乏人だって、みんな自由をもってる。自由に生まれついたから、意見も自由に言えるし、投票で議員を選んだり、辞めさせたりもできる。それが人間の尊厳であり品格ってもんですよ。旦那の前で偉そうなこと言って申し訳ありませんがね」

「おいおい、ハリー」とミスター・テイラーが言いました。「なんだかエンジンがかかってきたようじゃないか。また、お得意の政見演説かい？」

一同がどっと笑いました。ミスター・スミスもちょっとはにかんだような笑いを浮かべましたが、かまわず話しつづけました。

「政治の話っていうか、ちょっと、私の考えを披露してるだけさ。奴隷に尊厳はない。だが、イギリス国民は、その気になりさえすれば品格も尊厳ももちうる。そうでしょう？　なんたって、その権利のためにヒットラーと戦ったんだから」

「ここは辺鄙《へんぴ》な田舎ですけどね、旦那様」と、今度はミセス・スミスが代わって口を開きました。

「でも、先の戦争では、この村から大きな犠牲を出したんでございますよ。当然の負担以上の犠牲を……」

ミセス・スミスのこの言葉に、部屋には厳粛な空気が漂いました。が、やがてミスター・テイラーが私にこう言いました。「このハリーは、地元選出議員のオルガナイザーみたいなことをやっておりましてね、ちょっとでも隙を見せると、すぐに政治談義を始めるんでございますよ。この国の政治はみんな間違ってる、って」

「だけど、今日は違うだろう？　今日は、この国の何が正しいかって話だったんだから」

「旦那は、政治はなさらないんですかい？」と、ミスター・アンドリューズが尋ねました。

「政治に直接携わるということはしません」と私は答えました。「とくに、最近は引退同然です。戦前は多少そのようなこともありましたが……」

「今、ちょっと思い出してね。一、二年前に、たしかミスター・スティーブンスって名前の議員がいたんだよ。ラジオで何回か聞いたっけ。住宅問題でけっこうまともなことをしゃべってたが、あれは旦那じゃないんですかい?」

「違うようですな」と、私は笑いながら答えました。そして――なぜあんなことを言ってしまったのか、いまもってわかりません。ただ、あの状況の中では、そのように発言することが私に求められているように感じたのです――こう言いました。「私自身は、国内問題より国際問題に重きを置いておりました。いわゆる、外交政策ですな」

「外交政策」という一言の衝撃的な効果は、私が驚くほどのものでした。一瞬にして、全員に畏怖の表情が浮かびました。私は急いで付け加えました。「いや、別に高いポストについていたというわけではありません。私はいつも非公式の立場から行動しておりまして、私に多少の影響力があったとしても、やはり非公式の場面に限定されておりましたから」しかし、驚きに満ちた沈黙はそれから何秒間もつづきました。

「あの、旦那様」と、ようやくミセス・テイラーが口を開きました。「旦那様は、ミスター・チャーチルにお会いになったことがございますか?」

「ミスター・チャーチルですか? さよう、あの方は何度か屋敷に来られました。しかし、率直に申し上げますとな、ミセス・テイラー、私が大きな問題に取り組んでおりました頃には、ミスター・チャーチルはまださほど重要な人物ではありませんでしたし、将来を嘱望されているというほどでもありませんでした。当時は、ミスター・イーデンやハリファックス卿のほうが、屋敷に頻繁に来られましたな」

「でも、ミスター・チャーチルに実際にお会いになったことがあるんでございますね? それは名誉なことですわ」

「たしかに」とミスター・スミスが口をはさみました。「ミスター・チャーチルの言っていることには、賛成できないことも多いが、偉大な人物であることはたしかだな。ああいう人といろいろな問題を話し合うってのは、面白いもんでしょうね、旦那?」

「先ほども申し上げましたように、ミスター・チャーチルご本人とは深い付合いはありません。しかし、あなたが指摘されたとおり、あの方と少しでも接することができたのは、いま私の大きな喜びとなっております。いろいろなことがありましたが、結局、私はひじょうに幸運だったのですな。ミスター・チャーチルだけでなく、イギリス、アメリカ、ヨーロッパの多くの偉大な指導者や有力者と親しく言葉を交わし、当時の大問題について多少なりとも私の言い分に耳を傾けていただけたのは、これは幸運と言うしかありますまい。あの当時を振り返るたびに、私は大きな感謝を覚えます。たとえ端役であっても、とにかく世界という大舞台で演ずべき役割を与えられたということは、これは大いなる特権であったと申し上げてよかろうと存じます」

「ちょっとすみません、旦那」とミスター・アンドリューズが言いました。「ミスター・イーデンてのはどんな人ですね? 個人的には、ってことですが。あれは、なかなかまともな人じゃなかろうかって印象をもってるんですがね。身分の高い人にも低い人にも、金持ちにも貧乏人にも、分け隔てなく話しかける人だろう、って。違いますか?」

「さよう、だいたいにおいて正しい見方でしょうな。しかし、もちろん、ここ数年間はミスター・イーデンにお会いしておりませんので、もしかしたら、重圧のもとでずいぶん変わられたかもしれませんから。政治に携わる人は、ほんの数年で見違えるほど変わってしまいますからね。それは、私が政治の世界で見聞してきたことの一つです」

「それはたしかですね、旦那」と、ミスター・アンドリューズが応じました。「ここにもハリーっていう見本がいるもの。政治に頭を突っ込みはじめたのが数年前ですが、まるっきり変わっちまった」

また笑い声が起こりました。ミスター・スミスはにやりと笑い、何とでも言えというように肩をすくめて、こんなふうにしゃべりはじめました。

「そりゃ、選挙運動にはかなり力を入れてきましたけどね、私なんかは地方レベルでごちゃごちゃやってるだけで、旦那のお知合いのような雲の上の人には会ったこともありません。まあ、私は私なりに義務を果たしているつもりですよ。なんたってイギリスは民主主義国だし、この村だって、その民主主義を守るために大きな犠牲を払ってきたんだからね。だから、そうやって獲得した権利を行使するのが、私ども全員の義務だと思うんです。この村の若者が何人も戦場で命を亡くしたのは、それは残った私どもにその権利を与えてくれるためでしてね、だから、残った者が自分の役割を果たさないでいたら、あの若者たちに申し訳がたちません。この村では、みんなが強い意見をもってますよ。そして、その意見をしかるべきところまで届かせるのが、私どもの義務ってもんです。たしかに小さな村だし、辺鄙なところだし、私どもは年をとってくばかりで、村はますます小さくなる。だけどね、何もしないでいたんじゃ、この村が失った若者たちに申し訳がたたんのですよ。だから、私は一生懸命やってるんです。この村の声を上のほうまで届かせようと思ってね。それで自分が変わったり、寿命がちょっと縮まったりしたって、そりゃ、しょうがないよね」

「さっき、申し上げたとおりでございましょう、旦那様」と、ミスター・テイラーが笑いながら言いました。「旦那様のような力のある紳士がこの村を通りかかったというのに、ハリーがいつもの政治談義をお耳に入れずにお帰しするなんて、私はありえないと思ってましたよ」

また笑い声が起こりましたが、私は即座にこう言いました。

「あなたのお立場はよく理解できるつもりですよ、ミスター・スミス。この世界をよりよい場所にしたいと望んでおられることも、あなたを含め、この村の方々によりよい世界の建設に貢献する機会が与えられるべきだと考えておられることも、よく理解できます。それは見上げたお考えだと申せましょう。戦前に、私が世界の大問題に頭を突っ込んだのも、同じような動機からでした。当時も、今と同様、世界の平和は脆いものでした。手に入れたつもりでも、その手の中でいつ砕け散るか知れたものではありませんでした。私も自分の役割を果たしたかったのです」

「お言葉を返すようで申し訳ありませんが、私の言いたいことはちょっと違うんですよ、旦那」と、ミスター・スミスは切り返してきました。「旦那のような方にとって、影響力を行使するなんて簡単なことです。なんたって、国中の有力者がお友達なんだから。しかし、この村にいる私らみたいな者は、うっかりしてたら、何年たったたって本物の紳士になんかお目にかかれません。まあ、カーライル先生はいますけどね。その先生にしても、第一級のお医者さんであるのは間違いないが、政治の世界にコネなんてものはもってません。そんなところに住んでいると、市民としての責任をすぐ忘れてしまうんですよ。だからこそ、私は選挙で一生懸命働くんです。賛成されようが反対されようがかまわずにね。この部屋にいる人たちだって、私の言うことに何から何まで賛成する者は一人もいませんが、それでも、私はみんなに考えさせることができる。みんなに義務を思い出させることができる。私らは民主主義の国に住んでいるんです。そのために戦ったんです。だから、みんな自分の役割を果たさなくっちゃいけません」

「カーライル先生は、いったいどうしちゃったかねえ」とミセス・スミスが言いました。「旦那様もそろそろ会話らしい会話をなさりたい頃でしょうに」

全員がどっと笑い出しました。

「いやいや、今晩は皆様にお会いできて、たいへん楽しく過ごすことができました。しかし、じつを申しますと、少々くたびれてまいりまして……」

「さようでございましょう、旦那様」とミセス・テイラーが言いました。「たいへんお疲れに違いございません。毛布をもう一枚差し上げましょうかね。夜になって冷えてきましたからね」

「いやいや、ミセス・テイラー、あれで十分です。どうぞお構いなく」

しかし、私がテーブルから立とうとしたとき、ミスター・モーガンが突然こんなことを聞いてきました。

「旦那、いまふと思ったんだが、レスリー・マンドレークっていう男にお会いになったことはありませんかね？　いつもラジオで聞いている男なんだが」

私は会ったことはないと答え、ふたたびテーブルを立とうとしましたが、またもや同様の質問で引き止められました。あの人には会ったか、この人を知っているか、と矢継ぎ早の質問がつづきました。ですから、ミセス・スミスが「おや、誰か来るようだわ。先生に違いありませんよ」と言ったとき、私はまだテーブルを離れられずにいました。

「ほんとうに、もう休ませていただかねばなりません。疲れはてて明日が心配です」

「でも、あれはたしかに先生ですよ。あと数分待ってやってくださいませ」

ミセス・スミスがそう言いおわったとたん、ドアにノックがあり、「私だよ、ミセス・テイラー」と呼ぶ声がしました。

案内されてきたのは、比較的若い――さよう、まだ四十前後でしょうか――紳士でした。痩せて背が高く、身をかがめるようにしてテイラー家の入口をくぐってきました。テーブルの周りにいる人々全員との挨拶がすむと、ミセス・テイラーがその紳士に私を紹介しました。

「こちらが例の方ですよ、先生。ソーンリーブッシュで車がエンストして、おかげでハリーの演説を聞かされるはめになった気の毒なお方です」

医師はテーブルまで歩みより、陽気な笑いを浮かべながら私のほうへ手を差し伸べました。私も立ち上がって、握手をしました。

「リチャード・カーライルです。車はとんだことでしたが、ここの人たちがちゃんと面倒を見てくれているようで、安心しました。むしろ、面倒見がよすぎますかな？」

「ご心配いただいてありがとうございます。ほんとうに、ここは親切な方々ばかりですな」

「この村へようこそ」カーライル医師はそう言って、テーブルのほぼ私の真向かいにすわりました。

「どちらからお越しですか？」

「オックスフォードシャーです」と私は答えましたが、本能的につい「カーライル様」と付け足しそうになり、それを抑えるのはなかなかの苦労でした。

「いいところだそうですな。私の叔父が、オックスフォードのはずれに住んでいます。いいところだそうです」

「いまお話をうかがってたんですけどね、先生、こちらはミスター・チャーチルをご存じなんですよ」とミセス・スミスが口をはさみました。

「ほう、そうですか。昔、ミスター・チャーチルの甥とは知合いでしたが、チャーチルご本人にはお目にかかったことがありません。その甥ともいまは音信不通で、いったいどこで何をしているやら」

「それに、ミスター・チャーチルだけじゃないんですよ、先生」とミセス・スミスはつづけました。「ミスター・イーデンも、ハリファックス卿もご存じなんですよ」

「それはすごい」

医師の目が探るように私を見つめているのが感じられました。その場を取り繕うために何かを言わねばならないと思い、口を開こうとしましたが、それより先にミスター・アンドリューズが医師にこう言っていました。

「現役時代には、外交関係でずいぶん活躍されたみたいですよ」

「なるほど」

カーライル医師は私をずいぶん長い間見つめていたように思います。しかし、やがてはじめの陽気さにもどり、私にこんなことを尋ねました。

「今回は気楽な自動車旅行ですか？」

「ま、そんなところです」私はそう答えて、軽く笑いました。

「この辺りもなかなか捨てたもんじゃありませんよ。あ、そうだ、ミスター・アンドリューズ、借りていたのこぎりをまだ返してなかったたっけ？」

「いつでもいいですよ、先生」

それからしばらくの間、幸いなことに話題は私を離れ、私は沈黙を守ることができました。ほどよい頃を見計らい、私は立ち上がって、こう言いました。「どうぞ失礼をお許し願いたい。たいへん楽しいひとときでしたが、私はそろそろ休まねばなりません」

「もうお引取りになられるのは残念ですわね」とミセス・スミスが言いました。「先生がやっとお見えになったところですのに」

ミスター・スミスが、カーライル医師の方向へ身を乗り出すようにしてこう言いました。「ねえ先生。大英帝国の将来についての先生の考えを、こちらに話してあげてくださいよ」そして、つぎに私のほうに向き直り、「先生はね、あのちっぽけな国々がみんな独立するのに賛成だって言うんですよ。そんな意見は間違ってることはわかってるんですけどね、残念ながら、私にはその間違いを証明できるだけの学問がない。旦那なら、この問題についてなんとおっしゃるか、是非うかがわせてくださいよ」

カーライル医師の視線が、ふたたび、私にじっと向けられたようでした。やがて、医師はこう言いました。「残念だが、寝かせて差し上げねばなるまいよ。きつい一日だったことだろうから」

「たしかに」と私は言い、小さく笑いました。そして、テーブルをぐるりと回って戸口に向かいましたが、なんと決まりの悪いことに、カーライル医師を含む部屋の全員が、私を見送るために立ち上がりました。

「今晩は、いろいろとたいへんにありがとうございました」私は笑みを浮かべながら最後の挨拶をしました。「とくに、ミセス・テイラー、たいへんすばらしい夕食をありがとう。では、みなさん、お休みなさい」

これに対して「お休みなさい、旦那様」の合唱があり、私が部屋を出ていこうとしたときでした。

「ああ、ちょっと」というカーライル医師の声が、私を戸口に引き止めました。

振り返りますと、医師はまだ立ち上がったままでした。「明日の朝いちばんに、スタンベリーまで行く用事がありますから、あなたの車のところまで乗せていってあげましょう。歩くよりいいでしょうよ。ガソリンは、途中でテッド・ハードエイカーのところで買っていけばいいし」

「それはたいへんありがたいことですが、あまりご迷惑はかけられません」

「迷惑なんて、とんでもないですよ。七時半でどうですか」

「たいへん助かります」

「じゃ、七時半にしましょう。そういうわけですから、ミセス・テイラー、七時半までにはお客さんが起きて、朝食もすませているように頼みますよ」そして、私のほうに向き直り、こう付け足しました。「結局、大英帝国の将来についてちょっとした話合いができそうじゃありませんか。まあ、ハリーにとっちゃ、私が言い負かされるのを見られなくて、さぞかし残念だろうが……」

笑い声が起こり、もう一わたり「お休みなさい」の言い合いがあったのち、私はようやく、この屋根裏部屋のプライバシーの中へ逃げもどることを許されたのでした。

私がどれだけ冷や汗をかき、辛い思いをしたか、あらためて申し上げるまでもありますまい。すべては、私の身分についての不幸な誤解から始まったことです。しかし、いま思い返してみましても、状況がああいうふうに展開するのをどうやったら阻止できたのか、正直に申し上げて私にはわかりません。何が起こりつつあるのかに気づいたとき、事態はすでに進みすぎておりました。もし私が誤解の訂正などに乗り出したら、あの場にいたすべての人々に気まずい思いをさせねばならなかったでしょう。それに、どれほど遺憾なことであったにせよ、村人に実害が及んだわけではありません。朝になれば私はこの村を離れ、おそらく二度ともどることはないのです。とすれば、この問題をこれ以上くよくよと考えても仕方ありますまい。

しかし、不幸な誤解はともかくとして、今晩の出来事には——あとになっていろいろと思い煩わないためにも——いましばらく考えておいたほうがよい側面が一、二あるようでもあります。たとえば、「品格」の何たるかについてミスター・スミスが言っていたことです。その主張には、真剣に検討してみるに値する内容はほとんどないと言ってよかろうと存じます。もちろん、ミスター・スミスは「品格」という言葉を、私の理解とはまったく異なった意味で使っておりました。そのことは最初に指摘しておかねばなりません。しかし、それを斟酌しても、ミスター・スミスの主張はあまりにも理想主義的にすぎ、理論的にすぎて、大方の理解は得られないのではありますまいか。

たしかに、ある程度の真実は含まれておりましょう。イギリスのような国に住む私どもには、世界の大問題についても自分なりに考え、自分なりの意見をもつことが、多少は期待されているのかもしれません。しかし、現実の生活に追われている一般庶民が、あらゆる物事について「強い意見」をもつことなど、はたして可能でしょうか。ここの村人たちはみなもっている、というミスター・スミスの主張は、おそらく空想にすぎぬでしょう。一般庶民にそのようなことを期待するのは、とても無理というものです。さらには、望ましいことでもないように――私には――思われます。一般人が知り、理解できることには、たしかに限界があるのです。そのことを無視して、誰もが国家の大問題について「強い意見」をもち、発言すべきだと主張するのは、とても賢明とは思われません。いずれにせよ、人間の「品格」をこの問題にからめて定義しようとするのは、的外れもはなはだしいと言わねばなりますまい。

私には一つの思い出があります。私自身の体験したことでございまして、あれは戦前、さよう一九三五年頃のことだったと存じます。それをお話しすれば、ミスター・スミスの意見にどれほどの真実が含まれているにせよ、それには限界があることが、はっきりおわかりいただけるでしょう。

ある夜のことでした。すでに遅く、真夜中を過ぎていたと存じます。ベルが鳴り、私は、ダーリントン卿が夕食後ずっと三人のお客様をもてなしておられた居間へ呼ばれました。その夜は、それまでにも数回、飲食物の補充のために呼ばれておりまして、その都度、皆様が何やら重大な問題について、熱心に討論されている様子を拝見しておりました。さて、最後に呼ばれましたときは、私が居間に入りますと、皆様がいっせいに語り合うのをやめ、私をご覧になられました。そして、卿がこう言われました。

「ちょっとこちらへ来てくれないか、スティーブンス。ミスター・スペンサーからお前に何か話があるそうだ」

スペンサー様は、やや物憂げなご様子で肘掛け椅子にすわり、そのままの姿勢でしばらく私をながめておられました。そして、こう言われました。

「さて、執事殿、君に尋ねたいことがある。じつは、先ほどからある問題について皆で話し合っているのだが、埒があかない。是非、君に助けてほしい。どうだろう、これほど貿易が停滞してしまったのには、やはりアメリカの債務状況が強く関係しているのだろうか。それとも、そんなことはまったくのでたらめで、じつは金本位制の廃止こそ問題の根幹にあるのだろうか」

もちろん、この質問には少し驚きましたが、私はたちまち状況を飲み込みました。私に期待されているのは、明らかに、この質問に当惑して見せることに違いありますまい。そのことに気づき、適切な答えを考えるのに一、二秒を要したかと思いますが、その間に、私はその問題に必死で取り組んでいるかのような印象さえ与えたと存じます。と申しますのは、お客様方が「やはりな」という感じで、ひそかに笑顔を交わし合っておられるのが見えましたから。

「まことに申し訳ございません」と私は申し上げました。「この問題につきましては、お役に立つことはかなわぬかと存じます」

お客様方はひそひそ笑いをつづけておられましたが、このときまでに、私は居間の状況をすっかり把握しておりました。掌握していたとさえ言ってよいかもしれません。スペンサー様はつぎにこう言われました。

「では、少し別の問題で助けていただこうかな、執事殿。フランスとボルシェビキ・ロシアが軍備協定を結んだら、ヨーロッパの通貨問題は緩和するだろうか、それとも悪化するだろうか」

「まことに申し訳ございません。この問題につきましても、お役に立つことはかなわぬかと存じます」

「やれやれ、この問題でも執事殿は助けてくれないのか」

こらえようとして、こらえ切れない笑いが、室内にひとしきり響きました。やがて、卿が「もうさがってよいぞ、スティーブンス。それで全部だ」と言われました。

「ちょっと待ってくれよ、ダーリントン。執事殿にはもう一つ尋ねたいことがあるんだ」とスペンサー様が言われました。「現在われわれを悩ませているこの問題については、是非とも助けてもらいたい。わが国の外交政策の策定にも重要なかかわりのあることだ。執事殿、今度こそしっかり頼むよ。ムッシュー・ラバルが最近北アフリカの情勢について行なった演説は知っていると思うが、あれはいったいどういうつもりだったのだろうか。あれは党内の民族主義分子を分裂させるための策略だったという意見に、君も賛成するかい」

「まことに申し訳ございません。この問題につきましても、お役に立つことはかなわぬかと存じます」

「お聞きのとおりだ、諸君」スペンサー様は他のお客様方のほうを向いて言われました。「われらが執事殿は、これらの問題で役に立ってはくれない」

新たな笑い声が起こりました。もはや、こらえようという努力もなされないようでした。

「それなのに」とスペンサー様がつづけられました。「われわれは国の意思決定を、この執事殿や、その数百万人のお仲間に委ねようと言い張っている。この議会政治という重荷を背負っているかぎり、さまざまな困難に少しも解決策を見出せないのは当たり前のことではないか。母親の会に戦争の指揮をとってくれと頼んだほうがまだましだ」

この発言に大きな笑い声がどっと起こり、その喧騒のなかで、卿が「ご苦労だった、スティーブンス」とつぶやかれました。私は居間をさがりました。

もちろん、居心地がよかったとはとても言えませんが、執事が任務を遂行するなかで遭遇する状況としては、とくに困難であるとか、異常であるというものではありませんでした。一人前の執事なら、苦もなく処理できて当然のことだったと存じます。私も、翌朝までには、そんなことがあったことすら忘れかけておりました。ビリヤード室で脚立にのぼり、肖像画にはたきをかけておりますと、ダーリントン卿が入ってきて、こんなことを言われました。

「昨夜はすまなかった、スティーブンス。お前には、じつにひどいことをしてしまった」

私ははたきをかける手を休めて、こう申し上げました。「とんでもございません、ご主人様。何ごとにせよお役に立てれば、こんな嬉しいことはございません」

「じつにひどいことをしたものだ。みんな夕食を腹いっぱい食べ過ぎたんだな。どうか許してもらいたい」

「お心遣い、ありがとうございます。しかし、私は少しも気にしておりませんので、どうぞご安心ください」

卿は大儀そうに革張りの肘掛け椅子に歩みより、腰をおろして、大きく溜め息をつかれました。脚立の上から見おろしますと、フランス窓から射し込む冬の日が部屋のかなり奥のほうまで照らし、卿の長身をもすっぽりと包み込んでいます。激務がわずか数年の間に卿のお体をどれほど痛めつけたかを知り、はっと胸を突かれるのは、こうした瞬間でした。従来からきゃしゃだったお体が、いまでは眉をひそめたくなるほどお痩せになり、お背中も曲がりはじめているようです。髪の毛は年齢不相応に白く、お顔はやつれて緊張だけが目立ちました。卿は、しばらくの間、フランス窓の外に広がるダウンズをながめておられましたが、やがてもう一度こう言われました。

「お前には、じつにひどいことをしてしまった。だがな、スティーブンス、ミスター・スペンサーも一生懸命だったのだ。彼はサー・レナードにあることを証明したかった。いまさらこんなことを言っても慰めになるかどうかわからんが、ある重要な論点の立証にお前はたいへん役に立ってくれた。サー・レナードはな、昔流儀のたわごとを並べ立てていたのだ。国民の意思が最良の仲裁者だ、云々というな……。まったく信じられんことだ」

「さようでございますか」

「何かが時代遅れになっても、この国では気づくのが遅すぎる。ほかの偉大な国々を見てみるといい。新しい時代の挑戦を受けて立つには、古い方法を――たとえ、どんなに愛されてきた方法でもだ――投げ捨てねばならん。ほかの国々はそれをよく知っている。だが、イギリスだけが違う。昨夜のサー・レナードのような人々が多すぎるのだ。だから、ミスター・スペンサーも、目に見える形で証明する必要を感じたというわけでな……。まあ、サー・レナードがあれで少しは目覚めて、考えるようになってくれれば、お前の昨夜の試練も無駄ではなかったことになる」

「さようでございますか」

ダーリントン卿はもう一度溜め息をつかれました。「イギリスはいつでもびりっけつだ、スティーブンス。時代遅れの制度に最後までしがみついている国、それがイギリスだ。だが、遅かれ早かれ、事実には直面せねばならん。民主主義は過ぎ去った時代のものだ。普通選挙にいつまでもこだわっていられるほど、いまの世界は単純な場所ではない。烏合の衆が話し合って何になる。数年前までならそれでもよかったろう。だが、今日の世界で……？　とんでもない話だ。ミスター・スペンサーが昨夜うまいことを言っていた。あれはなんだったかな、スティーブンス？」

「はい。たしか、現在の議会政治は、母親の会が戦争の指揮をとるようなものだ、と言われたかと存じます」

「そのとおりだ、スティーブンス。率直に言って、わが国は時代に取り残されている。サー・レナードのような人にはこの点を強調して、もっと進取の精神に目覚めてもらわねばならん」

「さようでございます」

「なあ、スティーブンス。お前はどう思うかな？　われわれは長引く経済危機のまっただなかにいる。ミスター・ホイッティカーと北部を旅行したとき、私は、人々が苦しんでいるのをこの目で見てきた。働き者の、普通の労働者がひどく苦しんでいるのだ。ドイツとイタリアは行動によって建直しをはかった。赤色ロシアにしても、まあ、それなりの方法で何とかやっていると言ってよかろう。それに、ルーズベルト大統領を見てみるといい。国民のために大胆な一歩を踏み出すことを恐れはしなかった。それに比べてイギリスはどうだ、スティーブンス？　時間だけは一年一年過ぎていくのに、何もよくならない。われわれがすることといえば、討論し、口論し、時間を引き延ばすだけだ。せっかくのいい考えも、あの委員会この委員会を通過しているうちに、全行程の半分も行かないうちにすっかり骨抜きにされてしまう。もののわかった少数派は、周囲の無知な多数派に野次り倒されて、沈黙せざるをえない。なあ、スティーブンス。お前はどう思う？」

「わが国は、まことに遺憾な状態にあるように思われます」

「まったくな……。ドイツとイタリアを見よ、私はそう言いたい。強い指導者に行動の機会を与えれば、どれほどのことができるかをな。普通選挙だ何だというたわごとは、あの国々では誰も言わない。家が火事になったらどうする？　家族全員を居間に集めて、どの逃げ道が最適か一時間も討論するか？　昔ならそれでよかった、昔ならな。だが、世界はすっかり複雑な場所に変わってしまった。その辺を歩いている人が、誰でも政治学と経済学と世界貿易のことを知っているとは期待できまい？　だいたい、一般人にはそんなことを知っている必然性がないのだ。お前は昨夜とてもよい答えをしてくれた、スティーブンス。何だったかな？　お前の領分に属することではないとか、そんなことだったかな？　まったくそのとおりだ」

もちろん、こうしてダーリントン卿のお言葉を思い出しておりますと、卿のお考えの多くは、今日、奇異な感じを――ときには醜悪な感じすら――聞く人に抱かせるかもしれないという気がいたします。しかし、あの朝、ビリヤード室で卿が私に語ってくださったことの中には、重要な真実が含まれていたことも否定できますまい。ミスター・スペンサーが私にお尋ねになったたぐいの質問に権威をもって答えることなど、どのような執事にも期待するほうが無理と申すものでしょう。それができなければ「品格」を保てない、などというミスター・スミスの主張は、ナンセンスの最たるものと言ってよかろうかと存じます。執事の任務は、ご主人様によいサービスを提供することであって、国家の大問題に首を突っ込むことではありません。この基本を忘れてはなりますまい。国家の大問題は、常に私どもの理解を超えたところにあります。大問題を理解できない私どもが、それでもこの世に自分の足跡を残そうとしたらどうすればよいか……？　自分の領分に属する事柄に全力を集中することです。文明の将来をその双肩に担っておられる偉大な紳士淑女に、全力でご奉仕することこそ、その答えかと存じます。

当たり前のことではないかと言われるかもしれません。しかし、私の心には、そうではないと——少なくとも一時期は——考えていた多くの執事のことが浮かんでまいります。さよう、先ほどのミスター・スミスの言葉は、二〇年代から三〇年代にかけて私どもの世代の多くの執事が抱いていた、過てる理想主義を私に思い出させました。大きな志をもつ執事は、常に雇主の再評価を怠ってはならない、とその人々は説きました。雇主の行動の動機を子細に検討し、その見解の意味するところを分析せねばならない。そのようにして初めて、執事は、みずからの技能が望ましい目的に使用されていることを確信できる……。

このような理想主義に支えられた議論には、たしかにうなずきたくなるところがあります。が、今夜のミスター・スミスの主張と同様、それがやはり過てる思考の結果であることに疑いの余地はありますまい。その理想主義を実践に移そうとした人々がどうなったか。その一事を見るだけで、理論の破綻は明らかでしょう。私自身、そのような執事を二人ほど個人的に知っておりました。かなりの能力をもった人々でしたが、どちらも決して満足を覚えるということがなく、常に雇主から雇主へ渡り歩き、結局、腰を落ち着ける場所を見出せないまま業界から消えていってしまいました。二人の執事人生は無に帰したと言ってよかろうと存じます。

この結果は少しも意外なことではありません。結局はそうなるのです。と申しますのは、雇主に対して批判的な態度をとりながら、同時によいサービスを提供するということは、現実にはとても可能とは思われないからです。もちろん、レベルの高いお屋敷になりますと、つまらないことに気をとられていたら、執事のもとに出される無数の要求をさばききれないというのも事実でございまして、それも理由の一つと考えられましょうが、それだけではありません。より基本的には、「忠誠心」の問題に行き着きます。雇主の行動について「強い意見」をもとうと絶えず鵜の目鷹の目をつづけている執事は、この職業に従事するすべての人々に不可欠の特質である「忠誠心」を、必然的に欠くことになるのです。

ここで誤解なきように願いたいのは、私は凡庸な雇主に同調しているのではない、ということです。凡庸な雇主はいつも執事の忠誠心のなさを嘆いていますが、それは、有能な執事を雇えないことの落胆から、いわば八つ当たり的に非難を投げつけているにすぎません。ある時期にたまたま雇主になったというだけの人物に、盲目的に忠誠心を捧げるような行為には、私自身が大反対の声をあげたいところです。

しかし、執事が命のあるうちにどなたかのお役に立とうと思うなら、いつかは主人捜しをやめるときが来なければなりません。そして「この雇主こそ、私が高貴だと思い、賞賛してやまないすべてのものを体現しておられる。今後は、この方へのご奉仕に私のすべてを捧げよう」そう言えるときが来なければなりません。これは分別に裏付けられた忠誠心です。そのように忠誠を誓うことのどこに、品格に欠けるところがありましょうか？　それは、不可避の真実を真実として受け止めることにほかなりますまい。私どもが世界の大問題を理解できる立場に立つことは、絶対にありえないのです。とすれば、私どもがたどりうる最善の道は、賢く高潔であるとみずからが判断した雇主に全幅の信頼を寄せ、能力のかぎりその雇主に尽くすことではありますまいか。

私どもの世代の最高峰、ミスター・マーシャルやミスター・レーンにしてもそうだったと存じます。カンバリー卿から外務省宛てに送られた最新文書のことで、ミスター・マーシャルが卿と言い争うことなど想像できましょうか？　あるいは、レナード・グレー様が下院で演説をなさるたびに、ミスター・レーンがその演説に批判的な意見を述べたでしょうか？　また、述べなかったからと言って、それがミスター・レーンの評価を下げる理由になったでしょうか？　答えは、どの場合も否でしょう。ミスター・マーシャルやミスター・レーンのような態度をとることのどこにも、品格に欠け、責められるところはありません。では……たとえば、時間の経過のなかで、ダーリントン卿のさまざまなご努力が過てるものであり、愚かしいものであったことが明らかにされたとしても、それは執事まで責められるべき筋合のものでございましょうか？

ダーリントン卿にお仕えした長い年月の間、事実を見極められるのも、最善と思われる進路を判断されるのも、常に卿であり、卿お一人でした。私は執事として脇にひかえ、常にみずからの職業的領分にとどまっておりました。最善を尽くして任務を遂行したことは、誰はばかることなく申し上げることができます。そして、私が提供申し上げたサービスが一流だったと認めてくださる方々も、決して少なくはありません。卿の一生とそのお仕事が、今日、壮大な愚行としかみなされなくなったとしても、それを私の落ち度と呼ぶことは誰にもできますまい。私がみずからの仕事に後悔や恥辱を感じたりしたら、それはまったく非論理的なことのように思われます。

四日目――午後

コーンウォール州リトル・コンプトンにて

ようやくリトル・コンプトンに到着いたしました。昼食をすませたばかりのところで、いま、ローズガーデン・ホテルの食堂にすわっております。外は降りしきる雨です。

ローズガーデン・ホテルは決して豪華とは言えませんが、家庭的な居心地のよさは申し分ありません。ここに泊まるために少し余分な出費となりましたが、まずまずお金だけのことはあると申せましょう。村の広場の片隅に位置しておりますから、場所も便利です。ホテル自体は、かつて荘園領主のお屋敷ででもあったかと思われる、蔦に覆われた美しい建物で、三十人程度の泊まり客なら容易に受け入れられそうです。しかし、いま私がすわっておりますこの食堂は、近年になってから母屋に建て増しされた別館らしく、細長い平屋になっておりまして、向かい合う二つの壁に大きな窓をいくつも並べてあるのが特徴的です。片側の窓からは村の広場が見え、反対側の窓からは裏のバラ園が見えます。ローズガーデン・ホテルという名前は、このバラ園にちなんだものに違いありますまい。

バラ園は、四方からの風をよくさえぎるように工夫され、あちこちにテーブルが配置されております。天気さえよければ、あのテーブルでいただく食事やお茶は、また格別の味がすることでしょう。じつは、つい先ほども、何人かの客が外のテーブルで昼食をとりはじめたらしいのですが、あまりにも険悪な雲行きに、たまらず中に逃げ込んできたようです。私がこの食堂に案内されてきたのが一時間ほど前ですが、そのときは、従業員が庭のテーブルからテーブルクロスを大慌てで取り去っているところでした。直前までそのテーブルで食事をしていたと思われる人々が、まだ当惑顔でその辺りに立っておりましたが、なかに一人、シャツの前からまだナプキンを垂らしたままの紳士がいたのが印象的でした。雨が降りはじめたのは、そのすぐ後のことです。ひどい降りで、しばらくの間は食堂内のすべての客が食べるのをやめ、ただ窓の外を見つめておりました。

私のテーブルは、食堂の広場側にあります。この一時間のほとんどを、降りしきる雨を――広場と、フォードと、ほかに一、二台止めてある車に降りつづける雨を――ながめて過ごしました。雨はいくぶん落ち着いたとは言え、まだかなりの激しさで降っておりますから、とても外に出て、村を見物して歩く気にはなりません。もちろん、すぐにでもミス・ケントンに会いに出発することはできます。そのことも考えなかったわけではありませんが、手紙には三時頃訪問したいと書いておきました。あまり早く着きすぎて驚かすのも気の毒です。結局、雨がすぐにでも上がれば別ですが、出かける時刻が来るまで、ここでお茶をいただきながら待つことになりましょう。ミス・ケントンの現在の住所が、ここから歩いて十五分ほどのところにあるのは、先ほど昼食を出してくれた娘さんに聞いて確かめてあります。ですから、私はあと少なくとも四十分は待たねばなりません。

ところで、私はミス・ケントンに会えない可能性もあることを、忘れているわけではありません。なんと申しましても、ミス・ケントンからは、私と会うのを楽しみにしているという確認の返事をもらってはいないのです。万一の場合にそなえ、それなりの心構えをしておくのが賢明と申すものでしょう。しかし、ミス・ケントンのことをよく知っている私には、返事のないのは同意と考えてまず間違いないように思われます。何らかの理由で私と会うのが不都合ならば、ミス・ケントンなら遠慮なくそのことを伝えてくるはずです。さらに、私がこのホテルに部屋を予約していて、緊急のメッセージはホテル宛てに送ってくれれば届くことも、手紙には書いておきました。そのようなメッセージが来ていないということは、会うのに支障がないという意味にとってよかろうと存じます。

それにしても、今日の雨はまことに思いがけないことでした。ダーリントン・ホールを離れて以来、私は毎朝よい天気に恵まれておりまして、今朝も例外ではなく、出発したときは明るい日が射しておりました。天気がよかっただけではありません。産みたての卵にトーストという、ミセス・テイラーの心尽くしの朝食を食べおわりますと、約束どおり、七時半にはカーライル医師が迎えにきてくれましたから、昨夜のつづきのような困った会話が始まる間もなく、私は気持ちよくテイラーご夫妻と——金銭的なお礼のことは、結局、聞き入れてもらえませんでしたが——お別れすることができました。

「ガソリンを一缶見つけてきましたよ」カーライル医師は、ローバーの助手席側のドアをあけながら、そう言いました。私は医師の親切にお礼を言い、おずおずと支払いの話に入りましたが、ここでもやはり一言のもとにはねつけられてしまいました。

「何を言ってるんです。車庫の隅に転がっていたのをもってきただけですよ。ほんのちょっぴりですが、クロスビー・ゲートまではもつでしょう。あそこで満タンにすればいい」

朝の光の中で見るモスクムの中心街には、いくつかの小さな店舗が立ち並び、それに取り囲まれるように教会が立っておりました。昨日の夕暮れ時に丘の上から見た尖塔は、この教会のものでしたろう。しかし、カーライル医師が、突然、ある農家の私道に乗り入れましたから、村の様子はそれ以上観察できませんでした。

「ちょっと近道をしましょう」納屋や止めてあるトラクターの前を通り過ぎながら、医師はそんなことを言いました。辺りには誰一人見当たらず、しばらく行って、閉じた門に行く手をさえぎられると、医師は私に「申し訳ないが、ちょっと降りて、あの門をあけていただけませんか」と言いました。

私は車から降り、門のところまで行きましたが、するとたちまち、近くの納屋の一つで何頭かの犬が猛烈に吠えはじめました。ローバーにもどり、カーライル医師の横にすわり直したときは、いささかほっといたしました。

両側に高い木が立ち並ぶ狭い道路を走りながら、医師と私は当たり障りのない会話をつづけました。テイラー家ではよく眠れたかとか、そんなたぐいのことです。しかし、まったく突然に、医師はこんなことを言いました。

「無礼と思われたら困るんだが、もしかしたら、あなたはどこかのお屋敷の召使ということはありませんか？」

この言葉を聞いたとき、私がまず感じたのは圧倒的な解放感だったことを告白せねばなりません。

「さようでございます。私はオックスフォード近くのダーリントン・ホールで執事をしております」

「そうじゃないかと思った。ほら、ウィンストン・チャーチルに会った、誰に会ったという件ね？考えたんですよ。こいつは大嘘つきか、それとも……。そして、はっと思い当たった。なんだ、簡単に説明がつくことじゃないか、ってね」

カーライル医師は、曲がりくねった急な上り坂に車を走らせながら、にっこり笑って私のほうを振り向きました。

「私には、どなたもあざむくつもりはなかったのでございます、カーライル様。しかし……」

「いや、釈明は不要ですよ。どうしてああいうことになったかは、私にも容易に想像できる。あなたはなかなか立派だからね。ここの村人だったら、公爵か伯爵くらいには思って当然だ」医師はそう言って、愉快そうに笑いました。「しかし、公爵に間違えられるなんてのも、ときには乙なものかもしれないな」

私どもは、しばらく無言のままドライブをつづけましたが、やがてカーライル医師がこう尋ねました。「わずか一晩の滞在だったわけですが、どうです？　村の一夜を楽しんでいただけましたかな？」

「もちろんでございます、カーライル様。ありがとうございました」

「モスクムの村人のことはどう思いました？　悪い連中じゃないでしょう？」

「それはもう、カーライル様、皆さん人懐っこい方ばかりでして、とくにテイラーご夫妻の親切には、たいへん感激いたしました」

「その〝カーライル様〟っていうのは、やめていただけませんかね、ミスター・スティーブンス？　おっしゃるとおり、悪い連中じゃないんですよ。私なんかは、もう、一生ここに埋もれてもいいつもりでいますけどね」

カーライル医師のその言葉には、いささか奇妙な響きが感じられました。さらに、再度こう尋ねてきたときの言い方には、意図したとしか考えられない不思議なとげがありました。

「じゃあ、人懐っこい連中だと思われたわけだ？」

「さようでございます、先生。いかにも楽しい仲間どうしという感じでした」

「いったい、みんなでどんな話をあなたに聞かせていたんですか？　村のつまらん噂話で退屈させたんでなければいいが……」

「とんでもございません、先生。話の内容はどちらかといいますと真剣なもので、たいへん興味深い意見もうかがうことができました」

「ははあ、それはハリー・スミスでしょう？」医師は笑いながら言いました。「あの男の言うことは気にしないほうがいい。しばらく聞いているぶんには、なかなか面白いんだが、よく聞いていると支離滅裂でね。ときには、こいつ共産主義者かと疑いたくなるようなことを言うが、つぎの瞬間には、とんでもなくこちこちの保守主義者になる。要するに、支離滅裂ということですよ」

「それは面白いことをうかがいました」

「それで、昨夜は何の講義でした？　大英帝国ですか、それとも国民医療ですか？」

「昨夜のミスター・スミスは、もっと一般的な事柄を話題にしておられました」

「ほお……たとえば？」

私は一度咳払いをしました。「ミスター・スミスは、品格の何たるかについて話しておられました」

「そりゃ、また、えらく哲学的な話だなあ。ハリー・スミスがねえ？　いったい、どうしてそういうことになったんです？」

「ミスター・スミスは、村で行なっておられる選挙運動の重要性を強調しておられたのだと思います」

「ほお、それで？」

「モスクムの住民はあらゆる大問題について強い意見をもっておりますそうで、そのことを私に強調したかったのだと存じます」

「なるほど。そこまで聞くと、やはりいつものハリー・スミスだ。おそらく、あなたもおわかりになったでしょうが、それはまったくの嘘っぱちでしてね。ハリーがいつもあちこち駆け回っては、あの問題この問題でみんなを焚き付けようとしてるのは事実ですが、ほんとうのところはね、村人はみな放っておいてもらいたいと思ってるんですよ」

二人とも、またしばらく黙り込みました。やがて、私がこう尋ねました。

「こんなことをお尋ねしてよいものかどうかわかりませんが、すると、先生、ミスター・スミスは、村では一種の道化のように見られているのでございましょうか？」

「いや……道化というのはちょっと言い過ぎのような気がするなあ。村人もね、政治意識のようなものはもっているんですよ。ハリーにやいのやいの言われていることもあるんだろうが、たしかに、いろいろな問題について強い意見をもつべきだとは思っている。しかしね、本心は、ほかの村の人々と少しも違いはしないんだ。静かな生活がほしい。それだけですよ。ハリーに言わせれば、あれも変えるべきだし、これも変えるべきだ。いろんなことを変えるべきなんだが、村人は誰も騒ぎを望まない。たとえ、その騒ぎのおかげで、自分の生活がよい方向に変わるんだとしてもね。村人の望みは、放っておいてくれ、ですよ。自分たちの静かな生活を乱さないでもらいたい。あの問題やこの問題で悩ませないでほしい。それだけなんだ」

私は、医師の言葉に入り込んできたうんざりした口調に驚きましたが、医師は短く笑って自分をとりもどし、話題を変えました。

「そっち側からは、村の眺めが見事でしょう」

たしかに、下のほうに村が見えてまいりました。もちろん、朝の光の中で村のたたずまいはすっかり変わって見えましたが、村の見える方向も、その大きさも、昨日、夕暮れの中で初めて見たときとほとんど同じでした。フォードを置き去りにした場所までもうすぐであることが、そこから察せられました。

「ミスター・スミスのご意見では」と私はつづけました。「いろいろな問題に強い意見をもっているかどうかで、人間の品格の有無が決定されるということでした」

「ああ、品格か。忘れていました。じゃあ、ハリーは哲学的な定義を試みていたわけだ。なんとも信じられないような……。しかし、どうでした？　つまらんたわごとだったでしょう？」

「結論は、必ずしも私の同意をうながす性質のものではございませんでした」

カーライル医師はうなずきましたが、何やら、物思いに深く沈み込んでいくようでした。やがて、「私はね、ミスター・スティーブンス」と口を開きました。「私はね、この村にやってきたとき、熱心な社会主義者だったんですよ。すべての国民に最良の医療を、という熱意に燃えていました。四九年だったですかね。社会主義になれば、すべての国民が品格と尊厳を保ちながら生きられる。そう信じて、こんな田舎までやってきたんだが……。いや、すみません。こんなつまらない話を聞かせてしまって」そして陽気な笑顔を私に向けながら、「あなたはどうなんです？」と尋ねてきました。

「何でございますか、先生？」

「いや、あなたはどう思うんです。品格とは何だと？」

あまりにも唐突な質問に、いささか慌てたことを認めねばなりません。「これは、なかなか簡単には説明しがたい問題でございますが」と私は答えました。「結局のところ、公衆の面前で衣服を脱ぎ捨てないことに帰着するのではないかと存じます」

「すみません、何がですか？」
「品格が、でございます」
「なるほど」医師はそう言ってうなずきましたが、何のことかよくわからないといった顔つきでした。やがて「ほら、この道路は見覚えがあるでしょう。明るい中で見ると、ちょっと感じが違うかもしれないが……。ああ、あれですか？　これはまた、なんと見事な車だ」

カーライル医師はフォードのすぐ後ろまで乗りつけ、降りると、大きな声で「これはまた、なんと見事な車だ」と繰り返しました。そして、すぐに漏斗とガソリン缶を取り出し、親切にも、フォードの燃料タンクにガソリンを注ぐのを手伝ってくれました。イグニッション・キーを回すと、エンジンが健康的なうなりとともに息を吹き返し、ひょっとしたらほかにも故障があるのではないかという私の心配を、きれいにぬぐい去ってくれました。私はカーライル医師にお礼を言い、二人は正式にはここで別れましたが、私はしばらく医師のローバーの後について、曲がりくねった丘の道をくだりました。一マイルほど行ったところで、二人の道は分かれました。

コーンウォールへの州境を越えたのは、九時頃だったと存じます。雨が降りはじめる三時間も前のことで、空に浮かんでいる雲は、まだ白くまぶしく輝いておりました。今朝のドライブ中に私が目にした風景は、これまでの全行程のなかで最もすばらしいものだったと言ってよいかもしれません。ですから、そのすばらしい景色に私が十分に注意を集中できなかったのは、まことに不幸なことだったと申せましょう。しかし、余程のことがないかぎり、私は今日のうちにミス・ケントンに再会するのです。そう考えますと、さまざまな思いが心のうちに湧き出てきて、それを抑え切ることは、私には到底できませんでした。広くひらけた牧草地沿いに思い切りスピードを出しながら、あるいはおとぎ話に出てくるような――石造りの家が数軒かたまっているだけの――小さな村の中を注意深く走りながら、私は過去のいくつかの思い出を心の中に再現しつづけました。そして、いま、こうしてリトル・コンプトンに到着して、快適なホテルの食堂にすわり、村の広場に降りつづく雨を見ながら、いましばらく時間をつぶそうとしておりますと、心はまた昔にもどりがちになります。

　とりわけ、ある一つの思い出が心から消えません。思い出というより、記憶の断片と言ったほうが適切でしょうか。ほんの一瞬間のことが、この二十年間、なぜかいつも鮮明に思い出されるのです。それは、私が裏廊下に一人立っている記憶です。目の前には、ミス・ケントンの部屋の閉じたドアがあります。いえ、私はドアに向かって立っているのではありません。体が半ばドアのほうに向きかけて、はたしてノックしたものかどうか決断しかねているところなのです。このドアの向こう側で、私からほんの数ヤードのところで、ミス・ケントンが泣いている……。その思いにうたれた直後のことだったのを覚えております。この裏廊下での一瞬と、そのとき胸中に湧き起こってきた名状しがたい感情の渦のことは、私の脳裡にしっかりと刻み込まれ、いつまでたっても消えることがありません。

　しかし、私がなぜ裏廊下に一人立ち尽くしていたのか、どのような状況のもとでそういうことになったのかは、定かではありません。前後の様子を思い出そうとして、もしかしたら、これはミス・ケントンが叔母さんの死亡通知を受け取った直後のことではないか、と考えたこともあります。

一人だけで悲しみにふけりたいというミス・ケントンを部屋に残し、廊下へ出たとたん、まだお悔みを言っていなかったことに気づいた、あのときのことではないか……と。しかし、さらによく考えてみますと、やはり違うのかもしれません。この記憶の断片は、ミス・ケントンの叔母さんの死から少なくとも数カ月たってから、まったく別の脈絡の中で起こったことのようにも思われます。さよう、レジナルド・カーディナル様が不意にダーリントン・ホールに現われた、あの夜のことだったのかもしれません。

レジナルド・カーディナル様のお父上、デイビッド・カーディナル様は、長年の間、ダーリントン卿のいちばんの親友であり、お仲間でございましたが、私がいま思い出しております夜の三、四年ほど前に、乗馬中の事故でお亡くなりになっておりました。その後、レジナルド・カーディナル様はコラムニストとして売り出され、国際問題を専門に才気縦横のコラムを書いておられましたが、そのコラムがダーリントン卿のお気に入ることは、ほとんどなかったように思います。よく新聞からお顔を上げ、「レジナルドめ、またこんな馬鹿なことを書きおって……。こんなものを読まずにすんで、サー・デイビッドは幸せだったのかもしれん」という意味のことをつぶやいておられました。

しかし、コラムの出来不出来とは無関係に、カーディナル様はそれからも頻繁にお屋敷にお見えになりました。卿も、この若者がご自分の名付け子であることをお忘れになったことはなく、いつも身内の一人として厚遇しておられました。しかし、カーディナル様がなんの前触れもなく、突然、夕食時に姿を現わすということは、それまでになかったことでしたから、あの日、案内を請う声に応えて玄関に出た私の前に、両腕にブリーフケースを抱えたカーディナル様が立っておられたときは、いささか驚いたことを覚えております。

「やあ、今日は、スティーブンス。元気そうだね」とカーディナル様は言われました。「ちょっと手違いがあって困ってるんだが、ダーリントン卿は、今晩、ぼくを泊めてくださらないだろうか」

「ようこそいらっしゃいました、カーディナル様。お見えになったことを、ただいま卿に申し上げてまいります」

「ミスター・ローランドのところに泊めてもらうつもりだったんだが、どこかで連絡ミスがあったらしい。行ってみたら、誰もいないんだよ。で、ここへ来てみたんだが、不都合でないといいんだけど。今晩は何も特別のことはないんだろう?」

「夕食後にお客様がお見えになる予定でございます」

「そいつはまずいなあ。悪い晩を選んでしまったようだ。目につかないように、ひっそりしていなくっちゃね。まあ、どのみち、このコラムを書かなくちゃならないから」カーディナル様はそう言って、ブリーフケースのほうに目をやられました。

「では、卿に申し上げてまいります。いずれにせよ、お食事には十分間に合う時刻でございますので、そのつもりで用意をいたします」

「いや、じつは、そうしてもらえたらと思っていたんだ。だけど、モーティマーさんはあまりいい顔をしないだろうね」

私はカーディナル様を居間に残し、書斎に向かいました。書斎では、ダーリントン卿が真剣な表情で何枚かの書類に目を通しておられました。カーディナル様の来訪をお伝えいたしますと、一瞬、お顔に驚きと困惑の表情が浮かんだようです。椅子の背に体をあずけ、何事か思案しておられましたが、やがてこう言われました。

「ミスター・カーディナルには、すぐに行くと言っておいてくれ。それまでご自由にどうぞ、とな」

居間にもどりますと、カーディナル様は——もうずいぶん見慣れたものに違いありますまいに——あの置物やこの置物をしげしげと眺めながら、部屋の中を落ち着かなげに歩き回っておられました。私は卿のお言葉を伝え、食事までに何か召し上がりたいものはないかと尋ねました。

「そうだな、お茶だけでいいよ。ところで、スティーブンス、今晩の客は誰なの？」

「申し訳ございませんが、私にはわかりかねます」

「まるっきり？」

「申し訳ございません」

「ふむ、興味が湧くなあ。まあ、いいや。今晩は目につかないように、低姿勢でとおさなくっちゃね」

ミス・ケントンの部屋に行ったのは、それから間もなくのことだったと記憶しております。ミス・ケントンはテーブルを前にすわっておりましたが、テーブルには何も出ておらず、両手もからっぽでした。何をするでもなく、ただすわっていたものと見えます。私がノックするかなり前から、そんな状態でいたことをうかがわせる雰囲気がありました。

「カーディナル様がお見えになりました、ミス・ケントン」と私は言いました。「今晩も、いつもの部屋にお泊まりになると思います」

「わかりました、ミスター・スティーブンス。出かける前に、きちんと用意しておきます」

「ああ、今晩はお出かけになるのでしたか、ミス・ケントン？」

「そうですわ、ミスター・スティーブンス」

私が少し意外そうな様子を見せたのかもしれません。ミス・ケントンはつづけてこう言いました。

「今晩のことは、二週間前にお話しいたしました。お忘れになったのですか、ミスター・スティーブンス？」

「そうでした、ミス・ケントン。申し訳ありません。うっかり忘れていました」

「何か不都合なことでもあるのでしょうか？」

「いえ、そんなことはありません。今晩はお客様が何人かお見えになることになっていますが、あなたがお屋敷にとどまらねばならぬということはありません」

「今晩出かけてもいいというのは、これは二週間前からの約束ですわね、ミスター・スティーブンス？」

「もちろんです、ミス・ケントン。忘れていて申し訳ありませんでした」

私は向きを変えて部屋を出ようとしましたが、戸口で呼び止められました。

「ミスター・スティーブンス、少しお話ししたいことがあります」

「何ですかな、ミス・ケントン？」

「私の知合いのことです。今晩、私が会う相手ですわ」

「そのお相手が何か？」

「この方に結婚を申し込まれていますの。あなたには、そのことを知っておく権利があるだろうと思いまして」

「さようでしたか、ミス・ケントン。なるほど、さようでしたか……」

「どう返事をしたものか、まだ考えています」

「さようですか」

ミス・ケントンは、一瞬、下を向き、両手を見つめているようでしたが、すぐに視線を私のほうにもどしました。「私の知合いは、来月から西部地方で新しい仕事につくことになっています」

「さようですか」

「先ほども言いましたように、私はまだどうしようか考えているところですけれど、でも、やはりこういうことはお伝えしておいたほうがよいと思いまして」

「そのとおりです、ミス・ケントン。よく教えてくれました。では、今晩は楽しく過ごされますように」

ミス・ケントンともう一度顔を合わせたのは、それから二十分ほどしてからだったと存じます。私が夕食の準備に忙しく動き回っているときのことでした。物をいっぱいにのせたお盆を両手でもち、裏階段を半分ほどのぼったとき、下のほうから、床板を荒々しく踏み鳴らす音が聞こえてきました。振り向くと、階段の足元にミス・ケントンが立ち、怒りの表情で私を見上げていました。

「ミスター・スティーブンス。あなたは、私が今晩お屋敷にとどまることを望んでおられますの？」

「とんでもありません、ミス・ケントン。あなたが先ほど指摘なさったように、今晩のお出かけはずいぶん前から了解ずみのことです」

「でも、私が今晩出かけるというので、ずいぶん不機嫌ではございませんこと？」

「とんでもありません、ミス・ケントン」

「台所で派手な物音をたててみたり、私の部屋の前を何度もばたばたと行き来してみたり、そんなことで私の気持ちを変えようとしておられますの？」

「ミス・ケントン、台所が少し騒がしかったのは認めますが、それは夕食間際になって、急にカーディナル様がお見えになったからで、仕方のないことです。繰り返しますが、あなたが今晩お出かけになってならない理由は何もありません」

「ミスター・スティーブンス、あなたがいい顔をなさろうとなさるまいと、私は出かけさせていただきます。はっきり申し上げておきますわ。何週間も前からの約束ですもの」

「結構です、ミス・ケントン。今晩は、どうぞ楽しく過ごされますように」

　夕食の席では、卿とカーディナル様の間に何やら奇妙な雰囲気が漂っておりました。長い間、お二人は黙って食事をしておられましたが、とくにダーリントン卿は、心ここにあらずのご様子でした。途中、カーディナル様がこう声をかけられました。

「今夜は何か特別のことがあるんですか」

「ん？」

「今夜のお客人のことですよ。特別な方ですか？」

「いや、それは言えんよ。厳重なる秘密だ」

「おやおや。じゃあ、同席させてはもらえそうにないですね？」

「同席とは、何に同席かね？」

「何だかわかりませんが、今晩の会合にですよ」

「お前にはつまらぬ会合だろうよ。いずれにせよ、機密保持が最高の要件だ。お前に同席などさせるわけにはいかん。とんでもないことだ」

「何だか、聞けば聞くほど特別の会合のようですね？」

カーディナル様は卿のご様子をじっと観察しておられるようでしたが、卿はもはや何も語ろうとせず、黙々と食事をつづけられました。

食事が終わると、お二人はポートワインと葉巻を楽しもうと喫煙室に入られました。私には食堂の後片付けと、今晩の来客にそなえて居間を準備しておく仕事があります。ですから、喫煙室のドアの前は何遍となく行き来せねばならず、とくに注意していたわけではありませんが、やがて中のお二人が、食堂での静けさとは打って変わって、何やら語気も荒々しく言葉を交わしはじめられたことに気づかずにはいられませんでした。十五分後には、怒鳴り声までが飛び交いはじめました。立ち止まって聞き耳をたてたわけではありません。しかし、「そんなことは、お前には何の関係もないことだ」と叫ぶダーリントン卿のお声が、廊下にまで響いてまいりました。

お二人が喫煙室から出てこられたとき、私は食堂におりました。そのときまでには、どちらも冷静さをとりもどしておられ、廊下を歩きながら交わされた言葉といえば、卿の「よいか、私はお前を信じているからな」と、それに対してカーディナル様がいらだたしげにつぶやかれた「わかっています。約束しますよ」だけでした。その後、お二人の足音は分かれ、卿は書斎へ、カーディナル様は読書室へ向かわれたようです。

ほぼ正確に八時半でした。中庭に乗りつける自動車の音が聞こえ、私がドアをあけますと、目の前に運転手が立っておりました。その肩越しに、いままさに庭のあちこちに散っていこうとしている何人もの警官が見え、つぎの瞬間、二人のたいへん立派な紳士が玄関に入ってこられました。ダーリントン卿が玄関までお出迎えになり、お二人の先に立って居間へ入っていかれました。それから十分ほどして、もう一台の車が現われ、いまではダーリントン・ホールの常連客となったドイツの駐英大使、リッベントロップ様がお見えになりました。今度も卿が出迎えられ、お二人は何やら意味ありげな視線を交わしたのち、連れ立って居間に向かわれました。数分後に、私が飲み物などをお持ちしますと、四人の紳士はさまざまな種類のソーセージの比較談義に熱中しておられ、居間の雰囲気は、少なくとも表面的にはたいへん和やかでした。

その後、私は廊下のいつもの場所で待機いたしました。重要な会合のあるときは、いつもアーチ型の戸口近くでご用をお待ちします。その晩は、何のお呼びもかからないまま二時間ほどたちましたが、そのとき、裏口のベルが鳴りました。降りていきますと、ミス・ケントンとともに警官が一人立っておりまして、私にミス・ケントンの身分の確認を求めました。「警護の手続きでしてね、お嬢さん、悪く思わんでくださいよ」警官はそう言って、また闇の中に消えていきました。

戸締まりを終えて、ふと気づくと、ミス・ケントンがまだそこで待っていました。私はこう声をかけました。

「楽しい夜を過ごされましたかな、ミス・ケントン？」

ミス・ケントンは何も答えませんでした。台所の広い暗がりの中を連れ立って歩きながら、私はもう一度同じことを尋ねました。「楽しい夜を過ごされましたかな、ミス・ケントン？」

「ええ、とても。ありがとうございます、ミスター・スティーブンス」

「そうですか。それはよかった」

私の後ろで足音が突然止まり、ミス・ケントンのこんな言葉が聞こえてきました。

「ミスター・スティーブンス。私と知合いとの間に今晩どんなことがあったのか、あなたには少しも関心がありませんの？」

「無礼と思われたら困るのですが、私はすぐにでも上にもどらねばならないのです、ミス・ケントン。この瞬間、このお屋敷では世界的な重要性をもつ出来事が進行しているのですよ」

「いつだってそうではありませんか。よろしいわ、ミスター・スティーブンス。あなたがお急ぎだと言うなら、私が申込みを受け入れたことだけお伝えしておきます」

「申込みとは、ミス・ケントン？」

「結婚の申込みですわ」

「ああ……さようですか、ミス・ケントン。では、私からも、心よりのおめでとうを申し上げます」

「ありがとうございます、ミスター・スティーブンス。もちろん、契約の解除まで、所定の期間は喜んで勤めさせていただきますけれど、もしそれ以前にやめさせていただけるなら、こんな嬉しいことはありません。私の知合いは、二週間後に、西部地方で新しい仕事を始めることになっていますので」

「できるだけ早くあなたの代わりが見つかるように最善を尽くしましょう、ミス・ケントン。では、失礼して、私は二階にもどります」

私はまた歩きはじめました。が、廊下に面した戸口まであと一歩というとき、ふたたび「ミスター・スティーブンス」と呼ぶ声がして、私は振り返りました。ミス・ケントンは先ほどの位置から少しも動いていません。私に話しかけるのに少し声を張り上げねばならず、暗く人気《ひとけ》のない台所の巨大な空間に、その声が奇妙にこだましました。

「このお屋敷に十数年もお仕えした私がやめようと言うのですよ、ミスター・スティーブンス。それに対する感想が、いまおっしゃったそっけないお言葉だけですか？」

「ミス・ケントン。あなたには衷心よりおめでとうを申し上げます。しかし、繰り返しますが、いま、この瞬間、世界的な重要事が二階で繰り広げられつつあるのです。私は急いで持ち場に帰らねばなりません」

「ご存じかしら、ミスター・スティーブンス？　知合いと私にとって、あなたはとても重要な人物だったのですよ？」

「さようですか、ミス・ケントン？」

「そうですわ。あなたのことをあれこれと話し合って時間を過ごしたことも多いのですよ、ミスター・スティーブンス。たとえば、あなたが指で鼻をつまむ格好が私の知合いのお気に入りでしてね、ほら、食事時に、あなたが胡椒を振りかけるときになさるあの格好が……。私に会うと、やれと言ってききません。やってみせると、いつも大笑いしますわ」

「なるほど」

「それに、あなたが召使に与える〝訓辞〟も気に入っているようですわ。あなたの演説口調の物真似では、私はもう名人クラスですもの。出だしのところをちょっとやってみせるだけで、二人とも笑い転げてしまいます」

「さようですか、ミス・ケントン。では失礼して、私は上に行きます」

私は二階にもどり、例の持ち場につきました。が、ものの五分とたたないうちに、読書室の戸口にカーディナル様が姿を現わし、私に向かって手招きをされました。

「面倒をかけてすまないんだがね、スティーブンス。もう少しブランディーをもらうわけにはいかないかな？　さっき君がもってきてくれたやつは、もうからっぽだ」

「お好きなものを何でも召し上がってくださってかまいませんが、しかし、カーディナル様。これからまだコラムをお書きにならねばならぬのですから、これ以上召し上がるのは、いかがなものでございましょうか」

「ぼくのコラムなら心配いらないよ、スティーブンス。頼むよ、もうちょっとでいいんだから、ね？」

「はい、承知いたしました」

しばらくして読書室にもどりますと、カーディナル様は本の背をながめながら、本棚の間を歩き回っておられました。近くの書き物机には、書きかけの紙が一面に散らばっております。私が近づくのをご覧になり、カーディナル様は嬉しそうな声をあげて、革張りの肘掛け椅子に腰をおろされました。私はブランディーを少しばかり注いで、手渡して差し上げました。

「ねえ、スティーブンス。ぼくらは知り合ってから、かなりになるよね？」

「さようでございます」

「このお屋敷に来るときは、いつも君とちょっと話をするのが楽しみなんだ」

「光栄に存じます」

「どうだい、ぼくに付き合って一杯やらないかい？」

「ご親切はありがたく存じますが、ご辞退申し上げます。申し訳ありません」

「おや、スティーブンス。大丈夫かい？」

「もちろんでございます」私は軽く笑いながら言いました。

「気分が悪いんじゃなかろうね？」

「いえ、多少疲れておるとは存じますが、気分は上々でございます。どうもご心配いただきまして、ありがとうございます」

「じゃあ、ちょっとすわったほうがいいよ、ほら……。まあ、いまも言ったように、ぼくらは知り合ってからずいぶんになる。だから、君には隠し事をしたくないんだ。君のことだからもう気づいているとは思うが、ぼくが今晩立ち寄ったのは偶然じゃないんだよ。〝密告〟があったのさ、今晩何が起ころうとしているかについてね。ホールの向こう側のあの部屋で、いまこの瞬間にだ」

「カーディナル様……」

「頼むから、すわってくれよ、スティーブンス。友達として話したいんだ。そのいまいましいお盆をもってさ、いまにもどこかへ行ってしまいそうな格好で立っていられたんじゃ、落ち着いて話もできないよ」

「申し訳ございません」

私はお盆を脇に置き、カーディナル様が指し示しておられる肘掛け椅子に、背すじを伸ばしたまま浅く腰かけました。

「ほら、やっぱり落ち着くだろう」とカーディナル様は言われました。「さて、スティーブンス。首相はもう居間にはおられないのかな?」

「は? 何のことでございますか?」

「わかったよ、スティーブンス。ぼくに話す必要はない。君が微妙な立場にいることは、ぼくにも理解できる」カーディナル様は溜め息をつき、書き物机に散乱している原稿のほうに疲れた視線を向けられました。そして、こう言われました。

「ぼくがダーリントン卿にどういう気持ちを抱いているかは、いまさら君に言うまでもないよね、スティーブンス？　卿は、ぼくにとっては二人目の父親も同然だ。そんなことは、あらためて聞かずともわかっているだろう、スティーブンス？」

「はい、カーディナル様」

「ぼくは卿を深く敬愛している」

「承知いたしております」

「君もそうだ、スティーブンス。君もダーリントン卿を深く敬愛している。そうだろう、スティーブンス？」

「さようでございます」

「うん。お互い、相手の立場がこれで確認できたわけだ。ここから話が始まる。じつはね、スティーブンス、卿はいま深みにはまろうとしておられる。ぼくは以前から見守ってきたんだ。卿はしだいに沖合に泳ぎ出ていって、ぼくは心配でならない。もう背の立たないところまで行ってしまわれた。いつ溺れるかわからないんだ、スティーブンス」

「さようでございますか」

「スティーブンス、いま二人でこんなことを話している間に何が起ころうとしているか、君にはわかっているかい？　ここから数ヤードしか離れていない、あの部屋でさ？　いや、君に確認してもらうまでもない。あの部屋には、いま、イギリスの首相と外相と、それにドイツ大使がいる。こんな会合がほんとうに実現するなんて、これはダーリントン卿の起こした奇跡としか言いようがないよ。そして卿は本心から信じ込んでおられる、自分のしていることは善であり高貴なことだとね。卿がなぜこの三人を集めたか、わかるかい、スティーブンス？　いま何が起ころうとしているのか、君にはわかっているかい？」

「残念ながら、私にはわかりかねます」

「残念ながらか、スティーブンス。ほんとうかな？　ほんとうに残念ながらかな？　君は好奇心を刺激されるということがないのかい？　いま、このお屋敷で決定的な大事が進行しているんだよ。君の好奇心はそれでも眠っているのかい？」

「私は、そうしたことに好奇心を抱く立場にはございません」

「しかし、ダーリントン卿のことは気にかかるだろう？　卿を深く敬愛している。いまそう言ったばかりだ。卿のことが心配なら、少しは関心をもつべきじゃないのかい？　もうちょっと好奇心を働かせるとかさ？　君の雇主の仲介で、イギリスの首相とドイツ大使が真夜中に秘密の会談をしに来ているんだ。それなのに少しも好奇心が湧かない？」

「好奇心が湧かないというのではございません。しかし、そのような問題につきまして、好奇心をあからさまにする立場にはございません」

「立場にない？　そうか、君はそれが忠誠心だと思っているわけだ。違うかい？　それが忠誠心だと思っているんだろう？　卿への？　それとも国王へのかな？」

「申し訳ございません、カーディナル様。私にどうせよとのご提案でございましょうか？」

カーディナル様はもう一度溜め息をつき、かぶりを振られました。「何を提案しているというわけじゃないんだよ、スティーブンス。正直に言って、何をしていいのか、ぼくにもわからない。だが、少なくとも好奇心くらいはもってもらいたい」そして、しばらく黙ったまま、絨毯の、私の足元あたりをぼんやりと見つめておられました。やがて、「まだ、ぼくと一杯付き合う気にはならないかい、スティーブンス？」

「いえ、ありがたくは存じますが……」

「これだけは言っておくよ、スティーブンス。ダーリントン卿はいいように利用されているんだ。ぼくは十分な調査をした。ドイツの状況についてなら、この国の誰よりも詳しい。そのぼくが言ってるんだ。卿はいいように利用されているんだよ」

私は何も答えませんでした。カーディナル様は依然ぼんやりと床をながめたまま、やがて、こう言葉を継がれました。

「ダーリントン卿はすばらしいお方だ。だが、深みにはまってしまわれた。操られているんだよ、スティーブンス。ナチの連中にとっちゃ、卿はチェスのポーンだ。歩だ。気がついているかい、スティーブンス？　少なくともこの三、四年は、そういう状態がつづいているんだよ。それを知っていたかい？」

「いいえ、カーディナル様。私にはそのようにはとても思えません」

「疑いくらいはもったろう？　ヘル・ヒットラーが、親愛なるわれらが友人ヘル・リッベントロップを通じて、卿を手先に使ってきたんだ。ベルリンにいる無数の傀儡と同じさ。じつにやすやすと卿を操ってきた」

「いいえ、カーディナル様。私にはとてもそのようには思えません」

「まあ、君は気づかないかもしれないさ、スティーブンス。だって、好奇心すらもとうとしないんだもの。目の前でそんなことが起こっているというのに、それがどういうことか見極めようという気にすらならない」

カーディナル様は、肘掛け椅子の背にもたれていた上体を引き起こし、少し姿勢を正されました。そして、しばらくの間、机の上に放り出したままの、やりかけの仕事を見ていましたが、やがてこうつづけられました。

「ダーリントン卿は紳士なんだよ。そこからすべてが始まっているんだ。卿は紳士だ。そしてドイツとの戦争を戦った。敗れた敵に寛大に振舞い、友情を示すのは、紳士としての卿の本能のようなものだ。ほんものの英国紳士であるゆえの宿命と言ってもいい。そして、君も見たに違いない、スティーブンス。君が見ていないなんてことはありえない。やつらが卿のその高貴な本能をどう利用したか。それを巧みに操って、高貴なるものを何か別の、自分たちの汚い目的のために利用できるものに変えてしまったんだ。君だってそれを見ているはずだ、スティーブンス」

カーディナル様はまた床を見つめられました。しばらく黙っていましたが、やがてこう言われました。

「もうずいぶん前のことだが、昔、このお屋敷に来たときに、アメリカ人がいた。大きな国際会議を開いたんだ。その会議を組織するので、父も一生懸命だった。このアメリカ人は、いまのぼくよりもっと酔っ払っていたな。晩餐会の席で立って、みんなの前で演説をぶった。そのとき、ダーリントン卿を指さして、アマチュアだって言ったんだ。わけもわからんのに、でしゃばりたがって困るアマチュアだ、って。いま思えば、あのアメリカ人の言うとおりなんだよ、スティーブンス。人生の冷厳な事実というやつかな。今日の世界は、高貴な本能を大切にしてくれるようなきれいな場所じゃない。君も見ているんだろう、スティーブンス？　やつらが高貴なるものをいかにして操り、ねじ曲げてしまうか。君も見てわかっているんだろう？」

「申し訳ございませんが、そのようなことを見ているとは申し上げられません」

「見ているとは言えないか？　君のことは知らない。だが、ぼくは何とかするつもりだ。父が生きていたら、こんなことをやめさせるために何かをしたはずだ」

カーディナル様はまたしばらく黙り込み、おそらく亡きお父上のことを思い出されたためでしょうか、ひじょうに悲しそうな表情を浮かべられました。

「君は平気かい、スティーブンス？　ダーリントン卿が崖から転げ落ちようとしてるのを、黙って見ているつもりかい？」

「申し訳ございません。何のことを言っておられるのか、私にはよく理解できかねます」

「理解できかねるだって、スティーブンス？　よし、ぼくらは友達だ。だから率直に言わせてもらうよ。この数年間というものはだね、スティーブンス、卿はヘル・ヒットラーがイギリス国内に確保している最も有用な手先だったんだよ。プロパガンダ専門の傀儡さ。卿は誠実で高潔な紳士だ。自分がほんとうは何をしているのか、卿にはわからない。だから余計にいいんだ。この三年間だけで六十人……何の数字かわかるかな、スティーブンス？　卿の働きかけでベルリンとの間に密接な関係をもつに至った、この国の有力者の人数さ。ナチにとっちゃ、こたえられんだろうよ。ヘル・リッベントロップには、イギリス外務省なんて存在しないも同じことだ。さて、ニュルンベルク決起集会も終わったし、ベルリン・オリンピックも終わった。今度は何だ？　やつらは卿を使って何を企んでいる？　いま、あの部屋で何が話し合われているか、君にはわかるかい、スティーブンス？」

「いえ、残念ながらわかりかねます」

「ここしばらく、卿は首相の説得をつづけているんだよ。ヘル・ヒットラーの招待を受け入れろ、ってね。ドイツの現政権について首相は重大な誤解をしている――卿は心からそう信じている」

「では、卿のお立場のどこにも、反対すべきところは見当たらないのではございませんか、カーディナル様？　卿は常に国家間の相互理解に尽力してこられました」

「それだけじゃないんだ、スティーブンス。この瞬間――ぼくがよほどひどい間違いをしているのでなければ、いまこの瞬間にだ――卿は、国王のヒットラー訪問を提案しているはずなんだ。われわれの新しい国王が昔からナチを賛美しているのは、とくに秘密というほどのことじゃない。聞くところでは、国王自身はヘル・ヒットラーの招待を受け入れたくてたまらないらしい。いまこの瞬間にだ、スティーブンス、卿はこの恐るべき計画を推進しようとして、外務省の反対を取り除くのにやっきになっているんだ」

「しかし、カーディナル様、私には、卿が高貴なる目的のために行動しておられるとしか考えられません。結局のところ、卿はヨーロッパに平和がつづくようにと努力しておられるのでございましょう？」

「教えてくれないか、スティーブンス？　もしかしたらぼくの言うことが正しいかもしれないとは——たとえどれほどわずかでも、その可能性があるとは——君にはまったく考えられないかい？　ぼくの言っていることに興味すら覚えないかい？」

「申し訳ございません、カーディナル様。私はご主人様のよき判断に全幅の信頼を寄せております」

「よき判断か。よき判断のできる人が、なんでラインラント以後もヘル・ヒットラーの言うことを信じられるんだ、スティーブンス？　卿は深みにはまっておられる。溺れかけておられるんだよ、スティーブンス。おや……今度こそ、ほんとうに君を怒らせてしまったようだな」

　その直前に居間でベルが鳴り、私は立ち上がっておりました。「いえ、そうではございません、カーディナル様。ご主人様が私をお呼びのようでございます。失礼いたします」

　居間には、濃いタバコの煙が立ち籠《こ》めておりました。私が部屋に入り、卿の指示をうかがっております間も、他の三人の紳士は一言も発せず、むずかしい表情を浮かべたまま、葉巻を吸いつづけておられました。卿は、あるとびきり上等のポートワインを酒蔵からもってくるよう、私に命じられました。

　夜もその時刻になりますと、裏階段を降りるときの足音がどうしても大きく響き渡ります。それがミス・ケントンを目覚めさせたに違いありますまい。廊下の暗がりの中を歩いていく私の前方で、ミス・ケントンの部屋のドアがあきました。戸口には、部屋の中のあかりに照らされながら、ミス

・ケントンが立っておりました。
「こんな時間に、まだ起きておられたのですか、ミス・ケントン？」私は近づきながら声をかけました。

「ミスター・スティーブンス、先ほどは愚かしい振舞いをしてしまいました。どうぞ、お許しください」

「申し訳ありませんが、ミス・ケントン、いまは話をしている暇がありません」

「ミスター・スティーブンス、先ほど私が申し上げたことを本気にしてはいけませんわ。私がただ愚かだったのですから」

「あなたが言われたことを本気になどしておりません、ミス・ケントン。と言うより、あなたが何のことを言っておられるのか、私には思い出すことすらできません。わが国の大事がいま二階で進行しているのです。ここであなたと軽口を叩き合っている暇はありません。あなたも、もうお休みになったほうがよろしい、ミス・ケントン」

そう言いおいて、私は先を急ぎました。ようやく台所のドアに達しようとしたとき、廊下に闇がもどり、私はミス・ケントンが部屋のドアをしめたことを知りました。

酒蔵で目的のワインを見つけ、お客様にお出しするための準備をするのに、さほど時間はかかりませんでした。ですから、お盆をもち、二階へもどるためにまた廊下へ出てきたのは、先ほどミス・ケントンに出会ってからほんの数分後のことだったと存じます。ミス・ケントンの部屋に近づきますと、ドアの周辺からあかりが漏れ、ミス・ケントンがまだ起きていることをうかがわせました。

さよう、私の記憶に深く刻み込まれておりますのは、やはり、あの瞬間のことだったに違いありますまい。私は両手にお盆をもち、廊下の暗がりの中に立っておりました。そして、心に確信めいたものが湧いてくるのを感じておりました。この瞬間、ドアの向こう側で、私からほんの数ヤードのところで、ミス・ケントンが泣いているのだ……と。それを裏付ける証拠は、何もありません。もちろん、泣き声などが聞こえたわけではありません。が、あの瞬間、もし私がドアをノックし、部屋に入っていったなら、私は涙に顔を濡らしたミス・ケントンを発見していたことでしょう。当時もいまも、そのことは信じて疑いません。

どれほどの間そこに立っていたものでしょうか。ずいぶん長い間立ち尽くしたようにも思いますが、実際はほんの数秒間だったに違いありますまい。わが国で知らぬ者のない著名な方々のご用で、私は二階へ急ぐ途中だったのです。不当に道草をくったはずがありません。

居間にもどりますと、四人の紳士は相変わらず真剣な表情のままでした。しかし、部屋の雰囲気についてそれ以上のことはわかりません。私が部屋に入りますと、すぐ卿が私からお盆を受け取り、「ありがとう、スティーブンス。あとは私がやる。下がってよい」と言われましたから。

ホールを横切り、私はまたアーチの下の持ち場にもどりました。そして、ほぼ一時間後にお客様がお帰りになるまで、そこで待機しつづけました。何事も起こらず、ただその場に立っていただけの一時間でしたが、あのときのことは、二十年たったいまになっても鮮明に思い出すことができます。ご想像のとおり、私はたしかに最初は気が滅入っておりました。が、立ちつづけている間に、じつに奇妙なことが起こったのです。いつの間にか、心の奥底からしだいに大きな勝利感が湧き上がってきたのです。

当時の私がこの感情をどのように分析したものか、いまでは覚えておりません。しかし、今日振り返りますと、説明は容易につくように思われます。私にとりまして、あの夜はきわめて厳しい試練でした。しかし、あの夜のどの一時点をとりましても、私は「みずからの地位にふさわしい品格」を保ちつづけたと、これは自信をもって申し上げられます。おそらく、あの夜の私なら、父も誇りに思ってくれたことでしょう。そして、私が注視しつづけた、ホールの向こうのドアの内側では――私がたったいま任務を遂行してきた部屋の中では――ヨーロッパで最も大きな影響力をもつ方々が、大陸の運命について意見を交わしておられたのです。あの瞬間、私がこの世界という「車輪」の中心にいたことを誰が疑いえましょう。そして、あの夜の私をうらやまぬ執事がどこにおりましょうか。

あのアーチの下に立ち、その日の出来事を――すでに起こったこと、そしていま起こりつつあることを――さまざまに考えておりましたとき、私にはそのすべてが、これまでの執事人生で成し遂げたことの集大成のように感じられたに違いありません。あの夜の勝利感と高揚については、ほかにふさわしい説明はないように思われます。

六日目——夜

ウェイマスにて

この海辺の町は、私が昔から一度は来てみたいと思っていたところです。ここで快適な休日を過ごしたという話は、さまざまな方からうかがっておりましたし、サイモンズ夫人も『イギリスの驚異』シリーズの中で、この町を「旅行者を何日間でも飽きさせない町」と紹介しておられます。私はこの三十分間ほど、この町の遊歩桟橋の上をぶらぶらと歩いておりましたが、夫人はこの桟橋のことも取り上げ、是非、夕方に訪れてみるようにと勧めておられます。夕方になるとさまざまな色の電球がともり、桟橋全体を飾るのだそうです。先ほど係員に尋ねましたところ、点燈の時刻は「もうすぐですよ」とのことでしたので、私はこのベンチにすわり、その瞬間を待つことにいたしました。ここからは、海に沈んでいく夕日がよく見えます。今日はすばらしく天気のよい一日で、日の光はまだ十分に残っておりますが、海岸沿いのあちこちで、ぽつぽつとあかりがつきはじめました。桟橋は相変わらずのにぎわいです。ベンチにすわる私の後ろでは、板敷きの桟橋を行き来する人々の足音が、一瞬もとだえることがありません。

この町には昨日の午後着きました。ここに二晩も泊まることにいたしましたのは、ドライブを忘れて、一日、のんびり過ごしてみたかったからです。ドライブはなかなか楽しいことには違いありませんが、しばらくつづけておりますと、やはり多少疲れてまいります。今日はまったくハンドルを握らずにすむ——そう思っただけで、今朝は何やらほっといたしました。いずれにせよ、私には十分な時間的余裕があります。今日、もう一晩ここに滞在しても、明朝少し早めに出発すれば、お茶の時間までにはダーリントン・ホールに帰りつけましょう。

リトル・コンプトンのローズガーデン・ホテルでミス・ケントンに再会してから、もう丸二日がたちます。さよう、まったく意外なことでしたが、ミス・ケントンがホテルに私を訪ねてくれたのです。私どもはホテルの喫茶室で再会をはたしました。あの日、私は昼食をすませ、そのまま食堂で時間をつぶしておりました。テーブル脇の窓から、ぼんやりと雨を眺めていたのでした。すると、ホテルの従業員が来て、私に会いたいというご婦人がフロントに見えていると伝えてくれました。私は席を立ってロビーに出ましたが、そこには見知った顔は見当たりませんでした。が、フロント係がカウンターの後ろから、「ご婦人は喫茶室でお待ちでございます」と教えてくれました。

フロント係の指し示すドアを入っていきますと、そこは、雑多な肘掛け椅子の間にいくつかのテーブルを配置した部屋になっておりまして、ミス・ケントンが一人、そこにぽつんとすわっておりました。ミス・ケントンは立ち上がり、にっこり笑って、私のほうに手を差し出しました。

「ミスター・スティーブンス。何年ぶりですかしら。またお会いできて、こんな嬉しいことはありませんわ」

「ミセス・ベン、お懐かしい」

雨のせいで部屋は薄暗く、私どもは肘掛け椅子を二つ、出窓のすぐ近くまで移動させました。そして、雨に煙る村の広場を前にして、灰色の光の中で、二時間ほどもおしゃべりをつづけました。

ミス・ケントンは、もちろん、いくぶん年をとっておりましたが、少なくとも私の目には、たいへん美しく老いたように見えました。すらりとした体格と、背すじをぴんと伸ばした姿勢のよさは昔のままです。挑戦的ともとられかねない頭の構え方も、昔と少しも変わりません。たしかに、弱々しい光のもとでも、顔のあちこちに小皺が浮かんでいるのが見えましたが、総じて、目の前にすわっているミス・ケントンは、私の記憶に長年住み着いているミス・ケントンと驚くほど似通っておりました。生身のミス・ケントンに再会して、私はどれほど嬉しかったことでしょう。

最初の二十分ほどは、まるで初対面の者どうしのような、礼儀正しい会話がつづきました。ここまでのご旅行はいかがでしたか、とミス・ケントンが尋ねます。休日を楽しんでおられるようで結構ですわ。ここへの途中、どの町を、どの名所旧跡を回ってこられましたの……？　そんな話をしているうちに、私は長い年月がミス・ケントンにもたらした、もっと微妙な変化にも気づきはじめたように思います。たとえば、ミス・ケントンは少し緩慢になったのではありますまいか。もちろん、それは年齢にふさわしい落着きというものかもしれず、しばらくの間は、私もそうだと考えるように努めました。が、私が見たものは、もしかしたら人生への倦怠かもしれないという思いも捨て切れません。ミス・ケントンをあれほど生き生きとした、ときに爆発するほどの多感な人間にしていた内面のきらめきが、いまはもう感じられません。ときどき――口を閉ざしたとき、顔の動きを止めたとき――その表情に悲しみがかいま見えたような気がいたします。しかし、もちろん、こうしたことは私の勝手な思い込みなのかもしれません。

しばらくすると、再会直後のぎこちなさは完全に消え、会話はしだいに親密の度を増していきました。しばらくは、過去に知っていた人物の思い出を語り合い、その人々の消息を教え合うことに熱中いたしましたが、これは思いがけずひじょうに楽しいひとときでした。しかし、話の内容もさることながら、私にとりましては、ミス・ケントンの話しぶりこそが、何にも増して懐かしく感じられました。話しおえたときの微笑み、ときどき顔をのぞかせる皮肉っぽい声の抑揚、そして独特の肩や手の動き……。それを見聞きしているうちに、昔の二人の会話が――そのリズムと習慣が――私の心にはっきりとよみがえってまいりました。

ミス・ケントンの現在の状況についても、このときまでに、いくつかのことがわかってまいりました。たとえば、ミス・ケントンの結婚生活は、私が手紙から想像していたほど危険な状態にはないようです。四、五日ほど家を出たのは事実で、私が受け取った手紙はその間に書かれたもののようですが、その後、ミス・ケントンはベン家にもどり、ミスター・ベンに快く迎えられたとのことです。「あの人だけでも分別があってくれて、ほんとうに助かりますわ」ミス・ケントンは、笑みを浮かべながらそう言いました。

もちろん、夫婦間の問題は、私などが立ち入るべき事柄でないのは承知しております。本来なら、そのような私的な領域をのぞきこむなど、私には思いもよらぬことなのです。が、私にはそうせざるをえない職業上の理由があったことをご理解ください。ダーリントン・ホールの人手不足を解消する方法があるものなら、私は何としてもそれを探らねばなりません。いずれにせよ、ミス・ケントンは私に身の上話をすることを厭いませんでした。これもまた、かつて私ども二人が築き上げていた密接な協力関係の賜物と言えましょうか。

このあと、ミス・ケントンは家族のことをしばらく話しつづけました。夫の健康がすぐれないこと、そのため少し早いが間もなく隠退する予定であること、娘が結婚したこと、秋には孫が生まれること……。そして、ミス・ケントンは、ドーセット州に住む娘さんの住所を私に教え、帰り道には是非立ち寄っていくようにと言いました。ドーセット州のその辺りは、私の帰り道からだいぶはずれておりますす。私はそのことを説明いたしましたが、ミス・ケントンはあとへ引かず、「キャサリンはあなたのことなら何でも聞いて知っているんですよ、ミスター・スティーブンス。立ち寄ってやってくだされば、大喜びしますわ」と言いつづけました。ミス・ケントンが本気であることを知り、私はたいへん感激いたしました。

私からミス・ケントンへは、今日のダーリントン・ホールの様子をできるだけ詳しく説明いたしました。お屋敷の新しい主人であるファラディ様が、たいへんお仕えしやすい方であること、お屋敷のいくつかの部屋が改築されたり、防塵シートで閉鎖されたりしたこと、現在の召使の顔ぶれとその役割分担のこと……。私がお屋敷のことを話しはじめますと、ミス・ケントンは見るからに幸せそうな顔つきになりました。そして、二人はたちまち昔をさまざまに思い出しながら、あれこれについて話し合い、笑い合うことに夢中になりました。

ダーリントン卿の話題は、ただ一度しか出なかったように思います。レジナルド・カーディナル様のことを、二人で思い出しているときでした。私は、カーディナル様がベルギーで戦死されたことをミス・ケントンに話し、ついでに「もちろん、卿はカーディナル様をたいへん可愛がっておられましたから、戦死の知らせはひどい打撃でした」と言ってしまったのです。

せっかくの楽しい雰囲気を、暗い話で台無しにしたくはありません。私は急いで話題を卿から逸せようとしましたが、恐れていたとおり、卿が名誉毀損で訴訟を起こされ、結局敗訴されたことを、ミス・ケントンも知っていたと見えます。私の失言をとらえて、そのことを尋ねてきました。そのような話に引き込まれることに私は抵抗いたしましたが、最後にはこれだけをミス・ケントンに言いました。

「卿については、戦争中ずっと、じつにおぞましいことが言われたり書かれたりしてきたのですよ、ミセス・ベン。とくに、あの新聞がひどかったのです。国が危機に瀕している間は、卿はそのすべてを堪え忍んでこられました。しかし、戦争が終わってからも中傷が少しもやまなかったときは、これ以上、黙って苦しみつづける理由はないと判断されたのです。いまから思えば、危険きわまりないことでした。時期が時期でしたし、世間の雰囲気もあんなでしたしね。が、卿は訴えを起こされました。正義はわれにありと、心から信じておられたのです。しかし、結果は、ご存じのように、あの新聞が発行部数を伸ばしただけのことでした。そして、卿の名誉は永遠に汚されてしまったのです。あのあと、卿は廃人も同様でした。お屋敷も死んだように静かになってしまいました。私が居間にお茶をもって上がりますと……、ミセス・ベン、まことに……まことに悲劇的な光景でした」

「お気の毒に、ミスター・スティーブンス。そんなひどいことになっていたとは、少しも存じませんでした」

「さよう、ひどい状態でした。しかし、もう十分でしょう、ミセス・ベン。あなたの思い出にあるダーリントン・ホールは、華やかな会合が頻繁に催され、著名なお客様であふれていた頃のダーリントン・ホールだと思います。その記憶をそのままもちつづけていただくのが、卿にとりましても最も幸せなことに違いありますまい」

先ほども申し上げましたとおり、ダーリントン卿のことが話題になりましたのは、そのとき一度だけでした。私どもは、主として楽しい思い出だけを語り合いました。あの喫茶室での二時間は、どちらにとりましても、きわめて幸福なひとときだったと申し上げてよかろうと存じます。二人が話している途中、何人もの客が入ってきて、しばらくすわっては、また出ていきましたが、私どもには少しも気になりませんでした。ミス・ケントンがマントルピースに置かれた時計を見上げ、そろそろ帰らねばならないと言ったとき、もう二時間がたったとは、私にはとても信じられないほどでした。

聞けば、ミス・ケントンはバスの停留所まで雨の中を歩かねばならず、その停留所は村を少し出たところにあるといいます。私はフォードで停留所まで送ろうと申し出ました。そして、フロントで傘を借り、二人は連れ立って外に出ました。

駐車してあるフォードの周囲には、水たまりがいくつもできておりました。助手席のドアが遠くなり、私が手を貸してやらねばミス・ケントンだけでは乗り込むことができないほど、大きな水たまりでした。二人は村の大通りをくだり、たちまち商店街を抜けて、平坦な田舎道を走っていきました。景色が飛び去っていきます。それを無言のまま窓から見つめていたミス・ケントンが、このとき私のほうを向き、こんなことを言いました。

「ミスター・スティーブンス、一人で何を笑っておられますの？」

「いや……申し訳ありません、ミセス・ベン。ただ、あなたが手紙の中に書いておられたことを、ちょっと思い出したものですから。あれを読んだときは少し心配したものでしたが、いまでは無用の心配だったことがわかります」

「あら。どんなことを書いたのでしたかしら？」

「とくに申し上げるようなことではありません、ミセス・ベン」

「あら、教えてくださらなければいやですわ、ミスター・スティーブンス」

「さようですか、ミセス・ベン」と、私は笑いながら言いました。「たとえば、手紙のあるくだりで――さて、正確にはどうでしたか――『これからの人生が、私の眼前に虚無となって広がっています』というようなことを書いておられました」

「ほんとうですから、ミスター・スティーブンス？」やはり少し笑いながら、ミス・ケントンが言いました。「私がそんなことを書いたはずがありませんわ」

「いいえいいえ、ほんとうに書かれたのですよ、ミセス・ベン。私ははっきり覚えています」

「いやですわ。でも、そんなふうに感じた日もきっとあったのでしょうね。でも、ミスター・スティーブンス、そんな日はすぐに過ぎ去っていきます。はっきり申し上げておきますわ。私の人生は、眼前に虚無となって広がってはおりません。なんといっても、ほら、もうすぐ孫が生まれてきますもの。このあと、何人かつづくかもしれませんし」

「そうですとも、ミセス・ベン。あなた方にとってはすばらしいことでしょう」

二人はしばらく黙ったまま、ドライブをつづけました。やがて、ミス・ケントンがこう言いました。

「あなたにとってはどうなのですか、ミスター・スティーブンス？　ダーリントン・ホールでのあなたには、どんな将来が待ち受けているのでしょう？」

「さて、何が待ち受けているにせよ、それは虚無ではありますまい、ミセス・ベン。私などは、そうであってくれればと願わないでもないのですよ。しかし、とんでもない。仕事、仕事、また仕事でしょう」

二人は同時に笑い出しました。道路の前方にバスの停留所が見えてきて、ミス・ケントンがそれを指さしました。停留所に近づくと、ミス・ケントンがこう言いました。

「私といっしょに少し待っていただけませんか、ミスター・スティーブンス？　バスはすぐに来ると思いますから」

雨は相変わらず降りつづき、私どもは車から降りると、急いで停留所に駆け込みました。この停留所は、タイル葺きの屋根までついた、石造りの頑丈そうな建物です。たしかに、畑以外に何もない平坦な地面の真中に、雨風にうたれながら一つだけぽつんと立っているのです。相当頑丈な造りでなければ、長くはもちますまい。内部は、いたるところでペンキが剝がれ落ちていたものの、十分に清潔に保たれておりました。ミス・ケントンは据え付けてあるベンチに腰をおろし、私は近づくバスが見えるように、立ったまま待ちました。道路の向こう側はやはり一面の畑で、電信柱の列が遠くまでつづいておりました。

二人とも黙ったまま、数分間待っていたでしょうか。私は思い切って口を開きました。

「ミセス・ベン。私どもはもうしばらく会うことはありますまい。まことに申し訳ないとは思うのですが、この際、少し立ち入った、個人的なことをお尋ねしてもよろしいですかな？　ここしばらく、気になっていたことがあるのです」

「もちろんですわ、ミスター・スティーブンス。私どもは古いお友達ではありませんか」

「おっしゃるとおり、私どもは古くからの友人です。私はただお尋ねすればよろしいのです、ミセス・ベン。答えたくなければ、どうぞ無視してください。じつは、あなたからこれまでにいただいた手紙のことなのです。とくに最後の手紙のことなのですが、私はそこから……どう申し上げたらよろしいか……あなたがあまり幸せではない、という印象を受けたのです。ひょっとして、あなたがいじめられているのではないか、などと馬鹿なことを考えたりもいたしました。お許しください、ミセス・ベン。しかし、先ほども申し上げましたように、ここしばらく気になっていたことではあるのです。はるばるここまでやってきて、尋ねてみることさえしなかったというのでは、いつまでも後悔が残ることになりましょう」

「ミスター・スティーブンス、どうぞそんなことで遠慮なさらずに。古いお友達ではありませんか。あなたがそんなに心配してくださっていたなんて、私のほうが恐縮してしまいます。でも、そのことでは、どうぞご安心ください、ミスター・スティーブンス。夫はどんな意味でも私をいじめたりしませんわ。夫は残酷でも気性の激しい人でもありません」

「さようですか、ミセス・ベン。それをうかがって、心から大きな重荷がとれました」

私は雨の中に身を乗り出し、バスの影を捜しました。

「私の答えに満足ではないようですわね、ミスター・スティーブンス？」とミス・ケントンが言いました。「私の言っていることを信じていただけませんの？」

「いえ、そうではありません、ミセス・ベン。そうではないのです。ただ、いまのお答えをうかがっても、あなたが不幸せそうだったという事実は残ります。つまり……お許しください……これまでに、あなたは何度かご主人のもとを出ておられます。ご主人があなたをひどく扱うのでないとしたら、あなたの家出の……不幸の理由は何なのか、私はいささか当惑を覚えるのです」

私はまた降りしきる雨に視線をもどしました。やがて、後ろでミス・ケントンがこう言うのが聞こえました。「ミスター・スティーブンス、どう説明したらよろしいのでしょう？　なぜあんなことをするのか、私自身にもよくわからないことなのです。でも、おっしゃるとおりですわ。私はこれまでに三度、主人のもとを出ています」言葉がとぎれ、私は道路の向こうに広がる畑を眺めつづけました。やがて、「ミスター・スティーブンス、おそらくお尋ねになっているのは、私が夫を愛しているかどうかということですのね？」

「いえ、ミセス・ベン、私はそのような大それた……」

「お答えすべきだと思いますわ、ミスター・スティーブンス。おっしゃるとおり、もうこれから何年もお会いすることがないかもしれませんもの。ええ、ミスター・スティーブンス、私は夫を愛しています。最初は違いました。最初は、長い間、夫を愛することができませんでした。ダーリントン・ホールを辞めたとき、私にはほんとうに辞めるという気がなかったのだと思います。ただ、あなたを困らせたくて、きっと、辞めることもそのための計略の一つくらいに考えていたのでしょう。それが気がついてみると、突然、西部地方に来ていて、ほんとうに結婚しているのですもの、ひどいショックでしたわ。長い間、私は不幸でした。たいへん不幸でした。でも、時間が一年一年過ぎていき、戦争があり、キャサリンが大きくなり、そしてある日、私は夫を愛していることに気づきました。これだけ時間をともにすると、いつの間にか、その人に慣れるのでしょうね。夫は優しい、堅実な人です。そうですわ、ミスター・スティーブンス。私は夫を愛せるほどに成長したのだと思います」

ミス・ケントンはしばらく黙り込みました。そして、こうつづけました。

「でも、そうは言っても、ときにみじめになる瞬間がないわけではありません。とてもみじめになって、私の人生はなんて大きな間違いだったことかしらと、そんなことを考えたりもします。そして、もしかしたら実現していたかもしれない別の人生を、よりよい人生を――たとえば、ミスター・スティーブンス、あなたといっしょの人生を――考えたりするのですわ。そんなときです。つまらないことにかっとなって、私が家出をしてしまうのは……。でも、そのたびに、すぐに気づきますの。私のいるべき場所は夫のもとしかないのだ、って。結局、時計をあともどりさせることはできませんものね。架空のことをいつまでも考えつづけるわけにはいきません。人並の幸せはある、もしかしたら人並以上かもしれない。早くそのことに気づいて感謝すべきだったのですわ」

　ミス・ケントンのこの言葉に、私はすぐに返事をしたとは思われません。聞いた言葉を嚙み締めるのに一瞬を要しました。それに——おわかりいただけましょう——私の胸中にはある種の悲しみが喚起されておりました。いえ、いまさら隠す必要はありますまい。その瞬間、私の心は張り裂けんばかりに痛んでおりました。しかし、私はやがてミス・ケントンのほうを向き、笑みを浮かべてこう言いました。

「おっしゃるとおりです、ミセス・ベン。おっしゃるとおり、いまさら時計をあともどりさせることはできません。そのような考えがあなたとご主人の不幸の原因でありつづけるとしたら、私はこれから安心して眠ることさえできなくなります。さよう、ミセス・ベン、私どもは、みな、いま手にしているものに満足し、感謝せねばなりますまい。それに、うかがったかぎりでは、あなたには満足すべき十分な理由があるではありませんか。ミスター・ベンが隠退され、お孫さんが——おそらく、これから何人も——お生まれになるのです。あなた方お二人は、きわめて幸せな年月を迎えようとしておられます。愚かな考えを抱いて、当然やってくる幸せをわざわざ遠ざけるようなことをしてはなりますまい」

「ありがとうございます、ミスター・スティーブンス。そのように心掛けますわ」

「ミセス・ベン、どうやらバスが来たようです」

私が停留所の外に出てバスに合図している間に、ミス・ケントンはベンチから立ち上がり、屋根の端まで来ていました。バスが止まる瞬間まで、私はミス・ケントンのほうを見ることができませんでした。最後に視線を合わせたとき、ミス・ケントンの目に涙があふれているのが見えました。私はにっこり笑って、こう言いました。

「では、ミセス・ベン。お体を大切に。夫婦にとって、隠退後の生活こそ人生の華だと言います。あなたも、ご自分とご主人のために、それを楽しい年月にするよう努力せねばなりません。もうお会いすることはないかもしれません、ミセス・ベン。ですから、もう一度申し上げます。どうぞ、お体を大切に」

「ありがとうございます、ミスター・スティーブンス。それに、こんなところまで送っていただいて、ありがとうございました。今日は、お会いできてほんとうに嬉しゅうございました」

「私のほうこそ、とても楽しいひとときをありがとう、ミセス・ベン」

栈橋の色つき電球が点燈し、私の後ろの群衆がその瞬間に大きな歓声をあげました。いま、海上の空がようやく薄い赤色に変わったばかりで、日の光はまだ十分に残っております。しかし、三十分ほど前からこの桟橋に集まりはじめた人々は、みな、早く夜のとばりがおりることを待ち望んでいるかのようです。先ほどの人物の主張には、やはり、いくぶんかの真実が含まれているのかもしれません。しばらく前までこのベンチにすわり、私と奇妙な問答を交わしていったその男は、私に向かい、夕方こそ一日でいちばんいい時間だ、と断言したのです。たしかに、そう考えている人は多いのかもしれません。そうでもなければ、ただ桟橋のあかりがついたというだけで、あれだけの歓声が自然発生的に湧き上がるものでしょうか。

もちろん、その人物は比喩的にしゃべっていたのですが、その言葉が、しゃべられた直後にこうして字義どおりのレベルで証明されるというのも、なかなか面白いことのように思われます。その男は、相当な時間、私と並んでこのベンチにすわっていたようですが、私は二日前のミス・ケントンとの再会の思い出にふけっておりましたため、急に耳元で「海の空気は体にいいんだよ」という大声がするまで、その人物には気づきませんでした。

私がはっと目を上げますと、おそらく六十代も後半と思われる太りぎみの男が、すぐ横にすわっておりました。くたびれたツイードの上着をはおり、その下のシャツは首の前が開いておりました。男は海の遠くのほうを眺めておりました。おそらく、沖合のカモメでも見ていたのかもしれません。ですから、聞こえた言葉がいったい私に向けられたものなのかどうか、にわかに断定はできませんでしたが、どこからも返事は聞こえてまいりませんし、返事をしそうな人も近くには見当たりませんでした。結局、私がこう答えました。

「さよう。そのようでございます」

「医者が体にいいって言うんだ。だから、わしは天気さえ許せば、できるだけここに出てくるようにしている」

男は、つづいて自分の持病を並べ立てはじめました。その間、ほんのときたま私のほうを向いて、うなずいたり、にやりと笑ってみせたりするだけで、目はじっと夕日を見つめたままでした。私は、はじめ上の空でした。しかし、何かの拍子に、三年前に隠退するまで近くのお屋敷で執事をしていたという話が出て、それが私の注意を引きました。尋ねてみますと、それはごく小さなお屋敷で、その男が唯一の住込みの雇人だったということがわかりました。戦前はどうでしたか、と聞いてみました。大きなお屋敷で何人もの雇人を使う執事をしていたのですか、と。

「戦前は、わし自身がただの下僕だったよ。あの当時のわしには、執事が務まるだけの専門知識はなかったな。戦前の大きなお屋敷で執事を務めるというのは、あんた、じつにたいへんなことでね、どれだけの仕事をこなさなければならないかを知れば、きっと誰でも驚くよ」

私は、このあたりで身分を明かしておくのが適当だろうと判断いたしました。「ダーリントン・ホール」という名前が、その男にとってどれだけの意味があったかは疑問ですが、男は十分に感銘したようです。

「それなのに、わしときたら、執事の何たるかをあんたに説明しようとしていたんだからな」男は笑いながら言いました。「見知らぬ人と話を始めると、えてしてこんなことになる。わしが馬鹿さ加減を披露するまえに、よくぞ名乗ってくださった。すると、戦前のあんたは、大勢の雇人に執事として君臨していたわけだ」

その陽気な男は、私の話に心から興味を覚えたようです。男の熱心さにつられ、私もつい調子にのって、戦前のダーリントン・ホールについて、いろいろと語って聞かせたことを告白せねばなりません。男のいう「専門知識」も、いくつか披露いたしました。かつてダーリントン・ホールでどのような大行事が行なわれ、私がそれをどうやって成功に導いたか。召使たちからあと少しの努力をしぼりだすために、私がどのような「職業的秘密」を行使したか。さらには、執事が行なうさまざまな「手品」の種明かしまでいたしました。さよう、あることを、ある時間に、ある場所でぴたりと発生させるのは、手品と申し上げてよかろうと存じます。そのためには、お客様の目に触れないところで、大掛かりで複雑な準備が要求されることも多いのです。先ほども申し上げましたように、男はたいへんに興味をもち、夢中になって聞いておりましたが、私はこのくらいで十分であろうと思い、こう締めくくりました。

「もちろん、現在の雇主のもとでは、事情はすっかり変わってしまいました。私の新しい雇主はアメリカの方なのでございます」

「へえ、アメリカ人か。まあ、いまどきお屋敷を維持できるのは、アメリカ人くらいかもしれんな。それで、あんたはお屋敷に残ったわけだ。言ってみれば、お屋敷はあんた込みで売られたわけだ」男は私のほうを向き、にやりと笑いました。

「さよう」私も少し笑いながら言いました。「おっしゃるとおり、私はお屋敷と込みでございます」

男は視線を海にもどし、大きく息を吸い込んで、満足そうにそれを吐き出しました。それからしばらく、二人は黙ったまま、そこにすわりつづけました。

「私にはダーリントン卿がすべてでございました。もてる力をふりしぼって卿にお仕えして、そして、いまは……私には、ふりしぼろうにも、もう何も残っておりません」

男は何も言わず、ただうなずきました。

「新しい雇主のファラデイ様がご到着になってから、私はこのアメリカ人のご主人様にイギリスの最良のサービスをお見せしようとして、一生懸命に努力してまいりました。努力して、努力して、さらに努力して……。しかし、どうあがいても、私のサービスは昔の水準に遠く及びません。過ちばかりがふえていきます。いまのところは、幸いなことにごく些細な過ちですんでおりますが、昔の私には考えられなかったことでございます。それが何を意味しているかも、私にはわかっております。いくら努力しても無駄なのです。ふりしぼろうにも、私にはもう力が残っておりません。私にはダーリントン卿がすべてでございました」

「おやおや、あんた、ハンカチがいるかね？　どこかに一枚もっていたはずだ。ほら、あった。けっこうきれいだよ。朝のうちに一度鼻をかんだだけだからね。それだけだ。ほら、あんたもここにやんなさい」

「いいえ、結構です。私は大丈夫でございます。申し訳ありません。きっと旅行でくたびれているのでございましょう。申し訳ありません」

「あんたは、その何とか卿という人をよほど慕っていたんだね。亡くなってから三年たつって？　その人のことがよほど好きだったに違いないな」

「ダーリントン卿は悪い方ではありませんでした。さよう、悪い方ではありませんでした。それに、お亡くなりになる間際には、ご自分が過ちをおかしたと、少なくともそう言うことがおできになりました。卿は勇気のある方でした。人生で一つの道を選ばれました。それは過てる道でございましたが、しかし、卿はそれをご自分の意思でお選びになったのです。少なくとも、選ぶことをなさいました。しかし、私は……私はそれだけのこともしておりません。私は選ばずに、信じたのです。私は卿の賢明な判断を信じました。卿にお仕えした何十年という間、私は自分が価値あることをしていると信じていただけなのです。自分の意思で過ちをおかしたとさえ言えません。そんな私のどこに品格などがございましょうか？」

「なあ、あんた、わしはあんたの言うことが全部理解できているかどうかわからん。だが、わしに言わせれば、あんたの態度は間違っとるよ。いいかい、いつも後ろを振り向いていちゃいかんのだ。後ろばかり向いているから、気が滅入るんだよ。何だって？　昔ほどうまく仕事ができない？　みんな同じさ。いつかは休むときが来るんだよ。わしを見てごらん。隠退してから、楽しくて仕方がない。そりゃ、あんたもわしも、必ずしももう若いとは言えんが、それでも前を向きつづけなくちゃいかん」そして、そのときだったと存じます。男がこう言ったのは——「人生、楽しまなくっちゃ。夕方が一日でいちばんいい時間なんだ。脚を伸ばして、のんびりするのさ。夕方がいちばんいい。わしはそう思う。みんなにも尋ねてごらんよ。夕方が一日でいちばんいい時間だって言うよ」

「たしかにおっしゃるとおりかもしれません」と私は言いました。「申し訳ございません。醜態をさらしてしまいました。疲れすぎているのでございましょう。このところ、ずっと旅をつづけていたものでございますから」

男が立ち去ってから二十分ほどになります。私はここに残り、いまの瞬間を——栈橋のあかりが点燈するのを——待っておりました。先ほども申し上げましたが、楽しみを求めてこの栈橋に集まってきた人々が、点燈の瞬間に大きな歓声をあげました。その様子を見ておりますと、あの男の言葉の正しさが実感されます。たしかに、多くの人々にとりまして、夕方は一日でいちばん楽しめる時間なのかもしれません。では、後ろを振り向いてばかりいるのをやめ、もっと前向きになって、残された時間を最大限楽しめという男の忠告にも、同様の真実が含まれているのでしょうか。

人生が思いどおりにいかなかったからと言って、後ろばかり向き、自分を責めてみても、それは詮無いことです。私どものような卑小な人間にとりまして、最終的には運命をご主人様の――この世界の中心におられる偉大な紳士淑女の――手に委ねる以外、あまり選択の余地があるとは思われません。それが冷厳なる現実というものではありますまいか。あのときああすれば人生の方向が変わっていたかもしれない――そう思うことはありましょう。しかし、それをいつまで思い悩んでいても意味のないことです。私どものような人間は、何か真に価値あるもののために微力を尽くそうと願い、それを試みるだけで十分であるような気がいたします。そのような試みに人生の多くを犠牲にする覚悟があり、その覚悟を実践したとすれば、結果はどうであれ、そのこと自体がみずからに誇りと満足を覚えてよい十分な理由となりましょう。

ところで、数分前、桟橋のあかりがつきましたとき、私はベンチにすわったまま後ろを向き、そこで笑い合い、しゃべり合っている群衆をしばらく観察いたしました。あらゆる年齢の人々が桟橋を歩いております。子供づれの夫婦、二人づれの男女、若者、老人。ありとあらゆる人々が、手に手をとり合って歩いております。

ベンチのすぐ後ろに、六、七人の一団が立っておりまして、私はこのグループに興味を引かれました。最初は、これから夜をいっしょに楽しもうとする友達どうしかと思いましたが、そこで交わされている会話を聞いておりますと、どうやらそうではないようです。信じられないようなことですが、ベンチ後方のその場所で今晩初めて顔を合わせた、初対面の人々らしいのです。あかりがつく瞬間、たまたまその場所で足を止め、そして歓声にともなう一時的興奮のなかで、そのまま言葉を交わしはじめたということなのでしょう。いま、ここから見ておりますと、じつに楽しげに笑い合っております。人々が、どうしてこれほどすみやかに人間的温かさで結ばれうるのか、私にはじつに不思議なことのように思われます。

もちろん、今晩、何が自分たちを待ち受けているだろうかという、その期待感で結ばれているだけのことかもしれません。しかし私には、どうも、ジョークの技術がそこで大きな働きをしているような気がして仕方がありません。いまも聞いておりますと、互いに、つぎからつぎへ冗談を言い合っております。おそらく、こういうやり方が、多くの人々の好む方法なのでしょう。先ほどまで私の横にすわっていたあの人物も、もしかしたら私と冗談を言い合いたかったのかもしれません。そうだとしたら、私はあの人物をひどくがっかりさせたことになります。本腰を入れて、ジョークを研究すべき時期に来ているのかもしれません。人間どうしを温かさで結びつける鍵がジョークの中にあるとするなら、これは決して愚かしい行為とは言えますまい。

主人が執事に望む任務としても、ジョークは決して不合理なものではないように思えてまいりました。もちろん、私はジョークの技術を開発するために、これまでにも相当な時間を費やしてきておりますが、心のどこかで、もうひとつ熱意が欠けていたのかもしれません。明日ダーリントン・ホールに帰りつきましたら、私は決意を新たにしてジョークの練習に取り組んでみることにいたしましょう。ファラディ様は、まだ一週間はもどられません。まだ多少の練習時間がございます。お帰りになったファラディ様を、私は立派なジョークでびっくりさせて差し上げることができるやもしれません。

訳者あとがき

イシグロは大家になったものだと思う。本書の刊行とほぼ日を同じくして、日本英文学会第七十三回大会が開かれる。その大会資料をめくってみると、マーク・トウェイン、ヘンリー・ジェームズ、ウィリアム・フォークナーなどの常連に並んで、カズオ・イシグロについての研究発表がある。副題が“A Preoccupation with Food in the Works of Kazuo Ishiguro”となっていて、『充たされざる者』のライダーはなぜあれほど食に執着するのか、『日の名残り』のスティーブンスはいつ、どのように食事するのか、などを考察するらしい。テレビ用に書かれた『グルメ』という脚本（主人公が幽霊を料理して食べる）にも触れる。

「イギリス文学から英語文学へ」というシンポジウムでは、イシグロの作品を縦軸、ハニフ・クレイシらの作品を横軸にして、最近の「英語文学」の問題を探る試みがあるし、「English Fiction/English Film」というシンポジウムでは、小説とそれに基づく脚本・映画の関係が、“The Remains of the Novel”というテーマで語られる。『日の名残り』*The Remains of the Day* がアンソニー・ホプキンズ主演で映画化されていることは、ご存じの方も多かろう。細かく探せば、ほかにもあるかもしれない。英語文学研究者は、いま、さまざまな視点からイシグロに注目している。

訳者とイシグロの出会いは、一九八八年のちょっとした幸運に始まる。当時、「フィンクラブ」というフィンランド愛好家の会があって、私もメンバーだった。ここのクリスマスパーティの福引で、なんと一等賞が当たった。ロバニエミから来た本物のサンタクロースが、フィンランドまでの往復航空券をプレゼントしてくれた。とてもありがたかった。たまにはこんなことでもないと、貧乏翻訳家は永久に外国旅行ができない。

フィンランドには、翌八九年十月の終わりに行った。ソ連崩壊の二年前。ちょうど、時の人ゴルバチョフが来ていて、ヘルシンキは騒然としていた。目の前を自動車行列が猛スピードで通り過ぎて行き、車中で誰かが手を振っているのが見えた。隣の見物人が「あれがゴルビー」と言った。十日ほど滞在するあいだに、日本ではまだ封切られていなかった映画《バットマン》を見て、それをコミック化した本のフィンランド語版を買った（これの日本語版は、日本を発つ直前に私が翻訳してきていた）。それから、ガッレン＝カッレラの絵をふんだんにちりばめたフィンランドの民族叙事詩『カレワラ』の豪華本を奮発し、著者暗殺指令騒ぎで日本では買えなくなっていたサルマン・ラシュディ『悪魔の詩』の原書を手に入れ、そして《ニューズウィーク》を買った。《ニューズウィーク》？　そんなどこにでもあるもの、ほんとうは買いたくなかった。隣に並んでいる《プレイボーイ》と《ペントハウス》がほしかった。当時の日本はプレ・ヘアヌード時代で、墨で塗りつぶしたやつは国内でも売っていたが、フィンランドのは無修正版だった（はず）。だが、好色な東洋人と思われることが恥ずかしくて、最後の瞬間に手が勝手に《ニューズウィーク》に伸びていた。旅の恥をかきすてられない自分が情けなかったが、いまさら取り替えることもならず、ホテルに戻って、その《ニューズウィーク》をぱらぱらとめくった。

書評のページに、カズオ・イシグロが『日の名残り』でブッカー賞をとったという記事があった。本の内容も紹介されていて、それを読みながら、ああ、私もバットマンだけじゃなくて、いつかはこんな本を訳してみたいものだと思った。そういう翻訳家になれますようにと願った。そして帰国すると、どうだろう、一週間後にほんとうに『日の名残り』の翻訳依頼が来た。

翻訳中は、スティーブンスの父親の転倒に頭を悩ました。主人と客があずまやで談笑しているところへ、父親がお茶を運んでいき、石段を上がったところで倒れる。描写はまぎれもなく夏であり、summerと書かれてもいる。だが、ほどなくダーリントン・ホールで開かれる国際会議は、三月のことになっていて、ここには時間的な矛盾がある。

私はそれでもいいと思った。スティーブンスが冬を夏と思い違えた。それは執事としての衰えをうかがわせる。が、念のためイシグロに問い合わせると、誤りだと言ってきた。最初は会議を夏に設定していたが、その後、いくつかの史実に合わせて三月に移動した。そのときに手抜かりがあった。ついては、summerの語はsunnyに直してほしい……。「夏」を「ある晴れた日」に変えた。

疵といえば疵だろうが、傑作の数々にもこの類の過ちがよくあることは、『ヒースクリフは殺人犯か?』に始まるジョン・サザーランドの一連の著作(みすず書房)を読むとよくわかる。

じつは、サザーランドのシリーズ三作目『現代小説38の謎』が、『日の名残り』を俎上に載せている。スティーブンスの旅は一九五六年。スエズ危機の年である。なのに、国際関係に携わってきたことをモスクムの村人に自慢するスティーブンスが、スエズ危機には一言も触れていない。それはなぜか……。読みながら、ぜひお考えいただきたい。

二〇〇一年四月

カズオ・イシグロを讃える

村上春樹

作家になってからかれこれ四十年近くになるが、若い頃からかなり年齢を重ねた今日にいたるまで、作家同士のつきあいというものとあまり縁がなかった。とくに意識して交流を避けてきたわけでもないのだが、小説家同士で会って話をしたり、食事をしたり、何か他のいろんなこと（どんなことだろう？）をしたり……みたいなことは何かしら妙に気持ちがひるんでしまうところがあり、そういう交際の場から自然に足が遠のくという傾向はあったかもしれない。もともとが出不精な性格である上に、初対面の作家とたまたま顔を合わせて話をして、あまり愉快とは言いがたい、どちらかというと砂を嚙むような思いをした経験が過去に何度か——日本においても外国においても——あった。そのことに関してはいくつか興味深いエピソードがあるのだが、諸々の事情によりここで具体的に披露することはできない。

だからカズオ・イシグロと会ってみないかと誘われたときも、正直言って「どうしようかな」と少し迷った。僕は以前から彼の作品の愛読者だったし、本人に会って個人的にあれこれ話をしてみたいという気持ちは当たり前に強くあったが、作品を気に入っているだけに、もしもうひとつ意気が上がらないような、あるいはうまく話が噛み合わないような展開になってしまったら……という一抹の不安が、前向きの期待と相半ばしていた。でも早川書房の社長である早川浩さんから、イシグロさんとぜひ会って話してください、先方も望んでおられることなのでと言われ、その言葉に後押しされるように、神田にある早川書房のビルに出かけた。そこの地下にあるレストランで二人だけで昼食を共にすることになっていた。いつだったか正確には思い出せないが、もう十年以上前のことだ。

僕と会う前にイシグロさん（以下敬称略）はどこかの雑誌のインタビューを受けていたのだが、何かの事情で約束の時間が後ろに延びてしまって、僕はそのインタビューが終了するまで、三十分ばかり時間を潰すことになった。そのあいだ僕は奥さんのローナさんと、まだ十代始めだった娘のナオミさん（今ではもう大きくなって大学を卒業している）と話をしていた。ローナさんは僕の本をよく読んでいてくれていて、そういうことについていろんな話をした。見るからに聡明そうな、チャーミングな女性で、会話はなかなか楽しかった。

途中で彼女が「ムラカミさん、私の言うことよくわかりますね」と感心したように言うから、「どうしてですか？」と尋ねると、「私はスコットランド出身で、そちらの訛《なま》りがけっこう強くて、多くの日本の人は私が何を言っているのか理解してくれないんだけど」ということだった。でもどういうわけか（正直なところ、僕はそれほど英語での会話が堪能なわけではないのだが）、彼女の言っていることはけっこうすらすらと理解できた。あるいは相性が良かったのかもしれない。そういうことは——あるいはまた逆のケースも——ときどきある。

というような和やかな雰囲気でいろいろと話をしているうちに、イシグロの取材も無事に終了し、「やあやあ、初めまして」と挨拶をして握手をし、それから二人で昼食の席に移った。他の客の姿もなく（特別にそう配慮していただいたようだ）、二人きりのとても静かなテーブルだった。ローナとナオミは近所をぶらぶら散歩して、何か買い物でもするということだった。インタビューが予定より長引いて、おかげでイシグロ本人と会う前に奥さんと親しく話をすることができて、それがかえってよかったのかもしれない。結果的にいえば、そのあとはほどよく肩の力が抜けて、イシグロとも気楽に会話をすることができた。

そこで二人で昼食のテーブルをはさんでどんな話をしたか？　それが思い出せるといいのだけど、何を話したのかろくすっぽ思い出せない。ひとつよく覚えているのは、僕らはお互いの小説をほとんど全部読んでいるということだった。こんなことを僕の口から言うのはすごく気が引けるんだけど、それでも思い切って言わせてもらえるなら、お互いがお互いの本のファンだったということになる。それは僕にとってはもちろん嬉しいことだったし、光栄なことでもあった。僕らは食事を終えても、「そろそろ次の予定が入っているので」と編集者が呼びに来るまで、ずっと熱心に話し込んでいた。そのときどんなことを話したのかほとんど覚えていないというのは、本当に残念なことだ。でもそれだけ会話が自然にすらすらと流れていたということかもしれない。もうひとつ、ずいぶんたくさん音楽の話をしたことを記憶している。イシグロも僕に劣らず音楽が大好きだった。彼は小説家になる前はミュージシャンになることを志していたということだし、僕自身も小説家になる前は、音楽に関わる仕事をして生計を立てていた。

それ以来、彼が日本に来たり僕がロンドンに行ったりするたびに連絡をとりあって、都合があえば顔を合わせるようにしている。もちろんそういう機会は頻繁にあるわけではないが、たぶんこれまでに四度くらいは会うことができたと思う。ちなみに僕らはいつも英語で話をする。本人は「すまないけど、ぼくは日本語ができないもので」と言う。でもローナは蔭でこっそり「カズオはけっこうちゃんと日本語がしゃべれるのよ」と言う。どちらの言い分がどの程度正しいのか、それはもちろん僕にはわからない。でもイシグロが日本を離れたのは五歳のときだから、もし今でもある程度はしゃべれるとしても、その日本語はおそらく基本的には子供の頃に、あるいは年若い頃に覚えた日本語に留まっているのではないだろうか。そしてそれは現在の彼の考えや気持ちを表現するには――公的にも私的にも――とても足りないものなのだろう（その気持ちはなんとなくわからないでもない。僕は十八歳の時に関西から東京に出てきたのだが、今では関西弁で自分の気持ちをうまく表現することが難しくなってしまっている。家族や旧知の人に会うと、自然にすっと関西弁に移行できるのだが、初対面の人が相手だと東京の言葉でしかうまく語れない。東京の言葉で思考することに馴れてしまったのだ）。

でもとにかく、僕とイシグロとのあいだでは当然のことのように英語が共通語（リンガ・フランカ）になっているし、それ以外の言葉で話をしたことはまだない。しかし考えようによっては、むしろそれがよかったのかもしれないと思うこともある。僕は英語を使って彼と会話することによって、公的には「英国人作家」である彼の中の日本人性（みたいなファクター）をより自然にそのまま理解できているような気がしなくもないからだ。たとえば僕がイシグロと話をするとき、普通の（というか、一般のというか）英国人の作家と話しているときとは、やはりひとつ違う種類の交流がそこにあるように感じられる。もちろん現在のイシグロは英語を母国語として小説を書く英国の作家であり、生まれが日本で、両親が日本人であるというだけで、安易に「日系英国人作家」みたいな言い方はできないだろう。しかし彼の血管の中に日本人の血が流れていることは間違いのない事実だし、それはたぶん本人も——どれくらい強くかはもちろんわからないけれど——ある程度意識しているだろうし（たぶんせざるを得ないだろうし）、更に言えば意識するという以上に、その事実をひとつの大切な滋養として、ひとつのポジティブな資産として、その上で「英国人作家」として小説を書いているように僕には感じられるのだ。そしてそういうプロセスをひとつくぐったカッコつきの「日本人性」みたいなものは、英語を通した方がより自然に、総体としてこちらに伝わってくるような気がする。

それはとりわけ、僕が彼の『日の名残り』を読んだときに、強く肌身に感じたことだった。ご存じのように、そこに展開するのはきわめて英国的な物語だ。第一次世界大戦から第二次世界大戦にかけての時代に、英国有力貴族の屋敷で執事を務める男を主人公に据えた——というか彼の視点から語られる——年代記で、普通に考えれば、日本人の血を引く作家が好んで取り上げるような題材とは言えない。しかしこれはとにかくきわめて緻密に、巧妙に書き込まれた物語で、ひとつひとつの会話から、風景の細部の描写に至るまで、見事なばかりに説得力があり、読んでいて不自然な部分、ぎこちない部分はまったく目につかない。この本のページを繰りながら、読者は当時の英国貴族の暮らしぶりの中に、また彼に仕える忠実な執事の生き方や心理の中に、そしてそこに繰り広げられるドラマの中にとても自然に、抵抗なく引き込まれていく。しかし物語全体を読み終えたときに、僕がひとつ強く実感したのは、「これはまるで日本人の物語であるみたいに書かれているな」ということだった。ひょっとしてこの物語をそのまま日本に置き換えても、それほど不自然ではないんじゃないかと思うくらいに。

たしかにここに描かれている社会環境はすべて英国のそれであり、取り扱われているのはまさに英国的なものごとであり事象だ。しかしそこに登場する人々の感覚や感情は、あるいはその感覚や感情の描き方は、僕に驚くほどありありと、日本的な感覚や感情を想起させることになる。誤解されると困るのだが、僕はこの物語が「国際的」「普遍的」な域に達しているとか、文化の違いを超えて共感が成立しているとか、そういう一般的なことを主張しているわけではない。僕が言いたいのはもっと狭義に、それが優れて日本的なものとして成立しているということだ。たとえば——これはあくまで一例に過ぎないが——そこに描かれた英国人執事のどこまでもストイックな、自らを殺してまで主人に仕える、あるいは規範に殉じるその生き方は、そして彼の内で堅固にクリアに維持される限定された世界観は、日本古来の武士の生き方と共通項を有しているようにさえ感じられる。

これはもちろん、この本を読み終えたときに僕が抱いたあくまで個人的な感想であって、他の読者のみなさんがどのような感じ方をなさるのか、そこまではわからない。言うまでもないことだが、小説には様々な読み方があり、感じ取り方がある。しかし僕が――ひとりの読者としてまたひとりの同業者として――本書の読後にまず抱いた思いは、「イシグロはここで見事なブレークスルーを遂げたのだな」というものだった。彼は『遠い山なみの光』（一九八二）『浮世の画家』（一九八六）という最初の二つの作品を通して、自分の内なる日本人性＝アイデンティティーを、フィクションというコンテクストの上で追求し、そして新人作家として成功を収めた。派手な成功とまでは言えないが、確かで着実な成功だった。しかし彼はその成功に安住するのではなく、その経験と実績をあくまでベースキャンプとして利用し、そこから更に歩を前に進め、より大柄な普遍的な作家としての可能性を追求した。そしてその結果、この『日の名残り』というひとつの見事な頂きに到達したのだ。こういう目覚ましいブレークスルーは、ひとりの小説家のキャリアの中で、そうしばしば起こることではない。それを目の当たりにするのは僕にとってひとつの驚嘆であり、また感動でもあった。また僕が感心させられたのは、その才能の質の高さだけではなく、そこに示された創作者としてのきわめて真面目な姿勢であった。そしてこの人はこのあとも、もっと先の方にまで歩を進めていくに違いないと確信することになった。

僕には個人的に愛好する同時代の作家が何人かいる。その作家が新刊を出すと、他の作家の本を読んでいてもそれをひとまず中断し、その新刊を手にとって読むという作家だ。そういう作家がいると――またそういう作家の数が多ければ多いほど――我々の人生は楽しくなり、豊かになる。そして僕にとっては今のところ、カズオ・イシグロがそのような作家の筆頭に位置している。イシグロの新刊が出れば、何はともあれそれを読む。そういう生活を続けてきた。

なぜか？　その理由はとてもはっきりしている。それはイシグロが高い能力を有した作家であり、しかも常に新しいテーマを追求し続けている、スリリングで意欲的な創作者であるからだ。僕が考えるところ、世の中には大きく分けて二種類の小説作家がいると思う。ひとつは作品をひとつひとつ系統的に積み重ね、いわば垂直的に進歩していく（あるいは進歩しようと試みている）作家であり、もうひとつはそのたびに異なったテーマや枠組みを取り上げて、自分を水平的に試しながら進歩していく（あるいは進歩しようと試みている）作家だ。僕自身はどちらかといえば前者に属すると思う（進歩を遂げていればいいと思う）。そしてイシグロはどちらかといえば後者に属しているようだ（間違いなく進歩を遂げている）。

『日の名残り』（一九八九）を書き上げたあとのイシグロは『充たされざる者』（一九九五）『わたしたちが孤児だったころ』（二〇〇〇）『わたしを離さないで』（二〇〇五）『忘れられた巨人』（二〇一五）と、そのたびに異なるフォーマットを持つ長篇小説に次々に挑戦してきた。あるものはカフカ的な道具立てを用い、あるものは歴史ミステリーの衣を纏《まと》い、あるものはサイエンス・フィクションの構図を借用し、あるものは古代説話を下敷きにしている。まことに多種多様だ。僕の知る限り、一人の作家がこれほど多様なスタイルを用いて小説を書くというのは、他にほとんど例を見ないことだ。そして僕の目からすれば驚くべきことに（というべきだろう）、どの作品も水準を軽々とクリアしている。もちろん読者には「これはとくに面白かった」「これはあまりぴんと来なかった」というような作品ごとの感想があると思うが、同業の小説家として率直な感想を訊かれれば、「どの作品も質がきわめて高く、見事に書き上げられている」としか答えようがない。

それはもう絶対的な事実である。あとは読者の側の好みの問題に過ぎないだろう。あるいはその読者が小説に何を求めるか、という問題になるかもしれない。

それでは、どうしてイシグロはひとつの長篇小説を書くたびに、そのフォーマットやスタイルを律儀なまでに「総取り替え」するのだろう？　どうしていちいちそんな面倒な手間をかけなくてはならないのだろう？　どうして自分に合った（と思える）ひとつの小説スタイルをそのまま——いわば弁証法的に——発展させていかないのだろう？　それはずいぶん興味深い、そして答えるのがむずかしい問題になる。僕にひとつ言えるのは、おそらく彼は「小説スタイル」というものに、その成立の仕方の多種多様な可能性に、とても強く心を惹かれ続けているのだろうということだ。古今東西の様々な小説スタイルを取り上げて、それをストラクチャーとして利用し、その中に自分自身の物語をフィリングとして詰め込んでいく——簡単に言えば、それがこれまでの彼のやってきたことだ。それらしき文芸用語を引っ張ってくれば「脱構築」ということになるし、もう少し俗な言い方をするなら「ヤドカリ戦法」ということになる。ヤドカリの中でもとくに意欲的なヤドカリは、ひとつの貝殻だけでは我慢できず、様々な形状の貝殻の中に入ってみて、手間や面倒を厭うことなく、自分の可能性をどこまでも試してみる……かどうかは知らないが、少なくともイシグロの場合は、自分にとって理想的な貝殻を探しているというよりは、それを「試す」という行為を重ねることによって、つまりフィリングと容れ物とのインターフェイスを常に移動させ続けることによって、自分自身を——更にいえば自分自身のアイデンティティーを——立体的に理解し、掌握することを求めているように思える。

　そのような実験的な姿勢をポストモダン的手法のひとつととるか、あるいはあくまで個人的な方向性ととるかは、評価の分かれるところだろうが、僕としてはとりあえず「結果的にポストモダン的手法ともとれる、しかしあくまで個人的な営為」みたいなものではないかと考えている。そして彼の追求する自らのアイデンティティーの中には、彼の「内なる日本人性」みたいなものも間違いなく含まれているだろうし、そのことと彼の物語の「水平志向性」をどこかで結びつけて考えてみるのも、彼の文学を追究するための興味深いアプローチのひとつとなるかもしれない。

　いずれにせよ、そのような面倒な理屈はさておき、イシグロの新刊を読むのは優れてスリリングな行為であり、そこには常に変わらぬ喜びと驚きがある。そういう同時代の作家を持てたことは、そしてまたそういう作家と、職業を同じくするものとして個人的な関わりを持てたことは、僕にとって何より喜ばしいことであり、また誇りに思えることでもある。これからも彼の新しい小説を待ち続けたいと思う。次はいったいどのような物語が紡ぎ出されるのだろう？

二〇一八年三月

本書は、カズオ・イシグロ『日の名残り』（ハヤカワepi文庫）を底本とした新装版です。

訳者略歴　英米文学翻訳家　訳書『わたしを離さないで』『夜想曲集』『忘れられた巨人』イシグロ，『エデンの東』スタインベック，『日はまた昇る〔新訳版〕』ヘミングウェイ，『守備の極意』ハーバック（以上早川書房刊），『イギリス人の患者』オンダーチェ，他多数

日《ひ》の名《な》残《ご》り　ノーベル賞記念版《しょうきねんばん》

2018年4月20日　初版印刷
2018年4月25日　初版発行

著者　カズオ・イシグロ

訳者　土屋政雄《つちやまさお》

発行者　早川　浩

発行所　株式会社早川書房
東京都千代田区神田多町2－2
電話　03－3252－3111（大代表）
振替　00160－3－47799
http://www.hayakawa-online.co.jp

印刷所　株式会社精興社

製本所　大口製本印刷株式会社

Printed and bound in Japan

ISBN978-4-15-209758-3 C0097

乱丁・落丁本は小社制作部宛お送り下さい。
送料小社負担にてお取りかえいたします。